翻过一座山岗

黄建明 著

线装书局

目 录

第一辑　被一抹绿色袭击

第二辑　天空一直亮着

第三辑　阳光下唯一的花瓣

第四辑　很想和你一起飞

第一辑　被一抹绿色袭击

当小农民

20世纪六七十年代，毛泽东主席发出“工业学大庆，农业学大寨，全国学人民解放军”的最高指示后，许贤公社革委会要求全公社各级各类学校，大力开展“学工、学农、学军”活动，搞“开门办学”。

罗墓学校的初中生，学工是到公社农机厂，学军和学农是到湘湖农场。农机厂在王家桥供销社旁边，距离罗墓畈一二里路，当天去当天回；湘湖农场在闻家堰那边，有十五六里路，要吃住在农场。我们小学生倒是很羡慕中学生，有离开家到外面去闯荡的机会，又不用读书。据参加完学军和学农的堂兄说，开始大家在湘湖农场还挺守规矩，每天天不亮就起床，操练步伐，白天在农场的田畈里劳动，晚上学军事知识。可慢慢的，有些淘气的男生就做些小动作。比如摘棉花时，因为在棉花丛中穿行很困难，很多男生会用脚“踩”出一条道路；拔辣椒时，顺手把还未长好的青萝卜也拔出来一截，看看是什么样；下地干活时，有些男生从棉花地旁偷些已经长成的南瓜回去作纪念，晚上咬几口充饥。而女生也会偷偷摘几个朝天辣椒，藏在裤兜里，早上拌在泡饭里，给瘦弱的饥肠，来一次翻江倒海的革命；采摘杨梅的时候，看见高处的杨梅好，就把之前摘的小杨梅扔掉了，然后爬上树，折断了果树枝；还有的同学用树枝、棍子去打杨梅，但大部分是掉在地上没人去捡。通常，农场管理人员对这种破坏行为管得不是很严，因为他们都不会和学生一起下地干活，只要毁坏不是太严重，就不会出事情。

堂兄绘声绘色地描述学农的经历，我听了无比地向往学农。当老师说小学生也要像中学生一样学农时，我听了很兴奋，像打了鸡血一样。但由于年龄小，不能到湘湖农场，而是每天下午去大队干活。虽然在附近学农，也让我们这些小毛头感到很快乐。

每年11月份中旬，晚稻开始收割，生产队男女社员像打仗一样，起早摸黑，利用晴好天气抓紧时间在田畈里抢粮，以确保全年收成，按时播种春花作物。春花作物是指油菜、大小麦、蚕豆等。一到三年级时，我们的主要任务是在秋收时帮生产队拾稻穗，努力做到颗粒归仓。

前三天，全班同学每个人自带一只竹篮子，挂着红领巾，排着整整齐齐的队伍，雄赳赳，气昂昂地先后在几个生产队田畈里拾稻穗，每天一个生产队轮流。轮到给第四生产队拾稻穗，老师特别要求我们，一定要认真仔细，绝不能捡漏，每个人拾得稻穗要记账，拾得斤两要作为期末评优的硬杠子。老师给我们划分好承包地块，落实好责任。我们听从老师的教导，仔仔细细、认认真真地拾稻穗，生怕漏掉了一颗谷粒。在自己的“责任田”里前前后后找寻了个遍，觉得再也没有稻穗了，就偷偷地去人家“责任田”里捡。一旦被人家发现有人“入侵”，立刻报告给老师，招来一顿批评；即使是没有报告老师，也会被人家赶出来；甚至有人为了“责任田”权益不受侵犯，握紧拳头，两眼放射出怒火，高喊“人不犯我，我不犯人，人若犯我，我必犯人”的口号，几个人发生肉搏战，你一脚，我一腿，“穆桂英大战洪州”。被老师发现，双方都被归零，拾的稻穗全部不算，以示惩罚；还有的人有意无意地在未收割的稻田旁晃悠，趁大家没有注意时，迅速摘些稻谷，放进竹篮里后，急忙跑开，去老师那里上缴登记。所以第四天，同学们拾得稻穗比前三天还多。

后来的半个月，我们都在第四生产队拾稻穗。大家都觉得很奇怪，每天早上一到校，有同学说，今天要换一个生产队了，大家听后一阵高兴，因为在同一个生产队干，都发腻了，没有新鲜感。等到下午走到田畈里，才发现又是第四生产队，白高兴了。我回家把这个情况向父亲说，父亲笑了笑，对我说，这有什么奇怪的，你们班主任是第四生产队的。

等到年底，我的学习成绩一般，却得了一张奖状，心里乐开了花。这是我人生的第一张奖状，记忆特别深刻。奖状最上方有“最高指示：知识青年到农村去，接受贫下中农的再教育，很有必要”；最高指示下方写有“黄建明同学：在学农中认真接受贫下中农再教育，积极参加劳动锻炼，各方面表现较好，在总评中被评为积极分子。特发此状，以资鼓励”。那张劳动的奖状，成了我人生的起点，也成了那年正月里我获取压岁钱的有力法宝。

进入四年级，学农的内容变成了割稻。换了班主任，割稻的生产队就没有固定了，基本上是哪个生产队来联系就去哪个生产队。田野里一派热闹的景象，老师告诉我们，社员割稻枝数六枝，我们人小力气小，只要求四枝就可以了，不算时间，割到就行。我们男生割稻的速度比女生快，男生割到一半时，女生还在起步阶段转悠。这时候，男孩子调皮劲上来，玩起“地道战”的游戏，不遵守割稻直行的规则，而是弯来弯去，割到哪里算哪里。后来的女生追上来，把我们的鬼把戏告诉老师。老师微微一笑说，割完就好。算女生倒霉，“地道式”的水稻，割起来比较麻烦，还要把男孩子游戏时凌乱的水稻放放整齐，更加影响了割稻的速度。

小学五年，每年都要学农。上初中以后，就再也没有参加学农了。总的来看，“文革”时期的学农劳动，对于农业生产的作用并不大，但是对于那时候的学生锻炼很有意义。

特定的年代有特定的事物，学农，在那物质与精神都贫乏的年代里，给我们增添了很多的乐趣。

道地捕蟹

每当稻熟，西风频吹之时，正是螃蟹成熟之际。此时的螃蟹，肉肥味美。老话说："西风响，蟹脚痒"，形象地说明了池塘里的蟹开始行动了，捕蟹的时候到了。

生产队晒谷场，白天女社员把稻谷放在苓皮上，用勒谷耙进行翻动。夜晚，女社员们用畚箕把稻谷运到仓库里，再把苓皮腾成一圈，直立靠在仓库的墙壁上。仓库里容量有限，如不下雨，有一部分稻谷会放在外面过夜。社员把苓皮上的稻谷集拢来，堆成一座圆锥形小山，把苓支的两边卷上来，盖在稻谷上，一张苓皮一堆，以防露水侵袭，打湿了稻谷，白天太阳白晒了。每当傍晚晒谷收工后，晒谷场上零零碎碎有谷粒剩在泥土里。而这些谷粒，正是诱惑螃蟹的好食料。

晒谷场紧靠池塘，晚上经常有螃蟹和鳖爬上来，到岸上来嬉戏。有时人走夜路，一不小心就会踩到这些张牙舞爪的小生命。农村小孩平时的娱乐简单，晚饭过后玩玩追来追去的游戏。等到夜深人静之时，我们就会在晒谷场静候螃蟹的光临。

小花狗蜷缩在稻草上，似睡非睡地注视着晒谷场上昏暗的灯光。蟋蟀时断时续的弹奏，像飘忽不定的游丝，虽琢磨不透，但又确确实实的伴在你左右。夜显得更深了，但你也不要担心会打瞌睡，因为在灯火的召唤下，会有一些小生命朝我们靠拢。想起螃蟹纯正诱人的腥味、甲鱼清汤寡水的腥臊，哪还会打瞌睡呢。

秋夜微凉，穿着单衣的我们，匍匐在晒谷场边的稻草上，耐心地等着。天凉身子骨受不住，肚子会叽里咕噜地响起来，特想撒尿。大家有约定，不能站起来走动，也不能发出声响，以免吓跑了螃蟹。怎么办？只能悄悄地在原地撒尿。几个钟头里，不知要撒多少回。大家都心知肚明，不害羞。臊气充斥着鼻孔，也没有人来埋怨，大家都一样的。

突然，背脊上有凉飕飕的感觉，我用手一摸，感觉喇糙糙的，原来是一只蟾蜍，顿时我的手一阵麻颤，全身起了鸡皮疙瘩，大喊一声，一下子站起来跳开。我突然这么一闹，大家以为来了蛇，都飞快地跳开，用手电筒照照，发现是蟾蜍，大家都叹着气，摇摇头，说我是娘儿们。

看看时间还早，大家又在离刚才十多米远的地方继续潜伏。我害怕蟾蜍，所以在脚下多填了几捆干燥的稻草，心里才安心。

午夜，大家拍拍已经麻了的手脚，站立起来，蹑手蹑脚地走向谷堆，轻轻地把盖在谷堆上的苓皮掀开，用手电筒划闪。只见一只只体大膘肥，青壳白肚，金爪黄毛的“无肠公主”，正美美地在谷堆旁横走，全然不知危险已经靠近。

我急急忙忙地捉，一不小心被螃蟹的大螯钳住了手指。我拼命大叫，却迎来大家的瞪眼。我痛得眼泪都出来了，闭住嘴，使劲儿甩手指，螃蟹却毫不松口。我急中生智，忍着痛，把手指和螃蟹一起放在地上，过了一会儿，螃蟹大概认为没有危险了，就松开大螯，逃开了。吃了大亏的我，哪容得螃蟹的无礼，追过去一脚踩在螃蟹上，狠狠地把它踩死。

道地捕蟹，别有一番情趣。即使秋过叶下，也会情意灿烂，轻盈如水。

捉稻鸡

刚放暑假，墙门里的马贤大伯从田畈稻田里捉来一只小稻鸡。

马贤大伯的女儿把小稻鸡拿到我家，引来墙门里的小孩子都来观看。看上去小稻鸡与自家奶奶孵出的小鸡并无两样，把它放在八仙桌上，胖乎乎的身子大摇大摆地在桌面上走动，没有一点害怕的样子。我们用小手搂一搂它嫩黄色的绒毛，它“叽叽喳喳”叫个不停。两条又矮又细的腿支撑着它那胖墩身躯，下巴上珍珠般的肉瘤长大了，小脑袋圆溜溜的，要说最有神的还是小稻鸡的那对透亮灵活的眼睛，就像两个小玻璃球，骨碌碌直转，可精神啦。

我们拿出一粒粒大米，撒在八仙桌上，小稻鸡用小嘴啄了啄，便不吃了。父亲说，用水泡软的玉米、毛豆、切碎的菜叶、蚯蚓，可以拿来喂它。而且，喂多喂少也很讲究，少了会饿死，多了会撑死。

大伙儿忙不迭地分配好工，切菜的切菜，去道地上挖蚯蚓的挖蚯蚓，浸泡毛豆的浸泡毛豆。几个小时之后，大家又来喂小稻鸡。这时的小稻鸡似乎对眼前的食物很感兴趣，东啄啄，西啄啄。为给小稻鸡解渴，我们还在桌上放了一小盘子水，供它饮用。桌下自家养的小鸡，在桌下转来转去，叫个不停，它们仿佛知道桌上有好东西。

小稻鸡吃饱了，很快在桌上睡着了，于是大伙儿散了，顾自去玩了。小稻鸡被小东家拿回家。

等到晚上，小稻鸡的小东家哭着喊着，墙门里的人都跑去看看，才发现小稻鸡死了。我想，可能是小稻鸡上午食物吃得太多，被胀死了。看来，农事经验丰富的父亲说的没错，喂养稻鸡的确是一门高深的学问。

小稻鸡的出现，顿时墙门里掀起了一股热潮，小伙伴们的心热腾腾的，找到了一个新的玩法。趁大人们去后江沙出工的机会，我们几个小孩约好去前江沙田畈的稻田，亲自出马捉稻鸡。

七月初的天气酷热，田里一片金黄，一颗颗沉甸甸的稻粒压弯了稻穗。我先捻几粒放在手掌心，稻粒散发出诱人的金黄色光芒，凑近了闻，还能嗅到稻粒散发出的那种谷物特有的清香。怪不得稻鸡喜欢吃稻谷，原来稻谷是那么的有味道。我们穿着短裤汗衫，戴着自编的麦草帽，赤着脚，排好队，一声令下，一起踏入稻田。每个人距离两米左右，低下头，仔细地拨开沉甸甸的稻穗，搜寻着稻田里的泥土。走不了多远，汗水湿透了全身，裤裆里开始发痒，是稻穗擦着皮肤的缘故，但大家一声不吭，继续坚持。

后江沙的稻田长80米，前江沙的稻田全长60米，一个轮回下来，裤裆里的皮肤红通通的，脸上都是泥巴。大家脱光衣服，跳入稻田旁的张家池凉快凉快。十分钟后，大家换一块稻田，再一次奋战。

等到晌午，我终于发现一只稻鸡。只见它尾巴上有几根墨绿色的长羽毛，全身披着一件五彩洒金的新羽袍，躲在阳光阴影里，蹲在泥土的青苔上。我慢慢地俯下身子，展开双手，准备捉拿。此时的稻鸡，还不知危险的来临，一会儿蹲着，一会儿站起来走几步，纤细的脚印印在黄色的泥土上，煞是好看。稻鸡走开，我紧跟几步；稻鸡停下，我也驻步。我们玩起特务跟踪的把戏。

我赶紧示意伙伴们，不要出声，不要走动。伙伴们站在稻田里，一动不动，都紧张地屏住呼吸，悄悄地聚拢来，一起合围稻鸡。

这样过了半个小时，等大家合围后，我说抓，大伙儿同一时间扑向稻鸡。不料，机灵的稻鸡发现了异样，就马上飞起来。飞了五六十米后，降落在另一块稻田里。我们百米冲刺似的速度赶过去，在那块稻田里一阵乱找，发现稻鸡后实行多次围捕，但多次都被稻鸡轻而易举地从我们的眼皮底下跑走了。它就在稻田里面，在稻丛之间的空隙中窜来窜去，那个速度，比它的飞行速度要快得多，实在是不可能抓住它的，眼睁睁地看着它逃走了。我们望着被踩坏了已经成熟的稻谷，心里那个懊恼呀，实在是忍无可忍。

幸好在回来的田塍上，捡到了十枚鸟蛋，也许是稻鸡蛋，权且当成这场“战斗”的战利品，大家每人二枚分掉，也算了却了一件心事。从此，我们再也没有人提起捉稻鸡的事，仿佛从来没发生过。

兜　会

兜会，是流行于许贤地区的一种民间集资形式。一般由十位人士组成兜会，以月度或季度为一会。第一个称作“头会”，以下称二会、三会，以此类推，第十会的称作“末会”。“头会”往往要办大事情，钱不够，由他发起兜会。以后每一会都是由头会来跑脚头，去参加兜会的每户人家拿钱。等全部凑齐后，由头会去给接下来的那一位。

兜会其实很简单，即每个参加兜会的人拿出一定额度的钞票，以每个月或每季度为时间单位，把钱交给头会，再由头会按照第一次兜会时，说好的次序给轮到的那户钞票，直至最后一位，兜会算正式结束。生产队时兜的会，金额一般是每人出十元，总共一百元，以一季度为一个单位，叫大会；也有以一个月为一个时间单位的，金额一般是每户五元，总共五十元，叫小会。利息比银行高一点，10%左右。排列前五位的，要倒贴利息钱，后五位的才有利息进账。越到后来，利息就越高。因此，兜会的人喜欢排名靠后。急着用钱的人家，宁可损失利息钱，也要排名靠前。

兜会也有风俗。头会肯定是等着钞票用的，除了召集其他九个人，每到一位还要跑腿，另外，付的利息也最多，要给九个人利息。订立兜会制度的那一天，一定是某月农历初一，头会还要办一餐“十碗头”，感谢其他九个人的热情相助。吃完饭，由头会负责九个号子，放在八仙桌上，给九个人抓号子，以排定次序。号子排定后，头会庄重地在一张念佛纸上按次序写好名字，算好利息，注明拿钱日期，然后每人按下手印，以示不再反悔。每次拿钱的时候，拿到九个人的钱，自己不用拿出的。

我三岁时，家里第一次组织兜会，为的是在盎田畈里造新屋。墙门里的老屋只有一间，上下两层，全家十多口人挤在一起，祖母决定新造房子。石头和黄泥沙是到下洋桥石炮塘里拉来的，石头用来驳地基，黄泥沙用来垒墙。小瓦、木头椽子、石灰、门窗木头都要买的。钱不够，生产队里借一点，母亲在公社预制场的工资交出一部分，大伯把去附近池塘夹砂绳抓鱼的钱拿出来，还不够怎么办？祖母想到了兜会，是一百块的大会，嘱咐父亲去安排兜会的琐事。

兜会得来的一百块钞票，这在当时是一笔巨款。父亲如数把钱交给祖母，由她来安排造房子的事宜。叫个泥瓦匠，来设计和主持房子的建造。人工是不用花钱的，都是生产队的社员，帮帮忙的，只要供应中饭和晚饭，再加两餐点心即可。两餐菜肴只要凑齐十碗就行，不必讲究菜肴的质量，能填饱肚皮就好，荤菜有鲢鱼和条肉，已经是很不错了；点心是米汤团、年糕、青菜榨菜面之类。香烟是雄狮牌，不是每人一包，父亲是隔一段时间递递的。人工虽然不领工资，还是很费工，墙不用砖头，砖头要一分半一块，太贵了，是用黄泥垒的，一堵墙要花大半个月时间。

兜会的一百块钞票派了大用场，全部投入到新造的房子里。说是新房子，不过是高平屋，没有楼板。上梁那天，吸引了全队社员，说是条件真当好，造起了全大队第一间瓦房。从此以后，大队里兜会成风，准备造新瓦房的社员多了起来。

小队里有一位叫阿海的社员，在公社纺织厂上班。他对几个同事说，他要兜会造新瓦房，请他们帮个忙，兜一下一百块的会。两个要好的同事爽快地答应了，因路途远，怕天黑不安全，兜会的“十碗头”就不来吃了。两个同事一季度每人拿出十元，次序排在末两位，要到第三年才可以本钱和利息一同拿回。两个同事很守时，每到一个季度头个月的初一，把十块钞票交给阿海。等到第三年，阿海好像忘记了兜会的事情，在厂里碰到他俩，也不提起兜会的事。同事脸皮薄，不好意思讨钞票。没想到，这一等又到了年底，大半年过去，兜会早已结束，阿海还没有还钱的意思。不要说利息，连本钱都不见踪影。两个同事忍不住向他讨，说是过年了，急着等钞票用。阿海说，好的，明天给你们。阿海碰到他俩，每次都说，明天给你们。几十个明天过去了，春节也过去了，还是不见自家的钞票。同事有一天把阿海堵在厂门口，要个说法，引来全厂职工观看。阿海没有办法，吞吞吐吐地把事情原委说出来。

原来，兜会的事情纯属乌有，一共只有他们三个人。阿海每次把同事给的兜会钞票，都当作是自己的工资一样，去外面消费，造房子是假的。说来说去，两个同事成了冤大头，都当成有兜会那么一回事，把自己的钞票白白给阿海用了。事情闹到厂长那里，本来厂长要开除阿海，可开除他，同事的钞票怎么来还？只得留他在厂里继续干活，每个月在工资里扣除一部分，来还同事的钞票，当然利息是没有了。同事的友谊因阿海的贪没小便宜而宣告结束。

兜会风气影响到我们小孩子。小孩子如要花钞票，大人那里要不得，也会采取兜会的方式来解决。小孩子兜会金额没有那么大，时间也没有那么长，时间一长要忘记的，也要提防有人耍赖。也是十个人，每人拿出五角钱，一共是五块，利息为每人二分钱，时间以半个月为一会。头会负责各种兜会的琐事，除了不吃兜会饭，其余都跟正式兜会是一样的。当然，为了表达头会的诚意，头会的小伙伴会到小店里给每人买一颗纸包糖来甜甜。轮到自己时，会兴奋得睡不着觉，把得到的四块五角钞票藏到枕头底下，睡觉时还用手摸着枕头下的钞票，在轻轻地摩挲中，温暖地进入梦乡。我把兜会得来的钱，买了一支上海产的金星牌钢笔，在同学面前炫耀，满足了争当第一的虚荣。

随着生活条件的好转，兜会的金额也越来越大。20世纪80年代已是每人五百元，总金额达到五千元；90年代是每人一千元，总金额翻了一番，达到一万元。过了新千年的门槛，兜会在农村基本绝迹，向信用社贷款成了农民的新选择。

农村里的兜会，是农民为办大事的一种邻里之间、朋友之间的互助形式，是底层老百姓不向国家伸手解决实际困难的有效方式，功能巨大。“一个篱笆三个桩，一个好汉三个帮”，道出了兜会的乡村韵味。它像一长串有书香墨韵的符号，种植在农民的心里，演绎有梦想的生活。

乘轮船

许贤陆路在永富公路建成以前，与外界沟通的只是一些岭路和机耕路，交通极为落后，连接外界的主要交通是水路。

许贤地处钱塘江水系，境域有富春江、浦阳江、永兴河航道。东晋以后，渔浦是钱塘江南岸重要港口之一。历史上，许贤人拥有的水上交通运输工具有竹筏、外海船、狗屎开艄船、挂桨机船、货轮等。据年长乡民回忆，旧时，河上、楼塔等地人到义桥街由永兴河乘坐竹筏往返。永兴河下游的清江码头设有夜航船，运送旅客去杭州。航船内备有被褥，乘客可在船上睡觉。每到沿江大村，航船停靠，叫醒乘客下船。自清光绪三十四年义桥人韩子林和宁波人郑宜亭合资白银六万两，置轮六艘，开办钱江商轮公司，开辟杭州至义桥、杭州至桐庐两条客运航线以来，极大地方便了许贤人与外界的沟通。

临浦到富阳的轮船，对开两班。每天早晨5点半，从临浦出发，到义桥轮船码头时6点，到石门码头7点左右；下午从富阳始船，到石门码头3点半，到达义桥码头4点半。临浦到杭州的轮船，对开两班，每天早上6点半，从临浦出发，到义桥码头7点，许贤人称作摇出班；下午4点从杭州始船，到义桥码头是傍晚6点，许贤人称摇进班；杭州到尖山，途径义桥码头是早上9点，回杭州时是下午1点停靠义桥；诸暨山下湖到杭州，途径义桥时是早上9点多，回山下湖时是下午3点停靠义桥。义桥到杭州的票价统一为三角五分，义桥到石门的票价是一角，到富阳的票价是五角。义桥至萧山的内河航运始于1965年，上午由义桥开航，下午返回，每天往返各一次，全程五十华里，由三艘木质客轮连接，俗称拖副班，票价三角八分。

在交通不很发达的时候，许贤经义桥和石门的客运码头，可达杭州、富阳、桐庐、萧山等地，虽然速度较慢，但进出还是很方便的。有关乘轮船的一些事情，深藏在记忆之中，跌入在丰富多彩的故事里。

位于杭州南星桥的三廊庙的浙江第一码头，它的历史，最早可以追溯到清同治三年，当时红顶商人胡雪岩捐资建造了杭州南星桥三廊庙码头。北伐胜利后，码头经改建正式定名为“浙江第一码头”。长长的走廊，一路印证了乡下人进城的羞涩；这座码头，见证了乡下人渴望进城的梦想。

我的外婆家是在富阳渔山，为节省路费，要么经南坞翻越五百多米的寺坞岭，要么经渔山墅溪大队的中岭。但去外婆家最多的路径，还是乘坐早上6点的临浦至富阳停靠义桥码头的轮船。每年的正月初二，父亲会把闹钟定在5点钟。起来吃过早饭后，父亲领着我们兄弟，带着各种过年包，去叫堂兄。堂兄的外婆家在里山，在渔山上游五里处，我们可以一起坐船去。船行一个半钟头，在渔山码头下船，走七八里山路，可达外婆家；下午1点，我们走路回到渔山码头，等2点多回临浦的轮船。渔山码头人山人海，只有这一班回家的轮船，赶不上要等到第二天。在等待轮船的时候，我经常与弟弟一起，到江边去看上游，望穿秋水，看薄凉的富春江水，看轮船来不来。坐船到石门码头，再走十华里的江塘，便可到家。我们一般不会坐船到义桥的，因为轮船到义桥要到三江口去绕一下，走远路，不如在石门下船，既可以每人省一角钱，时间上也节省一点。登船的人多，上船时很危险，我亲眼目睹一位小倌人被挤入江中淹死，父母号啕大哭的情景，一辈子难忘。有一年过年时从渔山外婆家回许贤，小队里一位七十多岁的大伯，一根毛竹做的扁担忘记在渔山候船室里，他赶紧回去拿扁担，船却开走了，那位大伯在码头上直跺脚。父亲说，一根扁担值不了几个铜钿，犯不着。最后，还是父亲把他的行李送回他家。最可气的是，遇到大雾，轮船延迟至大雾散尽才行驶，往往会造成人们手忙脚乱，争抢上船。有一次是母亲带我们兄弟俩去外婆家，碰到大雾，10点才散，由于匆忙，弟弟的新帽子被挤到不知何处，等上船时才发现，已经来不及了，母亲好一顿训斥。

我第一次走进临浦，是我和其他两位同学在体育教师韩老师的带领下，前往临浦参加萧山县“初二填地图比赛”。记得那是1981年的一个早晨，大雾弥漫，我们师生四人在义桥轮船码头等杭州开往尖山的轮船。由于大雾的关系，本来9点到达的轮船，过了10点也未见踪影。韩老师向码头工作人员打听轮船何时到达义桥，工作人员也无奈地摊开双手，耸耸肩，表示不知道。等待轮船的旅客，有的回家，有的在骂娘，有的用沉默替代愤怒。韩老师害怕耽误了下午1点的比赛，最后决定，大家走着去临浦。韩老师骑着一辆28吋的海狮牌自行车，他在自行车后座带着唯一的参赛女同学，我和另外一位参赛男同学则跟在自行车后小跑着。我们一路沿着浦阳江江塘，手里紧攥着文具和地理书，生怕掉了。有时韩老师见我们落的太远，会在前面等我们。我们追赶上了，韩老师再向前骑。经过萧山县七一树脂厂时，我们在那里休息了十分钟，喘口气。过了一个多小时，我们终于跑到了临浦。那天的中饭是在临浦轮船码头旁边的一家工厂里吃的。老师有一位亲戚在厂里工作，给了我们十块钱菜票。四菜一汤，每人一块大排，还有肉丝豆腐，榨菜蛋花汤。我们从来没吃过这么美味的菜。三个孩子闷着头吃饭，顾不得说话。老师笑着说："吃得慢一些，菜饭不够再添，不要着急。"乡下孩子第一次进入大地方，我们的心仿佛被秋天的太阳填充得满满的。下午的比赛我已经没有多少记忆，而那一次走着去临浦比赛的经历却再也无法抹去。临浦那美味可口的饭菜，江南特色的小镇风采，一直，一直挂在我记忆的窗口。

独自乘轮船到杭州，是去买1971年版的《新华字典》。我瞒着父母，用摸螺蛳得来的钱，大着胆子上杭州。在船上，我紧捂着口袋里的毛票。每个与我打招呼的陌生人，都是我提防的对象。我甚至不敢去小便，担心小便后回来座位被人家抢去。肚子饿了，不买船上的东西，太贵了。我心里有一个小九九，先买字典，再买东西，船上一荤一素的快餐，要二角五分钱，舍不得吃。二伯是大队会计，眼光远，给堂弟买了一本《新华字典》，堂弟因此而挤兑我。为了弄一本不说话的老师，超过堂弟，我才冒险去杭州买。经过一番周折，我在解放路的新华书店用七角三分钱买了一本《新华字典》。棕色的皮封面，鲜红的毛主席语录，引起了我莫名的激动。回来时路过南星桥，在路边的一家馆子店，饿扁肚子的我，吃了一角钱一碗的馄饨。《新华字典》我买了许多版本，可1971年版的字典我还是舍不得扔掉。虽然时间过去了四十年，字典也失去了它的光彩，但我还是像珍珠一样把它珍藏着。怀念过去摸螺蛳换取字典，是我的业余爱好。解放路225号，新华书店，这几个词永远刻在了我的脑海中。从“浙江第一码头”的南星桥到中河路的官巷口，用五分钱坐3路电车，一路摇晃，摇走我愚钝的思维。

小时候去春游，也是坐船去的。杭州轮船比较熟悉，每年要乘几趟。乘船去六和塔和蔡永祥烈士纪念馆，乘船去少年宫和岳坟，第一次坐无轨电车的那份喜悦。到桐庐也去过一次，时间大约是1980年左右，是去参观严子陵钓台，坐船要五六个小时。那天清晨，我们兴高采烈地到义桥码头，发现是一艘小轮船，全校几百师生，坐着很拥挤的。校长一看大声说：“不对，说好的大轮船的，这么小的轮船，哪容得下。”校长与码头管理人员交涉，码头领导说：“昨天晚上小轮船从杭州开过来，我一看就不对劲，急忙打电话给杭州调管处进行调换大轮船，可调管处不同意，我也没有办法。”校长直接打电话与杭州调管处协商，一直到上午9点，对方才同意调换大轮船，把诸暨山下湖到杭州停靠义桥码头的轮船给我们，船上的旅客坐小轮船回杭州，这才解决问题。这样一进一出，浪费了三个多小时，晚上回家已经是10点了。

乘坐里河轮船去萧山县城看电影，又走着回家，这一转一折，至今记忆犹新。记得我读四年级的时候，那天，雨后的阳光斜斜地在我周围飞舞，空气显得格外明亮、舒心。我很高兴，因为我要到县城看电影。下午3点半，我跟随父亲和他的小兄弟走着去三里外的义桥坐船。那时交通很不发达，去县城得走水道，每天义桥至县城有定期航船往来。船呢，则是一种带机器的木头乌篷船，人要赤脚进去，舱面是木板铺的，光滑如初生的嫩叶，叫人爱不释手。舱里可坐可躺，非常自由，我们管它叫“里河轮船”，船速大约有自行车一般快。在那个时代，这已是高速行驶了，至少比走路好，又快又省力。我走出低矮闷热的船舱，站在狭窄的船头，张开双臂，面对渐渐西去的太阳，用尽气力大喊：“去县城看电影喽！”大概喊声惊动了大人，他们都走出船舱，或站在船头，或倚在船舷，或坐在舱口，看着并不宽阔的内河两岸的晚景。每个人的脸上透出愉悦的神情，两只眼睛在水波的荡漾中泛着幸福的光芒。河上一座座石桥似一幅幅无色的图画，在期待五颜六色的装扮，它们记住了船上的欢笑。两岸的油菜花黄的晶莹，犹如古筝奏出的音乐，典雅、清丽。我仰面躺在舱板上，任由微风放肆地爬过我的脸，在偶尔驶过的岸边柳树的阴影里，闭着眼，把兴奋藏在带有泥土味的花香里。据说那天的电影非常好看，叫《红楼梦》，票挺难买的。因为我们大队的一位大伯在剧院卖票，托了他才搞到十几张票。本来一般的电影是八分钱一张票，而《红楼梦》则要一角六分一张票，涨了一倍，可以买二斤盐了。“里河轮船”没有夜班船，电影结束后，我们只好走着回家。这一段经历，恰似淳朴的乡风，香甜中透出诱惑。我有一种莫名的快活，静静地听着鸟语呢哝，把自己晴柔的心空剪辑成一叶月色。

由于陆上交通的发展，水上客运渐渐萎缩，1984年9月29日，义桥到萧山的内河客班停运；1995年末，途径义桥的定班客运航线只剩杭州至东梓关、杭州至诸暨湄池两条，石门和义桥设停靠站。几年后，客运船停运，结束其光彩的一生。

唐朝温庭筠的一首《钱塘曲》：“钱塘岸上春如织，淼淼寒潮带晴色。淮南游客马连嘶，碧草迷人归不得。风飘客意如吹烟，纤指殷勤伤雁弦。一曲堂堂红烛筵，金鲸泻酒如飞泉，”描写了唯美的钱塘江和乘客绮怨的情怀。在这里，钱塘江上的客轮，成了自然世界的一部分。生活在温润如水的江南，你怎能没有坐船的记忆？那是童年的欢乐、少年的懵懂，以及成年后对远走高飞的向往。

然而，再多的记忆，终抵不过岁月。不告而别，不诉离伤，那些伴随许贤人数十年的客轮，就这样缓缓淡出人们的视野，带走的，还有一段栖水而歌的繁华与落寞。

想到这里，我的眼里分明有一丝晶莹，但又很快释然，就像那句“天下没有不散的宴席”，最好的东西，也有离世的那一刻。

释然的，还有躲在心底的那一份美好。

纪念领袖

1976年9月9日早晨，我照例去罗墓学校上学。

我一到教室，发觉空气有些异样。过了一会儿，老师缓缓地进来，悲痛地说，我们敬爱的伟大领袖毛主席逝世了，顿时教室里一片哭声。我一下子蒙了。毛主席不是说能活一万岁吗？怎么会现在就死呢？老师悲伤地瞅了我一眼，没有说话，立刻离开了教室。我清晰地看见，老师的眼睛肿得老大，像兔子一样的红眼睛，闪烁着晶莹的泪水。这一天不知是怎么过来的，反正课也不上，大家都悲悲戚戚，无心玩耍。

回到家里，发现父亲不在。听母亲说，父亲在大队部，正在和其他党员干部一起研究纪念毛主席的事。我看到堂屋里挂着的毛主席像，望着桌上的瓷茶杯，杯子上还印着毛主席语录："总路线万岁""'大跃进'万岁""人民公社万岁"等字样，心里又难过起来，胸口像许多蚂蚁爬一般。我喃喃自语，背诵起毛主席的诗词："飒爽英姿五尺枪，曙光初照演兵场。中华儿女多奇志，不爱红装爱武装"。这首七绝《为女民兵题照》是语文课本上有的，已经背得滚瓜烂熟；"我失骄杨君失柳，杨柳轻飏直上重霄九。问讯吴刚何所有，吴刚捧出桂花酒。

寂寞嫦娥舒广袖，万里长空且为忠魂舞。忽报人间曾伏虎，泪飞顿作倾盆雨。”这首《蝶恋花·答李淑一》是年画上有的，天天在看，自然也是了然于胸。

背完诗词，我擦干眼泪，立刻去大队部找父亲，发现在大队会议室已经有大队干部含泪在布置纪念毛主席的灵堂，供社员们前来自发进行悼念活动。灵堂里挂着毛主席的画像，放着毛主席的著作四本，分别是老三篇《为人民服务》《纪念白求恩》《愚公移山》和《毛主席语录》。听父亲讲，大队要求每位男女老少佩戴黑袖套和小白花。听到父亲哽咽的声音，我的眼泪又一次无声地流下来，内心几乎绝望到了极点。

第二天，我很早起床，急匆匆赶到学校，发现学校已经挂起了两块横幅。横幅白底黑字，上书“极其沉痛悼念伟大领袖毛泽东主席逝世”和“伟大领袖毛泽东主席永垂不朽”！8点整，全校师生在学校操场集合，先默哀三分钟，然后由校长朗读纪念文章。校长三十多岁，一位很慈祥的女校长。由于过分悲痛，校长在朗读过程中数度哽咽，说不出话来。大家神情严肃，尽显悲伤，全校师生在校长的影响下，哭声越来越响，最后全场一片哭声，不可收拾。

以后的每一天，全校师生个个佩黑袖套、戴小白花。早上 8 点默哀三分钟，听校长低沉而悲痛的发言，成了学校雷打不动的惯例。上课的内容，要么是学习毛主席的文章，要么是讲毛主席的革命故事，要么是看毛主席的电影，要么是请贫下中农来学校讲毛主席是伟大的救星。我们的作业大都是背诵和抄写毛主席诗词，主席那前无古人的崇高优美的革命感情、遒劲伟美的创造力量、超越奇美的艺术思想、豪华精美的韵调辞采，深深地感染了我，渐渐抚平了我稚嫩的伤口。

大队广播站每天上午9点和下午3点准时开播，先放哀乐，后播纪念性文章和公社其他大队的纪念信息。每当大队广播哀乐开始播放，在田间劳作的社员们，会自动而统一地停下手中的活儿，放好农具，在田间肃立、默哀。自觉纪念毛主席是没有人指挥的，也没有人要求的，劳动人民对毛主席的热爱是发自内心的。

18日中午刚吃过午饭，学校教师代表和红小兵代表（我也是代表之一）排着整齐的队伍前往五里外的元帅庙许贤公社驻地，收听中共中央举行的毛主席逝世追悼大会实况转播。

公社操场很大，在办公楼前搭了一个很大的主席台。横贯主席台的黑底白字的横幅上写着：“伟大的领袖和导师毛泽东主席追悼大会”。伟大领袖毛主席的巨幅遗像，竖立在主席台中央。两名解放军战士持枪肃立，守护在遗像两旁。主席台上面排列着翠绿的松柏和淡黄的秋菊，陈放着全公社每个大队敬献的花圈。在操场南端，矗立着巨幅黑色挽幛，它以强有力的语句号召人们：“继承毛主席的遗志，把无产阶级革命事业进行到底！”

广播里响起气势磅礴的《东方红》乐曲：“东方红，太阳升，中国出了个毛泽东；他为人民谋幸福，他是人民大救星……”这高昂激越的伟大颂歌，激动着我们的心，激发了我们对伟大领袖毛主席的无限思念。毛主席永远同我们在一起，毛主席永远活在我们的心中。

在操场中央，站着公社机关干部、大队干部、社员群众和学校教师、红卫兵、红小兵代表，人们从公社的四面八方汇集到这里，秩序井然地肃立在整个操场。

下午3点整，追悼大会实况转播正式开始。全场肃立，默哀三分钟，悲壮的哀乐声从收音机里传来。默哀毕，高奏中华人民共和国国歌和《国际歌》："团结起来，到明天，英特纳雄耐尔就一定要实现"……雄壮的歌声激励和鼓舞我们去迎接未来的新生活。华主席致悼词，悼词的内容我全无印象，我像木头人一样站在操场三个多小时，期间也多次站立不住。但我总是咬牙坚持，心想绝不能丢我们学校的脸，完完全全沉浸在对毛主席的尊敬和怀念之中。也有几个同龄的女孩子因站立时间长、太阳猛烈而支撑不住，倒在了操场上，被卫生院的医生迅速抬走去抢救。

追悼大会结束后，我们一个个排列好，然后按着顺序逐个逐个向前移位，向主席台前巨大的毛主席画像鞠躬。我臂佩黑纱，胸戴白花在哀乐声中，缓步走到毛主席遗像前向老人家三鞠躬。我的调皮捣蛋、吊儿郎当，乃至打架斗殴、偷偷摸摸和心术不正的心，在向毛主席三鞠躬时烟消云散，发誓从此要好好学习，天天向上；今后长大成人时要好好做人，勇攀高峰。有这样的想法其实很正常，天真无邪的小学生从上学的第一天起，学的第一首歌就是《东方红》——"东方红，太阳升，中国出了个毛泽东，他是人民的大救星！"以后又学唱什么"天大地大没有党的恩情大""爹亲娘亲没有毛主席亲"之类的歌曲，所学的又都是拥护共产党、热爱毛主席和宣扬阶级斗争的教材。因此我的哭声和想法都是真心的。

追悼会结束，我们在阳光下整整齐齐地排队走路回校。这是我最长时间参加的一次活动，心情很沉重。幸亏农村孩子水里来、水里去地疯玩，泥里来、泥里去地吆喝惯了，夯实了身子，加上出于对伟大领袖的热爱，坚强支撑，才能全程无忧。

六谷炮

小时候，零食不多见，六谷炮便是上好的零食。六谷，就是玉米，颗粒外表红色，适合于放六谷炮。

放六谷炮的工具极为简单，常见的六谷炮是用玉米、糖精一起放进上小下大的椭圆形机器里，并封好顶盖，再把机器放在火炉上，用小木块和煤球加热，用手不断摇动机器。十来分钟后，把机器旋转180度，远离火源。六谷炮师傅把一只小麻袋套在机器头上，一只脚踩住，又用一支筷子钩住机器头上的圆孔，使劲一拉，突然打开机器的顶盖，接着“嘭”的一声巨响，一团白烟袅袅升起，淡淡的六谷炮香随风荡漾……男孩子们紧紧地抓一把热气腾腾香喷喷的六谷炮放在嘴里，那真叫一个香呀！

六谷炮的原料以玉米为主，也可使用其他原料，如大米、年糕、黄豆等。大米为原料的六谷炮轻盈，年糕为原料的六谷炮香糯，但最好吃的还是玉米放的六谷炮，因口感特好，既香又酥且脆，还带一点甜味，化渣而无残留，即便牙齿不好的人，吃起来也有滋有味。

但玉米是旱地作物，而家乡是以水稻种植闻名的，没有适合种植玉米的土壤，也没有种植玉米的习惯。我那时是很受欢迎的，因为我外婆家是富阳县渔山公社的，都是山地，大量种植玉米，舅舅经常会拿些玉米过来。我动起了歪脑筋，用家里的一斤玉米换取1.5斤大米，受到伙伴们的推崇。于是，满村飘起了六谷炮的香气。这里“嘭”一声，那里“嘭”一声，玉米粒变成了大大的六谷炮，大家抢着吃着，嘻嘻哈哈，乡情浓浓，满是温馨。

冬天，天气极冷，路上结冰，屋檐下有冰凌子。太阳出来了，大家在道地上晒太阳取暖，脚底下放个铜火秤。火秤里一般是草木灰，温度低，暖的时间短。考究的人家会掺入一些木炭，温度高，暖的时间长。男孩子好调皮，嘴馋，拿出玉米粒放在火秤里。几分钟后，“噼噼啪啪”，玉米粒爆开了，就拿出来吃。一颗接一颗的，吃个没完，舍不得住手。

前黄大队也有一位六谷炮师傅，叫黄吾明，经常在下雨天或农闲时间，到大道地上的生产队仓库走廊下来放六谷炮，赚些毛票。放一次六谷炮大约五分钱，童叟无欺，用不着讨价还价。没有放六谷炮的小倌人，也会赶拢来看，闻一闻香味。等到六谷炮一响，去捡些溅开去的六谷炮粒来吃，渴了，接一手雨水，吮进嘴里。

清代学者赵翼在他著的《檐曝杂记》记收有一首《爆孛娄诗》：“东入吴门十万家，家家爆谷卜年华。就锅排下黄金粟，转手翻成白玉花。红粉美人占喜事，白头老叟问生涯。晓来妆饰诸儿子，数片梅花插鬓斜”。诗人笔下的六谷炮不仅写得很美，而且洋溢着生活的情趣。放六谷炮的经历渐渐远去，成为一抹记忆的风色，偶尔翻开来，却有一股闪亮。

摸螺蛳换字典

螺蛳在浦阳江和富春江是没有的，外江只有黄轩。我们村子池塘全公社最多，最多时有三十几个，且每个池塘都有水沟相连。水沟或暗或明，或宽或窄。池塘有大有小，大的有二十几亩，如丁家大池；小的不足一亩，如小店池、波河潭。池塘权属不一，有属于大队的，有属于小队的。不管权属如何，都养着鱼，以胖头鱼和鲢鱼为主，俗称“家鱼”。

夏天来了，池塘螺蛳特别多。我一般去大池塘，因为大池塘水深，最深处有好几米深，游泳技术差的伙伴不敢去，螺蛳也就多了。我拿一个钢盅脸盆，浮在水面上，自己一个猛子深扎下去，头在下，脚在上倒挂，用双手在淤泥里一阵乱刨，等到气不够时，头脚再调过来，用脚在淤泥里一蹬腿，快速浮出水面，双脚在水里上下浮动，以保持身体直立在水中而不沉下去，再用双手在水里前后左右晃动，洗净淤泥，把黑色的螺蛳放进脸盆里。这样一路向对岸摸去，一般来回摸一程需要半个多小时。一个来回后，休息一下再摸。有时，风大浪大，脸盆会漂开去，增加了难度，浮上水面后还要去追脸盆，因手里有一大把螺蛳，游起来困难，往往是咬紧嘴巴，闭着气，双脚用力蹬，去追脸盆。一天下来，能摸二十来斤螺蛳。

“双抢”期间，小孩子无所事事，摸螺蛳的特别多。螺蛳多的池塘人也特别多，场面非常壮观，水面上漂浮着五颜六色的脸盆，一阵微风吹来，脸盆顿时成了无业游民，站错了队，改变了位置。从水里冒出来的小孩，找脸盆是一大烦心事。为解决找脸盆的难题，我重新换了个地方，去村子后面的新开河摸。河里的水是给农田灌溉的，从外江用抽水机打进来的，是流动的，是活水，因此螺蛳的壳比一般池塘的螺蛳要薄一点，颜色是黄的，斤两也轻一些。池塘螺蛳的壳要厚一点，颜色是褐色的，相对斤两也重一些。河里的螺蛳个头大，壳薄，容易剪屁股，一般剪刀就可以了，不用老虎钳的。而且新开河宽不过十来米，深不过半米，弯腰即可，不必像池塘那样要扎猛子，很危险，体力消耗大，一天下来累得要死。有一次去池塘摸螺蛳，回到家里鼻子出血了，我非常害怕，合作医疗站的赤脚医生说，是疲劳的缘故，不是病变，这才稍稍宽了心。

摸来的螺蛳，不是养在水桶里的，而是在堂屋里匀匀铺开，再铺上一层薄薄的淤泥，然后浇上水，第二天早上去义桥街上卖时再洗干净。这样做保持新鲜，好像螺蛳还在池塘里一样。还有一个小秘密，养在水里的话，第二天螺蛳里的泥土已经吐出来，重量减轻了，卖的钱就少了。在淤泥里的螺蛳，吸进淤泥重量大大增加。无商不奸，我从小就有体会。同伴比我还奸，趁着天还未亮，商贩看不清楚，往竹篮里掺入空壳螺蛳，更有甚者，掺入螺蛳大小的小石块，以次充好，增加重量，换得一时之利。等到拆坏了牌子，没有人来买螺蛳，后悔就来不及了。

长长的一个暑假，除了台风天，除了流鼻血的那几天，我几乎每天都在摸螺蛳。人被晒得乌黑乌黑，太阳一照，亮晶晶的，成了小泥鳅。螺蛳成了那时饭桌上的必备菜，给辛勤劳作的父亲当下酒菜。听着父亲有滋有味地吮，我的心被喜悦充满。河里摸螺蛳时，顺便摸一些小鱼小蟹、小虾小甲鱼、小鳗鱼小黄鳝，改善一下生活，是我最大的愿望。

我像守财奴一样保存着我摸螺蛳赚来的带着泥土腥味的毛票。最最得意的是，我独自乘轮船到杭州买回一本《新华字典》，而就是这本来之不易的《新华字典》，也留下了深深的“文革”印痕。第一页用粗黑体刊印了毛主席语录，出版说明中写道：“我国的无产阶级‘文化大革命’取得了伟大的胜利，一个伟大的社会主义革命和建设的新高潮正在兴起。广大工农兵群众，在读马列的书，学习毛主席著作，和参加阶级斗争、生产斗争、科学实验的三大革命运动中，对字典工具书的需要十分迫切，我们现将《新华字典》略加删改，出版试用，以应急需。”版权页上印着1971年6月修订第1版，定价为0.73元。我的这本字典因为使用率高，没多久封面和内页就出现了破损。尽管在今天看来区区的几角钱，实在是不足挂齿，但对20世纪70年代一个小学生来说，也算是不小的数目。那个年代奉行“节约闹革命”，一切从简，能省则省，于是，我便找来一张牛皮纸，将字典的封面包裹起来，做成了一个新的封面。然后，再请班上一个擅长写美术字的同学，用粗笔写上“新华字典”四个漂亮的美术字，而破损的内页则用透明胶带一一补好。

从此，这本字典陪伴着我从少年走向青年，再由青年走向中年。

闹地震

1976年夏天，因为唐山地震发生，许贤公社也“闹”起地震来。

公社干部到县里参加会议，会议的主题是如何预防和战胜萧山有可能要发生的地震。听到这个消息，在座的各个公社的领导干部，屁股都坐不住了，急急忙忙地赶回公社，领导全公社干部群众，如何进行防震。

一走进许贤境域，你就会发现许贤各地到处搭防震棚，毛竹为架子，盖上塑料布，条件好一点的，盖的是厚实的帆布；到处都有手写的宣传标语，“震前动物有前兆，发现异常要报告”！和“地震不要慌，逃命最要紧”，是当时许贤的流行语。

为配合公社革委会，各大队都相应成立了防震小组，把公社的指示精神及时传达到每个社员家里。前黄大队还召开了社员大会，动员社员积极做好预防地震工作，普及防震知识，如发现井水水变浑、翻花、冒泡、变味；鸡鸭猪羊乱跑乱叫；老鼠外逃，鱼儿在池塘水面乱跳，这种情况预示着马上要发生地震，务必请社员同志们走出屋里，到道地上去。地震棚不多，全大队人马不够住，老人妇女小孩到地震棚里，壮劳力坐到大道地上，保护老人妇女小孩。最后，大队干部告诫各位社员，千万不要带东西，人在比什么都重要，东西以后好置办的，人没了，一切都空了。如果地震真的来临，我们一定要发扬一不怕苦、二不怕死的革命精神，克服地震带来的一切艰难险阻，战胜灾难。

有一天，公社革委会正式下达通知，今晚要发生地震，请社员同志们做好撤离准备。接到公社革委会的通知，父亲立即召集大队生产小队长以上干部、全体共产党员、基干民兵在大队部开会，研究部署晚上的抗震工作，要求在座各位干部通宵巡逻，严密注视地震情况，挨家挨户做好动员工作，对不愿意离开的社员，派力气大的干部上门，实行强制措施，拖离至室外。

父亲在大队部，没有工夫到家里来。所有地震撤离的事情，都是由母亲一个人操劳着。母亲把箱子里的钞票藏在身上，并嘱咐我们兄弟俩，万一她出了意外，钞票一定要从她身上拿走藏好，这是全家的命根子，千万丢不得。家具上放了厚厚的稻草，免遭地震损坏；各种锅瓢、脸盆、水桶、扁担、蒸板、菜刀、热水壶、饭淘箩、碗筷、瓢羹、脚盆、手巾、凳子、长杠、米缸、陶坛子、瓶瓶罐罐等，放在八仙桌、大木床下，还有一些放在柜子里、五斗橱里。等一切安排好后，母亲准备烧夜饭。

夜饭菜肴出奇地好。也许大家都认为是最后一餐夜饭，菜肴一扫平时清一色的萝卜青菜倒笃菜，基本上是以荤菜为主：条肉烧油豆腐、红烧鲢鱼、糖醋排骨、榨菜肉丝蛋花汤，这些难得一见的美味，在地震来临前的那一刻，在村庄里荡悠，给肚皮刮心饿的村民，打了一支强心针。那天，我拼着老命吃菜吃饭，等到实在吃不下去才收手。我摸摸自己的肚皮，恋恋不舍地离开小方桌，和弟弟一起到屋外去看天色。

天暗下来，母亲点亮厢屋里的15瓦电灯泡，叫我们兄弟俩把楼上的竹榻抬下来，放在两张长凳上，竹榻上放两床棉被，又把大门旮旯里的鸡箱打开，让母鸡出来，允许它在厢屋里走来走去。母亲还叫我们穿上厚厚的毛线衣，戴上帽子，那时天还热，我感觉热都热煞。母亲说，穿得厚是为了抵挡砖石的撞击，万一房子全没了，衣服还有一身，可以安全地过冬。我想，母亲是精明的，算的牢。等萧山广播里开始播出“新闻和报纸摘要”节目时，我们母子三人坐在竹榻上，死死地盯住母鸡，一旦发现鸡飞，我们就迅速离开厢屋，冲到道地上去。

不一会儿，邻居们都来我家串门，看到我们穿着的衣裤，都觉得奇怪。母亲解释了一番，大家都觉得有道理，纷纷回家穿厚衣裤。

晚上9点钟，广播里响起公社干部洪亮的声音：“全公社社员同志们，地震马上要来了，请大家都要准备好。一定要记住，轻装上阵，不要带过多的东西。注意屋里的鸡鹅阿鸟，一旦发现鸡鹅阿鸟乱飞，马上到空旷处，有解放军同志来救你们的。”许贤广播一遍又一遍地喊，我们听得烦了，把广播线一拉，广播没有声音了。有人提醒说，要是地震来了，广播里会喊的，于是我又上前把广播线一拉，公社干部的声音又响起来。

那边父亲在紧张地部署工作，大队部里灯火辉煌，人员窜进窜出，一会儿有人报告说有老年人不愿意离开屋子，一会儿有人来汇报有一处短墙头要处理一下，一会儿有党员进来说巡逻要面面俱到，预防坏分子浑水摸鱼，乘机偷东西。父亲有条不紊地进行逐一答复，做到临阵不乱。巡逻人员像一张大网，把全大队围得水泄不通，只等地震的光临。

10点过后，我坐不住了，但也不敢打瞌睡，在厢屋里与母鸡一起玩。大人们一边漫无边际地聊天，一边化解邻里之间的矛盾：平时得罪的人，此时互相握握手；以前为一件很小的事情发生过的口角，今天都扔到九霄云外；以前在小队里偷过懒的社员，都无拘无束地说出来，以后有机会劳动的话，再也不会偷懒了；以前在背地里说过某人的坏话，也主动交代，取得对方的谅解……是呀，所有的愉快与不愉快，仇恨与温暖，在伟大的生命之前，都是小儿科，都不值得一提。地震好像成了每个人的剖析会，又像是人与人之间的润滑剂。

下半夜，广播还在高喊，党员干部还在忙碌着，每家每户都亮如白昼，大地却仍旧一片寂静，小虫子们也已经安然入睡，只有月光在伴随着人们。越到深夜，广播里的提醒声越响亮，人们的心也揪得越紧。突然，我问了一句："不是要地震吗？怎么地震还没有来？"大家听了，面面相觑。母亲赶紧用手捂住我的嘴："不要说，听上面的，上面总没有错。"

母鸡有好几次都要回鸡箱，母亲把它赶开。母鸡经受不住，倒在厢屋地上，酣然入睡，不管母亲怎样踢它，母鸡就是不醒。邻居说，看来是不会地震了，要是有地震的话，母鸡是不会困觉的。老鼠、猪牛也影响全无，都在困觉，我们也可以回家去困觉了。邻居说完，见我们一动不动，又说，再等等看。

凌晨4点，天有些微微亮。许贤广播不响了，大家哈欠连天，你看看我，我看看你，都兴致全无，耷拉着脑袋。我抬起朦胧的眼睛，望着大门外的菜园，心想，好在天也快亮了。

拍烟壳

收集糖纸，是邻家女孩绚丽多彩的童年记忆；拍烟壳，却是小倌人计谋的象征。

我童年的丰富是现在的孩子永远想象不到的。走西瓜棋、拍纸片、玩牛筋、造房子这些游戏，充塞着我们贫乏的心思。每到星期天，老墙门前的道地上，三个一群，五个一堆，各玩各的游戏。走西瓜棋、造房子、跳橡皮筋，属于女孩子的游戏，大家无欲无求，玩过就好，最多是在某户人家的八仙桌上，比谁的糖纸漂亮。偶尔交换一下，满足各自的暧昧需求。而小倌人，对拍纸片和玩牛筋情有独钟。纸片用本子上长方形的纸折成三角形，叫“捞糕”。拍纸片比的是力气，谁的力气大，能把对方的纸片翻个身，所有权就属于谁了；牛筋又叫牛皮筋，细细的围成一个圈，它比的是巧力，弹得远的人有机会去盖其他人的牛皮筋，倘若盖住，所有权就归谁。若盖不住的话，第二个弹得远的人就有机会去盖牛皮筋，以此类推，直到最后一位，再重新弹过。这种不花钱的赌博，是需要小倌人的智慧，光有力气是远远不够的。

不知什么时候起，拍烟壳成了小倌人的主流游戏。那时候，香烟的价格是统一和固定的。我清晰地记得，最便宜的是经济牌，八分钱一包，大红鹰一角三，雄狮牌一角八，新安江二角四，利群、飞马、“五一”牌二角九，蓝西湖三角四，恒大四角二，大前门四角五，金猴六角一，凤凰六角四，带香气的，红西湖因有过滤嘴，比蓝西湖贵一倍还多，要七角多，绿上海比红上海贵些。关于“有过滤嘴的和没有过滤嘴的谁大”，这在游戏前，往往要争论一番，并确定规则。物以稀为贵，我们最想得到的是价格较高的一些牌子，如“中华”牌等。那时办喜酒的人家，蓝西湖最高档，一般人家条件稍好一点就用新安江牌，经济条件稍差的人家用雄狮牌香烟。

这游戏玩法其实很简单，把烟壳折成一个小长块的样子，一端稍硬呈三角状，再稍折，成一凹槽。每人把一个折好的烟壳子握在手里，手放到屁股后，不让对方看到牌子，齐喊“静、动、嘭”后出牌。如你的烟的价格最高，就赢得甩烟壳的权利。把几个人的壳子叠在一起，甩到地上，凹槽朝下的烟壳，就归你了，而且你还可以选剩余中价格最高的，依靠挥动手掌产生的气流，使之合仆朝地去赢得它。如果未能，就轮到价格为第二的出牌者，继续挥，依此轮流。直至地上的烟壳均有得主，才结束一局。

墙门里的堂叔脑筋活络，在公社印刷厂当采购员，经常全国各地跑，买的香烟各式各样。我经常在他的家里去乱翻，找些烟壳去“赌”。往往翻出来的都是一些新牌子，价格不明确，我就会说谎要多少钱，价钱往高了说，没人去证实，也无法证实。在价格上占据有利，赢的机会就大多了。

有一次父亲叫上几位同小队的社员，到我们家来帮忙编草扇，给猪圈屋顶换草扇。他那天拿出来的是一包带过滤嘴的红西湖，分给帮忙人抽。大家喜笑颜开，像捡到了钞票似的很开心。这种高档的烟卷儿，在农村地区是很难见到的，即使见到了也不会去买的，一包烟钱抵得上好几天工分，大家才舍不得抽呢。这包红西湖是远在上海的舅舅过年给父亲的，父亲一直舍不得抽。最开心的还是我，得到了一张高档的烟壳，又可以与其他小伢儿玩烟壳了。

有一次，拍烟壳输得最惨的同学建良，用摸螺蛳的钱去买了一包经济牌香烟，领着我们到田畈里去偷着抽。他很精明，一支烟调换一张五角以上的烟壳。起初，我们都不肯，后来见建良抽得很过瘾，大家都忍不住诱惑，纷纷拿出珍藏的烟壳去换香烟，像吸毒一样地吸起来。于是咳嗽声稀里哗啦一片，建良很满足。

在一个吃不饱饭、穿补丁衣服的年代里，这些烟壳帮助一个个孩子找到了快乐的源泉。烟壳，像春天里的一缕暖和的风，钓出了快乐。

去湘湖农场种田

湘湖农场，位于义桥、石岩、闻家堰三个公社的中间地带，在一望无际的平原上，密密麻麻地种植着水稻。远远望去，一畦又一畦的耕地，挤挤挨挨。可以说，湘湖农场是萧山的粮仓。

湘湖农场人少地多，一到“双抢”，收割早稻，抢种晚稻，时间上是来不及的。为了紧扣时间节点，提高产量，农场欢迎附近农民去种田。父亲在生产队的活干完后，也与社员们一起，到二十华里外的湘湖农场去种田，赚些外快。

手拎瓷质茶壶，铝制饭盒，赤着脚，戴着草帽，这就是父亲他们前往湘湖农场种田时的打扮。天未放亮前去，一路疾走，不到两个钟头就到农场。早上拔秧，中午在田埂上用一捆稻草垫垫吃饭，下午插秧，天黑回家。种一亩稻田工钱是五块，一个劳力，自己拔秧自己种，一天可以种一亩田，尽管秧苗种得拉稀拉稀，可以在秧苗间大踏步走路，但农场考核合格，工钱是当天可以领掉，现铜钿父亲回家交给母亲。一般一个夏季能干十几天，在当时也是一笔不小的收入。那时教师工资只有三十五块五毛，俗称“咪嗦嗦”。十几天的种田收入，能抵得上老师一个多月的工资，想想是蛮值得的，很有吸引力。

我这段年龄是过渡，没有“大跃进”的痕迹，却有“文革”的烙印。包产到户时读中学，农忙季节我也会凑合着干。平时跟着父亲在自留地上种些时令蔬菜，时时尝鲜，心中自然愉悦。

在父辈们去湘湖农场种田的时候，我和一些小伙伴也会跟随其后，去看看外面的天地。父亲告诫我，农场很远的，走路吃力煞噶。我不怕，整天窝在村子里，老早就厌了，有机会到外面的世界瞅瞅，当然不肯放弃。我们很聪明，自带冷饭头，远远地跟在大人后面。

到了湘湖农场，父亲发现了我，也没有办法了，人已经到了，骂也没有用，只嘱咐我当心一点，自己则立刻投入到了紧张的“战斗”之中。

湘湖农场真是大啊。哎！眼前一大片稻田已经基本收割完，有的农田都插上晚稻秧苗了，有的正在抛秧抢插。我们站在田埂上瞭望，远处还剩下一些小块的稻田没有收割，近处有农民正在田里抛秧，等秧苗全部抛开在田里，他们左手拿着秧苗，右手快速地往田里插秧。在另几块田里，也有放着一把把拔来的秧苗，几个农民在弯腰快速地插秧。一台“铁牛”在已经收割过的稻田里不停地耕地，父亲说，那是拖拉机，我们大队今后也会有的。父亲的脸上充满憧憬。

万里晴空，阳光灿烂，天气异常的炎热，大人们虽然头戴草帽，但是汗水不停地从脸颊上往下流，可他们也来不及擦汗，只是偶尔挥起衣袖抹一抹汗水。看到这情景，我们更深地理解唐代诗人李绅的“锄禾日当午，汗滴禾下土。谁知盘中餐，粒粒皆辛苦”蕴含的苦。

我们小孩子就不打扰大人们奋力做活了，在农场四周尽情玩耍。玩蝌蚪、捉泥鳅黄鳝、听青蛙歌唱、摸田螺，这些活儿我们很内行，玩得相当的娴熟，更何况湘湖农场的天地宽，玩转的余地更大，更能激起我们的兴致。中午，大人们一吃过中饭，不困午觉，就下田插秧。我们吃过冷饭头，去湘湖农场的山上躲阴。

躲阴的那座山，叫定山，湘湖农场场部就在定山之巅。所谓山体，其实不过是高十几米的土丘而已。山巅如履平地，场部建筑三三两两，掩映在绿荫之中。其中一幢三层的青砖灰瓦的苏式小楼格外显眼，在冬日的阳光中跳跃，深深地吸引着我们上前。此建筑西面入口处墙上有一水泥碑体，上书“教学楼浙江省湘湖师范于一九六五年九月实行半农半读六五年十一月由浙建公司建筑此楼面积一千六百平方米全校师生员工都参加基建劳动”，原来此建筑就是远近闻名的湘湖师范。因是暑假，学校里没有人，寂静得如同晚上，只有微风在“哗哗”流淌；处在绿影之中，我们感觉非常凉快，十分惬意。

第一次见到这幢小楼，我竟不感到陌生。也许是我的人生与湘师有千丝万缕的关系，也许是文化的因子在早早地诱惑着我，我用一种虔诚，流着泪仰慕，深深地凝视。教学楼西面有古樟一棵，南面梧桐树较多，与教学楼一般高，有的树叶子则伸到三楼窗口，屋子里的人伸手可触摸。摘一片树叶咬在嘴里，那种苦涩如青草的香味，会立刻弥漫开来，在口腔里打转，冲锋在鼻孔里，咽在喉咙里，一股清凉沁人心脾；放一束树叶在手心里，拼成一个小小的“念”字，把我在定山对湘湖师范的凝望，刻在脑海里，一辈子沉浸。

教学楼的大门紧锁着，我们无法进入，趴在窗台，透过玻璃窗向里望。突然，耳旁响起声音：“你们小伢儿在干什么？”我们吓了一跳，回头一看，一位中年人眉目慈祥地看着我们。“我们来玩玩的，大人在这里种田。”我怯生生的、蚊子一样地回答。“哦，是这样。我是学校值班的老师，你们想到里面去看看吗？”我们听了，拼命地点头。

老师领着我们参观校园。我们一边参观，一边听着和蔼的老师介绍湘湖师范的情况。“湘湖师范是留给萧山的一笔取之不尽、用之不竭的精神财富。甚至可以毫不夸张地说，民国萧山的历史一片黑暗，湘师是唯一的光芒。”老师无意之中的介绍，激起了我的理想。我在心里默念，长大后一定要考湘湖师范。

在定山玩了一个下午，我们不仅收获了清凉，更收获了一种理想。在以后的十几天里，小伙伴们在农场的旮角落落，玩了个遍。而我，则一个人静静地钉在定山，不到其他地方去玩，徜徉在湘师的缤纷里，把自己绚烂轻盈的理想，从此镌刻在定山。

每年的“双抢”结束，我都会去定山。父辈们在山下为生活而奋斗，而我在山上为理想而安静。去湘湖农场种田，是一个深刻的话题。这话题，必定是一脉清新，必定是一个熠熠闪光的伟大，留存于我纯朴的心间。

拾 肥

肥料是农作物的粮食。农谚说："庄稼一枝花，全靠肥当家"。"有收无收在于水，多收少收在于肥"。人民公社期间，化肥供应严重不足，公社实行计划分配，仅能解决全年农作物需肥总量的一半不到。因此，大积土杂肥成为农业生产中的一件大事。农家肥料主要有草木灰、人粪便、猪栏肥、鸡肥、鸭肥、鹅肥等。

中小学生拾肥，既支援了农民伯伯多打粮食，又锻炼了身体，还能锤炼思想品质，一举数得。因此学生拾肥，列入罗墓学校工作计划。老师会每天布置一定数量的农家肥作为家庭作业，第二天一早到校，班主任便来检查登记。礼拜天要求更高，拾肥作业多一点。当时学科作业是很少的，老师也不检查，因此我们是以交土肥为主要目标，学科作业一般是不做的。

我们去学校读书时，顺便带一只竹篮，回家时带一篮子青草回家，一部分草放进自家的猪圈，作猪栏肥，挑给生产队每斤有半毛钱；一部分作为作业第二天交给学校，学校在第一排预留高中部的短围墙里，存放青草。除了割青草，拾来的鸡屎、鸭屎、鹅屎、狗屎，也可以抵青草。反正只要是土杂肥，都可以上交学校当作业。

礼拜天，学生的主要任务是到村庄内外、田塍边缘、田头地角、河道两岸、江塘堤坡割草。由于经常去割，后来连生命力很强的花生草也难以成片找到，都被我们这些小伢儿作为家庭作业上交给学校。我们每次到外面去割草，一路上总是唱着歌，最喜欢唱《红小兵学雷锋》："红领巾红彤彤，红小兵学雷锋，全心全意为革命，爱憎分明心最红；提高警惕，保卫祖国，仇恨敌人，热爱工农；我们是共产主义接班人，要做革命的小英雄。"为了要做革命的小英雄，同学之间经常互相攀比，你交一斤，我就交二斤；你交二斤，我就交三斤，这样任务越来越重，以至于后来，我们在竹篮里放泥块，以增加草的重量，最后乐极生悲，被老师发现，以前交的草一律扣除三十斤来惩罚。

有一天，我到义桥公社义一大队的大娘姆妈家吃喜酒，回来时已经是晚上9点，有鱼有肉有糖吃，难得这么开开心心，根本记不起还有农家肥的作业。结果第二天早上，老师例行检查农家肥作业，她问我有几斤。我灵机一动，说忘在家里了。老师马上接着说，去家里拿吧。我无可奈何地回家。

家里无货，怎么办？我想拿猪圈里的猪肥，怕父母回家发现猪栏肥少了，要打一顿。我想去田里割草，无奈田里精光精光的，哪还有青草可割？我只得像一个呆子一样到村里各处逛，盼望出现奇迹。逛到大道地，远远看见有一群鹅在道地上寻谷吃。我心里一喜，连忙回家拿来畚箕、钩子，美滋滋地撅起了满地的鹅屎。多么新鲜的鹅屎，多么大个的鹅屎，我发现，今天的鹅屎特别有看头。它解决了我的后顾之忧，解决了我的天大难题。要是万一没有完成任务，估计我的红领巾又要被暂时没收，放到办公室，以示警告。没戴红领巾回家又要被重面子的父亲臭骂一顿。

回到学校，已经是在上第二节课。我把鹅屎交给老师，老师在全班同学面前竖起大拇指表扬我，说我今天交的肥最多，质量最好。同学们很是羡慕，后悔没有把自家鸡窝里的鸡屎拿到学校，错过被表扬的机会。

作为土生土长的农民的儿子，积点农家肥，为农业产量的提高做点贡献是顺理成章的事。老师在办公室闲谈，他们不知从哪里灵来市面，说烟煤很肥，施在农作物上长势很见效。我们几个调皮捣蛋包从办公室窗外听到这个消息，顿时眼睛一亮，像发现了新大陆一般，开发了一个新的宝藏。

于是，礼拜天我们很乐意地悄悄外出掸烟煤。把家里使用了不少年数的已经破旧的扔在猪圈里的草席一分为二，对剪开作为叠子，弄来棕榈树的叶扎上细的毛竹片作为掸帚。那天我们一行六人戴着草帽，腰间系着叠肩，肩上挑着篓子，向石门西山下那个方向去掸烟煤。干这活要进入人家灶间的，首先要得到人家的同意，一个个黑不溜秋的小孩子，人家老婆婆看了就恶心，大多见你去了就关闭大门不让你进，但也有几户因烟囱被烟煤堵塞，烟囱出烟不畅，主动叫你进去掸的。这时我们就会像得了宝贝似的，赶紧进去掸，因这样的人家烟煤多，收获肯定大。

掸烟煤，虽不费力气，但很脏。我们背着竹制的小梯子，拿着长柄掸帚，随带席子和畚箕、化肥编丝袋，在烟囱旁靠上梯子，用长柄扫帚在烟囱洞中上下掸扫，烟煤落入畚箕之中；或进入农户家中，在灰灶床上摊开草席，将灶梁上的烟煤掸下来。因烟煤一掸，煤灰弥漫，弄得满身都是，黑不溜秋，成了名副其实的“烟煤老将”。

最使人刻骨铭心的是，有时进村时会碰到狗。老远就听到那狗在叫了，不用担心的，这样的狗是绝对不会咬人的。最怕的是狗到我们脚边了还是不叫，只是竖起了领脊毛，直扑我们的脚筒骨。一次我们到了一个大村庄，刚放下烟煤担，就有七八只大草狗齐刷刷地向我们扑来，吓得我们“哇哇”大叫，魂灵都没了。幸亏狗的主人都在，把狗喝住，大概是他们看出我们几个小毛孩吓得要命了。从那以后我们再也不敢去那个鬼地方撣烟煤了。

撣烟煤的成果很大，生产队干部很欢迎，学校表扬了我们，我因此获得那年的“三好学生”。其他几位伙伴也因此加入了红小兵，挂上了鲜艳的红领巾。撣烟煤的故事经常被老师挂在嘴上，来引导低年级的学弟学妹们，勤奋拾肥，多为农业生产做贡献。

还有更搞笑的事。我和小伙伴在几里外的前江沙割草，大家割满一篮子，看太阳还未落山，围坐在一起，拿出扑克牌，推起牌九来，下注的赌资就是一把青草。牌九一共32张扑克牌，分为天、地、人、和，以及三长四短和五点子牌。庄家砌好牌后，用骰子掷出点数，然后按顺序将牌分配到每个参与者手中。各人先下注，然后由庄家抛骰子。依照骰子的点数，依逆时针方向派牌。玩家会有四张牌，分开两组，每组两张。玩家可自行将四张牌两两搭配，然后两组牌朝下，小的点数横摆放在前面，大的点数直摆放在后面。然后每人与庄家比牌分胜负，必须前后都大于对方才算赢，前赢后输或前输后赢就是和局，前后都输即输。所以配牌必须讲究策略。堂哥说，牌九是最讲理的赌博，可大可小，小到几根青草，大可无限制，一篮两篮均可。输得急了，打的大一点，马上一次性翻本。如果篮子里的青草输光了，就连忙跑开去，到附近地方临时性割一把草，赶紧又跑过来赌。

那天输得最惨的是堂哥，他的牌九技术最为了得，可能是乌风罩面，运气差，把辛辛苦苦割来的满满一篮草输得一干二净。第二天空着手到校，被眼尖的老师抓住，叫到办公室。起先这小子还死扛，后来在老师的逼问下，完完全全把我们出卖。结果，一起推牌九的几位全部被“请”进办公室，又是写检讨书，又是摘下红领巾，暂时不当红小兵，以观后效。

一般我们最喜欢去浦阳江江塘割草。浦阳江江塘外侧长着芦竹，内侧塘坡长着青草，塘脚有供农业生产灌溉用的排水沟。在塘坡割草有一个好处，就是万一草不多，还可以用干牛粪来抵。生产队的放牛佬喜欢在塘坡放养耕牛，牛绳上绑一截小木棒，钉入泥土，让牛自己去啃咬草。放牛佬则翻过江塘，去小围垦的荷塘里去摸螺蛳，或者到浦阳江里摸黄轩，一举两得，既能完成生产队的任务，又可以带点私活，改善一下生活。所以，当完成拾肥作业有困难时，我们就会选择去浦阳江江塘这块风水宝地，十几华里长的江塘，串起几个大队，牛粪老多的，应急应急蛮不错的。

上小学时拾肥，是必修的功课，这是我们一代人几乎共同的经历。现如今有人一提起农家肥，我就会想起几十年前那轰轰烈烈的积肥活动来。那段往事，酸酸甜甜，会在记忆深处隐匿，偶尔抖露，芳香四溢，亲密无间。

谈理想

小时候谈理想，是正儿八经的事情。

老师说，理想是一个学生的人生起点，只有远大的理想，才会有远大的目标，才会对社会主义的建设起到添砖加瓦的作用。那时，国家也有理想，最大的理想是实现四个现代化，即要实现农业现代化、工业现代化、国防现代化、科学技术现代化，简称“四化”。我们小学生谈理想，也是以“四化”为基础，结合自己的遐想，提出高大上的理想。老师经常挂在嘴上的一句话就是，等到2000年，祖国的四个现代化实现了，你们已经是三十多岁的人了，都是建设祖国的主力军，你们真幸福。说话之间，老师的睫毛分明在微微抖动，眼中分明流露出遗憾。我猜，他肯定是在想，到那时已经退休了，已经不能生龙活虎地为建设祖国而感到遗憾了。

于是，我怀揣着四个现代化的梦想，盼星星，盼月亮，盼望2000年早点到来。四个现代化在我们小学生的心里，就是吃好的，穿好的，无忧无虑地生活在祖国的大地上。“四化”像一个大苹果，照亮了我的心，我和同学们手拉着手，肩靠着肩，笑盈盈地走在冲向社会主义的幸福大道上。

我们的作文，会先写一段“四化”的内容，建设祖国的理想，再写自己的事情。谁在开头写得荡气回肠、威武有力、充满激情，谁的文章就会得高分。理想穿行在我们生活的角角落落，连做梦时都会高声背诵四个现代化的内容。

我们的课堂，上课前一定会先背诵一下四个现代化的内容。老师经常表扬我，说我的声音像女人一样清脆，像黄莺出谷，像清泉过石，煞是好听。我才不管男同学的指指点点，难得一次老师的表扬，会让我有独一无二的心情。我私底下怀想，老师一定是世界上的最最饱学之士，最有想象力的，能把我的声音说得这么美。

品德课往往是一节课上到一半时，课文内容基本上讲光了，为了打发余下的时间，谈理想是最好的内容，既可以充实上课的内容，又可以激励小学生奋发向前，一举两得。我清楚地记得，老师问我们长大后的理想是什么？同学们滔滔不绝，打开思维的大门，用自己所知道的高尚工作作为自己远方的理想。科学家很高大，在我们的心目中是个什么都能干、什么都会干的“孙悟空”；工程师会设计，会把生活设计成五彩缤纷，是想要什么就会有什么的“神笔马良”；工人有工资，不用晒太阳，还有各种农村见不到的票证，是想吃什么就可以买什么的“老大哥”，还能住到城里，坐汽车、荡马路；解放军穿草绿色的军装很威武，是冲锋在前，享受在后的“保护神”。同学们想当科学家、工程师、工人及解放军，也在情理之中。殊不知要当这高大的四类人要付出多少艰辛才能成功，即使当解放军，也要有强壮的身体，一定的文化知识才有可能到部队，才有可能领取那“六块钱”的津贴。

我的理想是当一名新式农民，与其他同学有明显的不同。此话一出，立刻遭到同学们的哄笑。只有我坚持自己的理想："我所讲的新式农民，是会开大型拖拉机、插秧机、联合收割机的农民，而不是只会'摸六枝头'的农民。"我用老师平常在课堂上说的实现"四化"后的农村新面貌来大讲特讲我的理想。没想到，同学们是如此反感当农民，祖祖辈辈是农民，为什么要离开生我养我的土地。

套胡子闹

许贤人眼中的蝉，是与别的地区是不同的，名曰其名“胡子闹”。我想大概是由于善于鸣叫，扰乱了人的清静；加上它有触角，像极了成年人脸上的胡子——摸上去的感觉是触煞的缘故。其实，胡子闹的叫法的确比蝉要好听的多，也比蝉有想象力。

胡子闹，我们简单地把它分为两类。一类叫“鼓手胡子闹”，就是那种比丛林金丝雀的叫声大得多的胡子闹。我曾经在年少时，仔细地研究过鼓手胡子闹，发现它的发音器管就在腹基部，像蒙上了一层鼓膜的大鼓，鼓膜受到振动而发出声音，由于鸣肌的快速伸缩，盖板和鼓膜之间是空的，能起到共鸣的作用，所以其鸣声特别响亮，并且能轮流利用各种不同的声调激昂高歌。一类叫“哑巴胡子闹”，外观看上去与鼓手胡子闹是一样的，其实是完全不同，它的乐器构造不完全，所以不能发声。

上学后，学了《自然》课才晓得，婉转如黄莺的胡子闹，竟是一种害虫，是比“四害”还要坏的害虫。博学的青年老师，大讲胡子闹的来历：胡子闹的蛹在地下度过它一生的头两三年，或许更长一段时间。在这段时间里，它吸食树木根部的液体，然后在某一天破土而出，凭着生存的本能找到一棵树爬上去。胡子闹蛹经过几年缓慢地生长，作为一个能量的储存体爬出地面。它用来挖洞的前爪还可以用以攀援。胡子闹是在中午最热的时候从地下直接钻出，就近寻找小灌木爬上去。刚从地面出来时，嫩黄，较小；正午时，阳光非常强，幼体胡子闹在灌木上颜色逐渐变黑，待全黑后就可展翅飞走。会鸣叫的胡子闹是雄胡子闹，雌胡子闹是哑巴胡子闹。

我对胡子闹的感情由爱意变成了敌意。本来在放暑假时，我们去套胡子闹，心中还有一丝惭愧。如今完全不是这样的想法了，完完全全是为大树除害，为民除害。我们的心中顿时涌起一股自豪感，幸亏老师及时提醒，否则白白浪费了自己的感情。

套胡子闹，要用专门的工具。我们那时用的工具有两种，都是自制的。一种是用铁丝围成一个圈，将圈绑在长竹竿上，然后网上厚厚一层蜘蛛网，这样工具就算做好了，可以拿它去套胡子闹了；另一种是事先备好一个大大的面团，将面团粘在竹竿的顶端，高举着它就可以粘住伏在树干间的胡子闹。我们常用的是第一种，那东西用起来好使。备好工具，几个好伙伴开始去套胡子闹了。

罗墓畈池塘多，池塘边的树木也多。我们一般会选择在炎热的中午去套胡子闹，因为这段时间大人都要困午觉，没有人管我们，是我们的自由时间。先听声音，胡子闹叫声闹猛的树上，一定是胡子闹集中的区域。我们专捉鼓手胡子闹，哑巴胡子闹我们是不屑捉的。循着声音向树上望，一旦发现有胡子闹，我慢慢罩上去，距离米把远的地方，就要猛地罩上去，因为胡子闹一受刺激就快速起飞，便会猛地撞在网上，这时只要把网转一个圈，胡子闹便无法逃脱了。

把套来的胡子闹，放在尼龙海斗中，海斗孔眼小，胡子闹飞不出去。听着胡子闹有力地歌唱，便会自然地想起初唐名臣虞世南的一首咏物诗：“垂緌饮清露，流响出疏桐。居高声自远，非是藉秋风。”诗歌句句写的是胡子闹的形体、习性和声音，而句句又暗示着诗人高洁清远的品行志趣，物我互释。等到听烦了胡子闹的叫声后，我和弟弟两个人，在别人家的墙角下烤胡子闹，看胡子闹跳芭蕾舞，听胡子闹的声音渐渐低下来，直至完全没有了响声。不一会儿，胡子闹的香味出来了。烤熟了，两兄弟就分着吃胡子闹味道会拐弯的肉体。烤熟一只又一只，吃完一只又一只，连续不断。想着虞世南这样动人的诗句，听着胡子闹这样流转的声音，吃着胡子闹这样美味无比的鲜食，我真是佩服自己实用主义至上的文化精神。这精神，也许会让道士佩服不已。

到了初中，学习了法布尔的《蝉》，这才明白胡子闹也是挺不容易的。法布尔的名句“四年黑暗的苦工，一月日光中的享乐”，使我心存不忍。纵然胡子闹有千般不是，它如此难得和短暂的歌唱，我们就应该放纵胡子闹。毕竟在阳光下的歌唱，是它孜孜追求四年的结果。于是，从那以后，我不再在夏天去套胡子闹，也不再在春天，去树底下挖胡子闹的幼虫来玩。

后来当了老师，有一次去城区某小学作讲座，看到学校里的科技社团成员，在树干米把高处，用黏胶带绑起来，心中疑惑，想不通究竟为何？为了解开心中的疑问，我拦下一位小朋友，问他为什么要这样做？这位小朋友倒也不生客，他的回答令我大吃一惊：“老师，我们这样做的目的，是为了不让蝉爬上去，掉下来捉住它。”孩子天真的回答使我大吃一惊，怪不得现在胡子闹是越来越少了，原来是人在胡子闹的幼儿期就扼杀它。从前夏天胡子闹在耳畔的嘈杂，可能只是一种远去的热闹，像许多文化的根一样，永永远远地消失在繁荣昌盛的祖国。

停 电

母亲说，你的出生是一个好兆头。

母亲又说，你的降临给我们带来了光明。

母亲说这话时，我是明白她的意思的。我出生在20世纪60年代，由于南坞山里黄石垅水库竣工，有了一台30千瓦的发电机，发出的电接到了家里，公社规定每户人家只允许接一盏15瓦的白炽灯泡。15瓦，虽然不是很亮，但比起蜡烛来，既卫生又明亮，使许贤人大为高兴。我们家除了祖辈，还有父亲那一辈，就一间老房，上下两层，几十个平方，挤着好几户人家。这第一盏灯，装在我们房间里，是因为母亲肚子里怀着我，祖母特批的。

黄石垅水库给易涝的水稻田带来了福音，从此旱涝保收，粮食有了可靠的保证，不再像大食堂时代那样饿肚子了。母亲说的光明，大概也含着这一层意思吧。

电确实是个好东西。没有电的时代，给水稻谷脱粒，靠的是墙门里的石捣臼，一餐饭也要花大气力的；没有电的时代，妇女晚上纳鞋底，要睁大眼睛盯着，一不小心还会刺到手指；没有电的时代，水稻田打水，要用木质水车，上下移动的木片，费力地把水从池塘里拉上来。有了电，一切都变了模样。

母亲还说，你一定是一个有福的孩子。

有了电，农家生活有了很大的改观，不再饥饿。农家的孩子也有了书读，有了跳农门的机会。母亲说的福，蕴含着对自己孩子美好的希冀。也许，母亲的眼光没有这样远大；也许，母亲所说的福，只是单纯的愿望而已，能一辈子填饱肚子而已，只是，只是孩子的安康而已。

小时候，停电是常有的事。全公社每个大队轮流，原则上每个礼拜停一天。前黄大队是轮到礼拜二，全天二十四个钟头要停的。如果碰上线路整修，一个礼拜要停好几天。为了保证“双抢”的用电，在开镰以前的半个月，早上6点就开始停电，一直到晚上9点半才来电，连续十几天停电，省下来的电来满足“双抢”的用电需要。

停电了，我们会在大道地玩军事游戏。黑咕隆咚，谁也看不见谁，凭着感觉，仔细听声，才能分辨出敌我双方。好在同伴之间非常熟悉，一声咳嗽，一个脚步声，乃至隐隐约约的黑影，都能十分精确地判断出是谁。摔在地上，互相碰撞，撞在墙壁上，都是会发生的事。我小腿上至今还留着停电时候玩军事游戏摔跤时的疤疤，一条条，明显着呢，暑假时不敢穿短裤，只能用长裤捂着，害怕那些五彩斑斓的不规则线条，会吓坏心思单纯的美女。

停电了，我们会打听公社电影放映队在哪个大队放电影。一旦得到消息，便一起涌向那个大队。电影队有发电机的，不怕停电。尽管放的电影是老片子，看了多次，但心里那个劲，喜欢热闹的劲，支撑着我们穿过七高八低的田塍路，走过长满芦竹的泥塘，跳过黑乎乎的田沟。有时，走很多路，千辛万苦到达某个大队，发现是假消息，根本没有电影，大家也会原谅那个传消息的人，一路嘻嘻哈哈，高高兴兴地折回来，反正停电，什么也干不了，走来走去，时间过去了，电也就悄无声息地来了。

停电了，大家会打着火把到浦阳江塘上去玩。拗着芦竹梢头，吹着芦竹管，在芦竹丛里钻来钻去，大声喊叫，仿佛一群“夜不修”，在空旷的塘上，散发着浓烈的奇妙。渴了，就喝一口塘潭里的水；尿急了，就随地拉在芦竹丛里当肥料；累了，就躺在江塘内侧的斜坡，在青草地上仰望星空，听夏夜蛐蛐的鼾声和远处青蛙甜蜜的鼓噪。

停电还有一个好处，可以在池塘偷鱼。不用钓竿，只要一根细线，细线上穿个钩子，钩子上弄一块拌过香油的面粉团，直接放入池中，把线吊在池塘边的石驳勘上的石头缝里。人呢，跑开去玩了。等到半夜里，大队管鱼的社员回家睡觉去了，跑过去起钩，一条鲫鱼、鲤鱼或鳊鱼，咬在钩子上一动不动，死掉了，拿回家去，第二天红烧一下，补补菜色的身子。后来，这个捕鱼的秘密被发现了，我们就换一种偷鱼的方式，反正停电没有光亮，黑暗成了我们的保护色，也是我们与大队管鱼佬斗智斗勇的极好手段。放游丝、兜兜网、虾药水，十八般偷鱼的武艺，样样精通。在那个年代，停电的时候，我们可以释放一下心中的邪恶，满足一下空洞的肚子。

我最大的梦想是到城里舅舅家做客，因为在乡下，人像牲口一样睡得早。特别是夏天，经常停电，一周有好几次。大家漫无目的地吹牛，海阔天空地精神旅游，拿一把蒲扇，驱赶身边的蚊子，往往等不到来电，就早早地去睡了。

偶尔到舅舅家玩，心里就像揣了蜜似的“咚咚”直响。预订好日子后，我急急忙忙向伙伴们炫耀，仿佛城里就是一个人间天堂。我用五彩池一般的魔力语言高声描绘，让小伙伴贫乏的想象构建瑶池般的艳丽。大家都说，平生最大的幸福就是能拥有一户城里的亲戚，那样就会在电扇的“呼呼”声里安然入梦。

舅舅家位于市心桥头，石板路两旁都是小摊，比我们义桥老街还要狭窄。记得舅舅家的墙门在市心桥向东二十来米处，墙门旦有一口水井，石头井圈，井水清洌而又甘甜。墙门的样子跟我们老家差不多，只是院子面积小些。我渴望这座墙门，不是因为它的大小，也不是因为它的水井，而是因为它位于城里，不会停电。出墙门走不到五分钟的市心桥头，有乡下人看不到的霓虹灯闪烁，踩不到的柏油马路。我的布鞋因此有机会跳开牛粪的追赶，我的眼睛有机会撇下阴影的重量，我的心胸有机会奔向充满星辰的大海。

每年的暑假，我都会枕在城河的深处，做一个短暂的城里人，回去时我仿佛光宗耀祖，带走一滴城里的水，洒向充满小鸟欢鸣的稻田。农村停电的抽搐，让我走进了辉煌。

从城里回来，我的身边一定围着许多伙伴。我更像一列火车，卖弄在城里看到的景象，有时还凭着自己浅陋的想象，添油加醋，讲出来的东西自己也感到脸红。我的“进城”经历满足了伙伴们的渴望，丰富了他们的想象，勾起了他们无限的畅想。

这样被伙伴围着做老大的幸福，一直延续到离开家乡到外地读书时才结束。几年后，等到我像种子一样回到家乡土地的时候，那个儿时怀揣亮晶晶梦想的小子不再是幸福的老大了。踏上故乡的石阶，弯下腰仔细查看轻盈掠过的消息，才发现家乡已挺直了腰杆，咂摸出做人的滋味。

后来，我自己也在城里买了房子，把候鸟的心思固定下来，变成了不折不扣的留鸟。市心桥不再是旧模样，老房子已拆，石板路不再。城河依旧潺潺，霓虹灯依旧闪亮，但我不再有高人一等的幸福感，而是在忙忙碌碌中时常怀念乡下的清丽。

儿子打电话给农村的侄女，邀请堂妹来城里玩耍。儿子天生是个演说家，经常会紧握所有的语言，为心中钟爱的东西开一树灿烂的花瓣，这种能力远远超过我。他绘声绘色地描述湘湖，描述霓虹灯的左缠右绕时，侄女在电话里哈哈大笑：“哥哥，不要玩我了，湘湖我早玩够了，霓虹灯在我们村里都有。”儿子一下子懵了，郁闷地挂了电话，对着我轻怒：“爸爸，你老是骗我，妹妹根本不吃这一套。你小时候的遭遇就是一个把戏，哄我罢了。”

面对儿子的责问，我无言以对，找不出合适的词来解释。因为现在的萧山，城乡已经一体，根本区分不出哪是城区，哪是农村，就连萧山的西伯利亚——前进，行政设置已经为街道了，早脱去了沙地羞涩的乡野，硬生生成了城市的目录。

城区的优势如今不知不觉地被安葬了，看不见的亮光遍布萧山城乡。我很庆幸，小时候的优越感没有在儿子心里重植，那是因为我们不再需要暑假“移民”。一个可笑的时代已经结束，必将带来一个冠冕堂皇的时代。停电是一个历史名词，会穿着小说的外衣游荡，或者沉睡。

春天就这样简约地来到，不打一个招呼，扛着一万朵雨花，忧伤成化石，敲打闪电。

我在回忆春天之后的夏天，把自己想象成一件微不足道的古董。儿子在沐浴夏天的温馨，会把孩提时代当作平凡的往事。

童年渔事

每到春夏之交，小倌人都盼望着下大雨。

这个季节江南多雨，能够连下几天，甚至几十天，节气上叫梅雨季节。雨后到田畈里捉田沟鲫鱼，给我们单调的童年生活增加了童趣。

油菜还长在地里，油菜花金灿灿一片，仿佛在诱惑着我们这样的小子。在靠近池边的麦田、油菜地，池水往往会漫过田塍，与田沟连通。池塘里的小鱼也会游到田沟里去，我们卷起裤腿，用竹篮子拦住田沟的两头，用小海斗在沟里划来划去，用杨柳的嫩枝条，把捉来的小鲫鱼串起来，把鱼鳞的腥味，勾住童年的幼稚。

早稻的插秧刚结束，一片绿油油的，在梅雨的浸润下，微微仰起头，一戳一戳地猛长。晚上结伴去稻田照泥鳅黄鳝，也是一大美事。工具有三节电池的手电筒，一只水桶和样子像剪刀一般的竹制黄鳝夹子。一人照，一人夹黄鳝泥鳅。去照黄鳝必须要穿半靴或筒靴套鞋，以防蛇类侵扰。田畈里蛙声阵阵，灯影幢幢，不时传来几句话语声。一般是晚上9点钟左右去，此时稻田里的水清澈，黄鳝泥鳅基本上也已经睡了，一旦发现容易活捉。因此，照黄鳝的人走在田塍上，要轻手轻脚，不能发出很大的响声，以免惊吓了黄鳝，使之游向稻田深处。照黄鳝的人有一个约定成俗的习惯，就是在稻田深处的黄鳝不能去捉，因为一旦黄鳝乱跑，照黄鳝之人会踩坏稻秧的。如果运气好的话，一个晚上下来，成果辉煌，战果以泥鳅为主，黄鳝较少。黄鳝生性狡猾，喜欢躲在稻田深处，不像泥鳅，多在田塍边晃悠。如发现猎物，人要悄悄地站在猎物旁，把水桶放在田塍旁，双手把黄鳝夹子撑开，轻轻地放入水中，使黄鳝在夹子两头的中间，然后双手迅速夹拢，黄鳝便稳当当地夹住了。

有一次暴雨过后，我和堂兄去前江沙田畈照黄鳝。经过西边池时，听见池塘旁的油菜地里“哗啦啦”的响声，进去一看，不得了哇，原来是油菜田沟和池塘一样平了，池塘里的鲤鱼游到田沟里了。我和堂兄来不及脱掉套鞋就跳进油菜沟里乱摸一通，摸了满满一水桶鲤鱼。鲤鱼大多在两斤左右，金光闪亮，活蹦乱跳。第二天我们拿着两只水桶，两只海斗又去，准备大干一场。遗憾的是，一到那里我们发现水位明显比昨天低了许多，只捉了两条鲤鱼回家。

夏天抓鱼方法多，还有一种捉鱼方法就是车塘潭。外江沙田畈靠近浦阳江江塘塘脚处有宽约五六米的断头河，用来灌溉外江沙的田地。我们一截一截用双手捞起塘潭泥垒起两道泥墙，几分钟过去，就垒好泥墙。几个人在第一截水最深的地方用脸盆车水。没有工具的人用两只小手并拢，形成勺状车水。由于塘潭不深，车水一个小时足够，可以见底了。大小鱼儿在淤泥上跳来跳去，几个小屁孩负责捡鱼；等到第一截捉完鱼后，就把连接第二截的泥墙上半段推倒，让第二截里的水放入第一截，等两截水平后，再把推倒一半的泥墙重新垒好，再把第二截里剩下的一半水车向第一截，以节省体力。这样反反复复，一个下午下来，车塘捕鱼，效果很好。

利用池塘的水位落差捕鱼，很是简单。在两个池塘连接的水沟里，放上一张游丝网。游丝网用尼龙丝织成，比较牢固。网眼有一二厘米，便于水流通过。鱼儿顺着水流经过，碰上游丝网被缠住而活捉。不用拿着长竹竿去赶鱼，鱼儿会自动赶过来撞网。即使鱼儿发现了游丝网，想回游也来不及了，水前进的力量会把鱼儿生生拉回来，撞向游丝网。捉鱼人只要站在游丝网边捡鱼就行。有时，我会把游丝网用柳条遮住，伪装成池边的小树，自己头上也戴着个柳条编成的帽子，忽悠鱼儿。

更令人叫绝的是用夹沙绳捉鱼。用稻草搓成一根长三四十米的绳子，在草绳上每隔一米绑一块一斤左右的石头或砖块，这就是夹沙绳。大队里有十多位社员专攻于此项技术。我大伯是这些人中的佼佼者。每年暑假，我会跟随大伯和堂兄去义桥、朱村桥、闻家堰、临浦、大庄、浦南等公社去捕鱼。每到一个池塘，我和堂兄分别拉住夹沙绳的一端，沿着池塘两边慢慢走，大伯则游在池塘中央观察水泡。夹沙绳由于绑住了石块，下沉到池底淤泥里，随着稻草绳的迁移，石块在淤泥里会冒出水泡，上升到池塘水面，水面上也有水泡，石块产生的水泡呈长条。鲫鱼、黑鱼喜欢躲在淤泥里，稻草绳夹过去碰到鲫鱼，鲫鱼立即逃跑，产生圆形的水泡，上浮到水面。这时，大伯会叫我们停住不动。他呢，一个扎猛子，去池底抓鱼。不一会儿，浮出水面，把手里的鲫鱼放进浮在水面的鱼篓里。那时，池塘所有权属于大队，集体性质的。大队在池塘里放养包头鱼、鲢鱼，而鲫鱼、黑鱼、螃蟹、虾之类，大队里是不养殖的，属自然生成，因此，夹沙绳捉鱼是允许的，没有社员会来捣乱的。偶尔有社员来嚼口舌，给他两条大鲫鱼就万事大吉了。一天下来，到义桥街上可以卖到几十元钱，大伯给我两元辛苦钱。这钱在四十年前，该是一笔很大的财富。最可怕的是，大庄公社那边有一个池塘有很多水蛇，水蛇游在水面上，我怕，不敢下水，大伯与堂兄下去，那天抓的鱼特别多，卖的钱也多。

春夏之交和夏秋之交，季节轮换，天气往往会很闷，池塘里的鱼会浮头，就是鱼缺乏氧气，浮到水面来透气。此时水面上包头鱼、鲢鱼张大嘴巴，大口吸水。大家都会跳入池中，用鱼叉去戳鱼，没有鱼叉的，用手去捉鱼尾巴。大队干部在池边大喝，也无法拦住村民。于是大队里就把打网船背来，到池塘里捞鱼，以减少损失。

一年一度的梅雨又来到，潮湿再一次占领我干涸已久的心路。在潮水来临时捉鳗苗、兜斗网捉鱼、鱼竿钓鱼、放游丝网捉鱼、去外塘茭白潭摸螃蟹的事，一直泊在心底，永不会抹去。童年渔事，是翻卷的云朵，是期待的雪花。我向着潮湿的地方，怀念潮湿一般贫穷的日子，以及潮湿所带来的各种无法言语的快乐。正因为潮湿，我的回忆才会如此丰富，我的生活才不会好高骛远，才会满足，才不会贪心。

偷点东西垫肚皮

我所生活的年代，比起上一辈来说，已经是非常有福气了。过年做人客时，大人们会指着我们讲，这一代人最有福气啦，不用像我们那样饿肚子，虽然是青菜萝卜，肚皮总归能填得饱。言语之间，深刻地透露出大食堂时代饿扁肚皮，无粮可食的痛苦。

我听了不以为然，那种饿肚皮的事儿，虽比不上父辈那么深，也不是很浅显。那时吃的菜没有油水，小孩子活动强，中午饭落肚，到下午两三点钟，那碗饭早已不在胃里，胃空空如也。没办法，只能偷偷搞点东西吃。

最简单的是吃冷饭头。中饭肯定是烧多的，把剩饭放在竹篾编织的饭淘箩，俗称“冷饭头”。饭淘箩挂在灶间的楼板底下的钩子上。小时候，放学回家就直奔灶间，小马凳垫脚，脏兮兮的小手伸进饭淘箩，捞一块冷饭头就囫囵吞枣般地吞进肚皮；如果肚皮实在太饿，我会盛半碗冷饭头，放一点香油，再放一点酱油，这样吃起来又香又有味儿。不敢拿碗橱里的鸡蛋煎熟炒冷饭头，母亲早上是数好鸡蛋个数出工的，少一个太明显，晚上母亲回家要给我吃生活的；冬天冷，冷饭头硬梆梆，就用热水瓶里的开水冲一冲，权当“泡饭”。泡饭吃了就饱，但撒一泡尿就觉得肚皮瘪兮兮的了，所以尽管冷，我还是喜欢吃香油和酱油混合的“八宝饭”，这是我每天放学回家的保留节目。

其实，当时垫肚皮的东西是很多的，偷摘茭白是最安全的活儿。茭白潭是在外江沙，生产队没有人管的，不必担心有人来捉。茭白潭水不深，二三十厘米样子，只浸没了茭白的根，鼓鼓的茭白在水面上，敞开着胸怀，吸引我们上前去。茭白潭里螃蟹小而多，躲在茭白根上，用双手围住茭白根，曲兮兮的，知道是螃蟹，捉起来放进洋铁脸盆。茭白潭里的螺蛳，白净，壳薄肉厚，是螺蛳中的极品。我们一边捉鱼捉蟹，饿了就拗几根茭白。新鲜的茭白，洁白光滑、不皱不绿、肉质细嫩、口味较糯带甜，直接剥去叶片，把鲜嫩嫩的茭白，送进嘴里咀嚼，那香喷喷的味道，赛过山珍海味，至今留有余香。

外江沙除了茭白，还种有番薯。番薯是有人管的，生产小队专门派五保老人到外江管番薯，搭一个篷篷，晚上也睡在里面。偷番薯有一定的讲究。我们隐在江塘的芦竹丛里，盯着番薯佬的篷篷，有时要盯几个钟头。我们非常耐心，听着肚皮咕噜噜地唱，一手按着肚皮，一边盼望番薯佬早点走。番薯佬上午都在篷篷里，不会出去，下午番薯佬要去村里买香烟，还顺便去家里转转。他的这个规律早已被我们摸透，让我们好钻这个空子。看到番薯佬走了，我们飞跃出去，扯掉番薯藤，挖掉烂泥，番薯精光光地呈现在我们的眼前。发现番薯小，就丢掉了，再去挖。如此几次三番，把番薯地搞个天昏地暗。随古宁相，糟蹋粮食，番薯佬把我们这等恶劣行径告知老师，老师不知道是谁偷的，在大会上吓唬我们。我们不管，肚皮饿了，番薯照样去偷。直到后来，我们的一个小伙伴死了，据说是常吃生番薯的缘故，导致消化不良。从此，我们再也没有去偷番薯。

最危险的是偷萝卜。初中上夜自修，晚上回家要路过磨刀大队的耕地。9月份是萝卜的旺盛期，晚自修回家已是9点多，我们一群十五六岁的小子，背着书包，拎着铝制饭盒，一路浩浩荡荡。在路过萝卜地时，不知谁说了一句“肚皮有点饿，拔个萝卜吃吃”，大家心照不宣，一哄而上，拔起萝卜来。萝卜菜扔在地里，去附近池塘里洗一洗萝卜，皮也不剥，直接咬下去，一股子难挡的辛辣味道，鲜美如风暴一般，轻易地撼动我们刮拉拉的肚皮。不料第二天，磨刀大队的干部，拿着昨晚我们丢弃的萝卜叶，到学校里来告状。校长很生气，给上夜自修的班级逐一进行教育。这次我们学乖了，在晚自修结束回家的路上，我们高唱自己改编的《三大纪律八项注意》歌曲：“革命学生个个要牢记，三大纪律，八项注意；第一一切行动听指挥，步调一致才能得胜利；第二不拿小队的萝卜，群众对我拥护又喜欢……”路过萝卜地，不见人，我们故伎重演，风云残卷一番；如发现有人潜伏，我们就唱歌而过，决不去沾惹萝卜，自讨苦吃。

小队里蚕豆、花生、番薯收割的时候，我们就去地里相豆、相花生、相番薯。“相”这个词，左边一个“木”，右边一个“目”，意思是在有木的地方，一个处所，用眼睛看。话说的真好听，所谓“相”，其实就是社员在收割这些作物以后，捡一些漏掉的蚕豆、花生、番薯而已。我们小孩子走在社员后面，把烂泥翻来覆去，仔细寻觅，心里盼望社员是个睁眼瞎，漏掉的多，更好地给我们多捡一些。生产小队长是允许小孩子来相的，我们没有必要东躲西藏，大家大大方方地跟随。把相来的成果拿回家里，晚上在饭架上蒸一蒸，是父亲的下酒材料，也是我们改善生活的大好时机。

记忆中最深的是到湘湖去摘老菱。父亲和小队里的社员一起到去湘湖农场种田，赚些外快，我们小孩子会跟着去。大人种田，不会来管我们，我们呢，在湘湖农场跑来跑去。后来发现离农场不远的地方，有一大片水域，水面上漂着老菱。我带着好奇心，手里拿着树枝在水边翻找菱角，老菱垂生于密叶下水中，必须全株拿起来倒翻，才可以看得见。渐渐的，我们的胆子大起来，光着身子，走下水去摘。刚摘下来又鲜又嫩的老菱，剥开皮，雪白如玉；忍不住吃进嘴里，质鲜爽口，味道鲜美，回味无穷，令人垂涎欲滴。那元宝似的菱角，吸引着我们越走越远，不知不觉水已到喉咙，水底一滑，整个人就滑到老菱密叶下面了。我急忙在水底乱蹬双脚，喝了几口水，才露出水面。惊慌失措的我，连忙上岸，扔下老菱，去找父亲了。

肚皮饿，感觉什么东西都是好吃的，只有经历过饥饿的人，才会体会到食物的味美。怀念过去的饿肚皮岁月，心里有些咸有些酸涩。时过境迁，每当看到萝卜、茭白和番薯，还能勾起对以前生活的沉思，回忆过去一段的艰苦卓绝。

那一段，完全已经翻过，却是我残忍思维的撕心肺裂。

玩泥水仗

整个童年，几乎就是在泥巴中长大的。

家乡多池塘，水深不一，我们小孩子经常在池塘里嬉水、摸螺蛳、抓鱼捉虾。最好玩的就是在外江塘潭里、村里池塘里打泥水仗。在潭底或池底抠出有些黏稠的泥巴，像揉面一样搓来搓去，最后做成像汤团一样的造型，然后和小伙伴们对扔。

泥水仗一般会选择在暑假时进行。江南的暑假，气温高，农村小孩没事情干，脱光衣服去塘潭或池塘洗澡、玩泥水仗，是最简单易行、最能降温、最能玩出开心的游戏了。不用花钱，一天要洗好几次澡，玩好几次泥水仗。

村子中央的大道地前有一个荷花池，其实并无一朵荷花，空有一个好听的名字，三四亩大小，与邻近的庙龙池连在一起，两池之间的荷花塘早已塌掉。在荷花池南面，庙龙池西面，有一个半亩大小的河泥潭，是农闲时节生产队社员从池底挖来的淤泥存放之处。暑假，河泥早放到稻田里了，河泥潭里因梅雨的注入，好像是一个小湖泊。每次玩泥水仗，我们都是先把衣服放在大道地上，然后跳入水中，游过二十多米宽的荷花池，翻过河泥潭的围堰，进入河泥潭。游戏前，先把人平均分成两组，双数最好，人数一样的；若逢单数，剩下一人则担任裁判，往往是最弱小的那位当裁判，因为大家都喜欢玩泥水仗。

分好组后，两组人马距离十米左右面对面站好，等裁判说“开始”，大家立刻蹲下身子，用手抠出河泥潭底的淤泥，站起来搓一搓，扔向对方。顿时，泥巴在空中飞来飞去，像一个个黑色的炸弹，有的沉入水中，有的趴在对方队员身上。有时觉得河泥潭底的淤泥太稀了，每队都会派出“小分队”潜入荷花池、庙龙池底部去抠泥巴，把质量上好的池底泥巴运过来给“战斗”的队员，以其提高战斗力，形成“挖、运、战”一条龙战术。

大家玩得很投入，不一会儿，泥巴满身都是。有的人专门瞄准对方的小鸡鸡，一旦打中，引来大家的哄笑与赞赏；有的人喜欢扔对方的眼睛，削弱对方的战斗力；还有的人以扔到对方的头发为乐，泥巴经太阳一照变硬，想要抠下来比登天还难，说不定还会扯下几根头发，痛得要命；有几个人最爱集中扔对方一人，一下子把对方打垮，迫使他跳入池塘去洗一洗，减少对方的人数。总之，泥水仗花样百出，充分体现了伙伴们的智慧。

每次玩泥水仗，每次都很激烈。十米远距离的规定，随着“战事”的吃紧，渐渐拉近，不知不觉中“跨越国界”。后来竟然发展到你踢我，我踢你，泥水仗变成肉搏战了，不把对方摁在水里呛几口水决不罢休。

一场游戏下来，免不了要受些伤。河泥潭里暗藏许多碗碎片、空壳螺蛳、尖角石头等，在战斗过程中，这些东西会划破脚。没关系，一场“战斗”过后，我们游回对岸，洗净身上的泥巴，去大队里的合作医疗站涂红药水止血、上些消炎药包扎伤口。

去外江的塘潭里玩泥水仗，是与河泥潭里不一样的。

塘潭狭长，像一条小河，有几百米长。输的一方退路长，经常我方后退几十米，发起猛攻，又会把对方打退几十米，这样胶着的状态会连续几次，没有一方有把对方打到几百米塘潭末端的力量。这样的玩法更能激起我们的兴趣，也更令我们神往。等泥水仗结束，我们会顺便在塘潭里用夹砂绳捉小鲫鱼、摸螺蛳，或到附近的茭白潭里摸螃蟹。摸螃蟹最有趣了，螃蟹往往躲在茭白的根部，容易捉到。等到夕阳西下，我们每个人都拿着胜利果实回家，以丰富餐桌。

玩泥水仗日子，一去不复返，汪在心里，一直清凉到现在。

逃　学

位于黄家祠堂的罗墓学校，房子破旧，成了危房，大队干部决定把学校迁建到在村前面的张家池旁。在等待新学校的一年里，每个班级都散落在全村的仓库和民房里上课，造成管理上的漏洞，为我们这些生命力旺盛的孩子们逃学，打开了一个缺口。

逃学，是那时的时尚，是孩子们津津乐道的美事。把满腔的调皮心思，融进逃学的泥土。几个人凑在一起，趁课间十分钟老师在休息时，逃到浦阳江边，要么去游泳，要么去江塘上追赶落日，要么到江边去捉毛蜞。

捉毛蜞给饥肠辘辘的孩子带来福音。在潮水退去后，浦阳江露出大半的江滩。湿漉漉的江滩上横行着无数的毛蜞，远远望去，犹如千军万马，沙沙作响。毛蜞的个头比螃蟹小许多，如铜钿一般，脚上长满毛毛，盾壳四方四正，不像螃蟹那样圆形。毛蜞跑起来很快，要想捉住它，下手必须要快，否则是抓不住它的。毛蜞的大螯挺厉害，被它咬住的话，手指要出血的。抓毛蜞说起来容易做起来难，人一去，它就跑，速度简直是风驰电掣一般。追得快，它跑得更快。瞄准毛蜞，逮住机会就抓，抓了毛蜞就往桶里扔，按照这个方法，不出半个钟头，大功告成，满满一水桶毛蜞就到手了。回到家里剥去毛蜞的盾壳，扯掉两边的腮肺和底部的团脐和尖脐，洗干净后与做冬节磨团时剩下的米粉混合，加入一定的水，搅拌成糊状。在饭锅里倒入香油，加温至油里的泡泡消失，把粘满米粉的毛蜞放进油里煎炸，米粉成焦黄时捞起，就可食用。经过油炸的毛蜞，清脆松口，外酥里嫩，清香可口，奇特诱人，给肚皮咕噜噜的我们，提供了一份口味极佳的美食。吃不完的毛蜞，在清水里养几天后，放进老酒里浸泡，做成醉毛蜞，其鲜美、醇香的程度，不亚于山珍海味，爽口有的味道，会长时间在舌尖打转。

当然，逃学并非没有危险。第二天老师就会追究我们的“劣行”，写检讨、站墙壁、罚扫地、抄毛主席语录、多交一倍的青草，项目多多。我有时真佩服老师的想象力，想出的惩罚手段层出不穷。但是我们也不管，处理过后还是老样子，继续扮演逃学角色，毕竟外面的自由世界比循规蹈矩的学校更具吸引力。况且，还有美味的诱惑，我们无法抗拒。

逃学不是舍弃，而是丰富。我们发扬屡逃屡抓，屡抓屡逃的精神，与老师来一场斗智斗勇的游戏。为了降低逃学所带来的危险指数，我们这些小倌人还把逃学的经历说给同学们听，立刻在教室里引起一阵骚动，许多同学准备跃跃欲试，也想做一回逃学使者。特别是那些乖巧可爱的女生，听得眼睛都圆圆的，忍不住一份甜蜜，向我们打听毛蜞的地点和捉毛蜞的方法。于是逃学的队伍在悄悄地庞大。

直到有一天，半数以上的同学都走了，教室里空荡荡的，我们把上课的地点移到了浦阳江边，欢声笑语在江面滑行。气得老师眼睛冒火，校长和班主任到江边来找我们。我们发现老师来了，一哄而散，有的甚至连水桶都不要，丢在江边，连忙钻进江堤的芦竹丛里。我从芦竹的空隙望出去，大行其道的毛蜞，在阳光下轻松。不料，戏剧性的一幕出现了，只见老师们拿起我们慌忙中丢弃的水桶，在江边捉起毛蜞来。原来，老师也爱毛蜞。因此，我们的逃学，有了更充分的理由。

孩时的逃学，不是对人生的不尊重，而是一缕稻花的清香，盛开在贫瘠的土壤里，张扬着落花流水般的最美姿态。

小倌人的江湖

小倌人，萧山方言指未成年的男孩子。现在的孩子普通话说得很溜，这种叫法已渐渐退出舞台。在那个物质贫乏的年代，男孩子可是有自己的江湖行走。我把自己小时候的江湖行走说给儿子听的时候，他睁大眼睛，用怀疑的目光紧盯我，好像我在读一本小说。要知道，那时候物质虽然没有现在丰厚，但能玩，随便玩，玩得很疯。大人说，这些个孩子特别能淘，难伺候。现在，记忆中的断片，陆陆续续连接，划出一片晶莹的泪光。

六七岁时，牙齿渐渐松动，母亲说，这是要换牙齿了，把乳牙换掉，换成坚硬的牙齿。乳牙不是一下子换掉的，而是一颗一颗先后换的，有时是两三颗一起换的，这个换牙的过程，许贤人叫“废牙齿”。废牙齿时，是比较难受的，吃饭要小心翼翼，一不小心碰到牙齿，“嘎嘣”一声，牙齿就掉了，连饭带齿吐出来，雪白的乳牙上还有点点血迹，与大米饭粘在一起，混合着口水，在阳光下闪耀；此时如果饭吃得快，会把乳牙咽到肚支里去。左边的乳牙在摇，吃饭就用口腔右边的一排牙齿；右边的乳牙在摇，吃饭就用口腔左边的一排牙齿；若口腔两边的牙齿都有摇的，吃饭就难了，吃一口，停一下，再吃一口，慢慢嚼，慢慢咽。乳牙摇动，用手去拔有痛感，长痛不如短痛，用剪刀剪掉乳牙与牙床连着的筋，牙齿就拿出来了。母亲说，牙齿废掉后，要把它扔到屋顶瓦片上，保证会出好牙。于是每掉一颗牙齿，我就用力向瓦片上扔去，口中念念有词："好牙坏牙，老鼠牙最好，让我长颗老鼠牙。"老鼠牙不是那么容易得到的，可我还是那么虔诚，仿佛屋顶的瓦片，是一架神奇的机器，会让我参差不齐的牙齿，长得白白净净，整整齐齐，能啃坚硬的猪骨头，吮吸藏在骨头里鲜美无比的骨髓。

蟋蟀与蝉一样，是歌唱的能手。蟋蟀，许贤人叫"斗鸡"，并不是蟋蟀像一只鸡，而是因为有人利用蟋蟀好斗的性情，进行斗蟋蟀的赌博游戏，因而得名。蟋蟀喜欢躲在砖石下、土穴中、草丛间，雄性会发出"唧唧吱、唧唧吱"的声音。为了捕捉，我们常常会把菜园子的泥土翻个底朝天，又会在房子的地基洞里，用粗糙的稻草绳，逗引蟋蟀，逼蟋蟀出洞。捉住蟋蟀后，把它放进一根一段封闭，另一端敞开的空心竹管里，再用棉纱布缚住竹管，用牛皮筋弹住，听蟋蟀悦耳的唱歌；如果发现个子较大的雌性蟋蟀，我们就扔掉，不要它，原来雌性蟋蟀不会鸣叫；有时，我们会选择一户人家，把自己的蟋蟀拿出来，放进团箕里，来一场"斗鸡"大赛，赢者可以拿走输者的蟋蟀。

院子里多是卵石铺地，廊下多用石板，蚂蚁多的是，用开水烫蚂蚁也是挺有趣的。午饭过后，拿几粒白米饭，放在石板上。一个钟头后，几只蚂蚁匆匆而来，闻了闻，又而去。又是半个钟头，一大群蚂蚁黑压压地过来，排成一列队伍，在几只蚂蚁的带领下，前往饭粒之处。等蚂蚁把饭粒往回拖的时候，拿一壶开水，倒在蚂蚁上，蚂蚁们顿时乱了套，四处逃窜，有的被开水冲出老远，再也找不到回洞的路；有的逃进石板缝里，暂时逃过一劫；有的则跳几下，就不动了，可能死亡。小脚的祖母看见，会骂我，说我杀生。现在想来，儿时的残忍，是一张丑陋的白纸。

春天雨水多，气温恰到好处，不冷不热，捏泥巴最好不过了。南方的水稻土，土质柔软，黏性足，呈黄色，适合于捏泥巴。我们拿一只洋铁面盆，去田畈里装半盆泥土，搬回墙门里，坐在道地上，大家捏泥巴。最简单的是捏家里的日常物品，如八仙桌、小马凳、火铁棒、饭锅盖、箱子，这些物品大都是四方四正，容易捏成，不易走形；难的是担各种形态的动物，如小狗、乌龟、鲤鱼，不光要捏成大致形状，还要捏出动物的形态。小狗汪汪时，头朝天，嘴巴张大，舌头露出来。乌龟地上爬，四只脚片捏成划桨的模样。鲤鱼跳龙门最难了，凌空一跃，跃上龙门，那一个“跃”的动作，难住了所有的小伙伴；最喜欢捏的还是花花草草，除了捏，还要借助剪刀之类的工具，在捏好的花草上，雕刻出花样年华。捏好泥巴，大家把成品一个个放在道地上，一一展示，互相调换。心里想，别人的东西总是好的。

吹肥皂泡简单易行，适合小孩子。把一条西湖牌肥皂，用细线在肥皂的中间一锲，肥皂变为两块，一块放好，一块放进洋铁面盆，倒上小半盆水，用手用力搓洗肥皂。肥皂缩小三分之一后，把脸盆里的肥皂水倒进一只汤碗，用麦秸秆沾一下肥皂水，就可以吹肥皂泡了。吹出的肥皂泡，一个一个在院子的上空飘浮，经太阳光一照，立刻变得有色彩，亮晶晶。大家在墙门的道地上，奔来跑去，一边吹，一边飞出一串串快乐。互相比一比，谁吹得快，吹得多，吹得大。吹得大最难，这需要耐心，还需要正确的判断。越来越大的时候，判断最重要，什么时候会破，要看肥皂泡挂在麦秸秆上的力度。一不小心，肥皂泡烟消云散，无声地破裂。我曾经问过老师一个问题，吹出的肥皂泡为什么都是圆的，而不是方的、扁的？老师也回答不出，摸摸我的小脑袋，表扬我会动脑筋。

上学后，利用废旧作业本折纸飞机，与小伙伴争一高低。将一张长方形的纸，折几下，折成一架纸飞机，向正前方用力一扔，纸飞机会飞成一条漂亮的弧线，在空中飞行十几秒钟。比赛谁飞的最高，谁飞的最远，大家都斤斤计较，计较丝毫的距离。那时没有尺子，高度是几个人毛判判的，采取少数服从多数原则，多数人说高就高。远的话眼睛能看得出，不用少数服从多数原则，差不多远，用石头来对一对。赢的人拿走对方的纸飞机。有一次，同学阿亮生病了，力气变小，扔不高也扔不远，常输，回家把家庭作业本拿来，边撕边折，不大一会，把作业本输光，第二天到校拿不出作业，把书包塞到小队的草垛里，顾自己到浦阳江边玩，害得我们在老师的带领下，把全村角角落落转了个遍，也没发现其踪影。

手捏顶头是“V”字形的铁丝，推一个直径半米左右的黑铁环向前跑，发出“哗唧哗唧”的声音，这就是年少时的滚铁环。滚铁环是那个年代男孩子区别于女孩子的游戏。用铁勾推铁环向前滚动、拐弯。我能把铁环从家一路滚到学校，绕过各种障碍。在放学的路上，可以看到一群背着书包，满头满脸脏兮兮的男孩子，手里拿着铁钩，推着铁环奔跑在回家的路上，场面颇为壮观。滚铁环的速度快慢均可，但太慢会倒下去，像骑自行车一样。快到什么速度，你能跑多快都行。比赛时，一般比谁推得远、推得快，以铁环倒地为输。由于专心致志滚铁环，不看前面，撞上路人、自行车、双轮车，或者铁环掉进池塘里，都是常有的事情。幸亏那时候大队里没有汽车、摩托车，否则是多么危险的事。

看多了战争影片，小队里的同学，晚上会学着电影中的故事和人物，玩起打仗的游戏。最好是上春头田畈里的草花收起，草花秸秆堆在小队的道地上，像一座小山，仿佛是无名高地。派一人在草垛上，模仿电影《英雄儿女》中的王成，守在山顶。其余的则扮成美国佬，从山下向山顶发起猛攻。“王成”一个人在顶上跑来跑去，往下扔草花秸秆，口里大喊：“为了胜利，向我开炮！”把一座小山，硬把它削平，现场一片狼藉。小队干部出来阻止，大家一哄而散，四散逃跑；看了革命样板戏《智取威虎山》后，大家又热衷于表演杨子荣。我家做木匠，做了一只大衣柜，留下许多边角余料。我要父母给木匠师傅说一声，给我做一把木头大刀。大刀做成后，我自然而然地成了演杨子荣的不二人选。如果不要我演杨子荣，我的木头大刀就不拿出来。这一要挟很成功，尽管我演杨子荣英气不足，柔弱有余，但大家勉强让我上，因为我手中有硬货。座山雕谁也不愿意来演，采用剪刀石头布来选出。崇拜英雄，是人的天性。

划旋落驼驮，也是一项技术活。旋落驼驮，就是陀螺。陀螺用木头制成，上半部分为圆形，下方尖锐，呈倒圆锥形。在下方尖锐处木头里锲一粒铁弖子。光滑的小铁蛋，起到不易磨损，加速旋转的作用。小竹棒上缚一根麻绳子，绳子缠绕陀螺，用力抽绳，使陀螺直立旋转。然后用麻绳鞭子劈，等到陀螺快停时，再用麻绳鞭子劈，让它继续旋转。如果比赛的话，大家用力劈各自的陀螺，说停后，大家便不再劈陀螺。最后，比比看谁的陀螺转得最久，谁就是获胜者。划旋落驼驮是小孩子一项经久不衰的娱乐项目，成为春天里最为鲜艳的草花。

打弹子是比较奢侈的游戏。弹子，就是玻璃球，分为单色和花色两种。弹子是不能自己做的，必须要向供销社花钱买的。游戏分为两种，一种是“打方框”。在泥地上划一块长二米，宽一米的长方形方框，大家把弹子用拇指和食指打进方框里，待全部落定后，打得最远的那位开始射击其他弹子，以此顺序来打。若把其他弹子弹出方框，出框的弹子归他所有。若弹不出或弹不到，则给下一位弹。若自己出框，弹子归人家所有。直至弹到最后一位为止；另一种是“打洞”。先画一条横线，在横线前方三米处挖一个弹子同样大的小洞，游戏者以进洞为目标，先进洞者有权打其他的弹子，打着归他所有。游戏开始时，大家各显神通，蹲着、趴着，站着，姿势可是各有不同呢！但是，弹子拿在手上的位置基本上都是相同姿势，就是将食指和中指弯曲，中指朝里，食指向外，然后用食指、中指第一节指弯和拇指中间的指节骨夹住弹珠，然后用拇指中间的指节骨用力向外拨，弹珠就会直射而出！打弹子考验的是人的眼力，射得准的人，赢得多，可以换钱，一颗弹子一分钱。在混沌的记忆里，这种类似于赌博的游戏，又类似于高尔夫的游戏，是一块被冰抚摸过的彩色棉布，在寻找快乐的颜色。

童年的游戏很多，都储存在心底的一角，不会因时间的消磨，而逐渐遗忘。类似跳山羊运动的跳人、打三角包子、弹弓打麻雀、跳橡皮筋、造房子、捉迷藏，我一一在心里涌动。一年又一年，时光似水般从我的指间流过。孩提时代的模样，已经有些模糊。但童年时代的那些好玩的江湖游戏，那些欢笑与感动，却深深地烙印在我的脑海中。

童年没有钱的痛苦，被游戏的快乐所覆盖。没有钱不要紧，没有快乐，则人生黑暗无边。

造水库的游戏

从老墙门出来，穿过村道，便是大道地。

大道地一分为三，东面是第一生产小队的仓库和晒谷场；西面又分为南北两块，南块是第三生产小队的仓库和晒谷场，北面是第二生产小队的仓库和晒谷场。三个区块中间有“T”形的水沟。下雨时，老墙门、村道上的雨水，直接汇总到沟里，再由水沟下泄到荷花池里。

夏天的雨后，男孩子坐不住，喜欢在大道地的水沟玩“造水库”的游戏。

水沟呈南北走向，长三十来米，宽约半米，落差有三四十厘米。落大雨时，水沟里水流湍急，夹带着从墙门里、村道上冲下来的菜叶、树叶、废纸，翻卷起水沟底部的淤泥，使水变得浑浊不堪。雨越大，水声就越高，水流就越快。看着水沟奔腾不息，有孩子会撑着雨伞抢占有利地形，搬几块断砖，挖一些黏土，拾几块小瓦，准备“造水库”。水沟在这个时候“哗啦哗啦”地唱着歌欢快地流淌着。

雨一停，男孩子从村子四面八方汇集到大道地。大家先选取一截水沟，再搬来半畚箕泥土，把泥土小心地放入水沟，从水沟两边向中间靠拢放，最中间留约几厘米的孔，便于流水通过，减轻水的冲击力。如果一下子进行“大坝”截留，流水就会漫过泥坝，严重的话，会把全部泥土冲向下游，引起连锁反应，会把下游的水库冲垮，招来其他人的责怪。

大坝截流后，用双手使劲夯实泥土，使泥坝变得结实。如果水流快的话，会先在水沟两边放砖块，再上泥，借助砖块的自身重量，泥坝变牢靠。大坝上窄下大，这样的设计既使大坝稳稳当当，不会塌方，又使流水过坝时飞溅下来时有坡度，减缓流水冲击力。大坝完成后，再在大坝前筑一小坝，小坝靠在大坝上，显得有层次感，又能使大坝更加稳固。小坝筑好后，就做水孔。一般是中间的水孔最大，用一块小瓦当闸门，以拦住上游的流水；还在大坝顶端挖几个小孔，用打碎的小瓦片当闸门。一切安排妥当后，开始修缮整座水库。看看大小坝立面是否光洁，闸门是否漏水。

水库造好后，我们会在大坝的最顶端，用火柴棒写上几个大字，每个人根据自己的喜好，会写“新安江水电站”“富春江水电站”“黄石垅水库”等，其中写“新安江水电站”的人最多。讲究的小朋友，会拿来芦竹枝、芦竹叶，插在泥坝上装饰一下。

等到所有人造好水库后，大家从上游开始，一个一个往下评论，评出个高低来。大家没有统一的评判标准，标准五花八门，随心所欲，往往是在一阵阵笑声中，结束评点，开始开闸放水。由于水电站是梯级建造，因此，要不要放水，一次放多少水，决定权是在最上游。到开闸放水阶段，才是热闹开始的时候。

最下游的最可怜，水库里干干的，造了水库没水没味道，他要向前面几个水库“求水”。而前面几个呢，仿佛存心与他过不去，放一点点水后立刻关闭闸门，这点水连淹没淤泥都不够。层层上推，只要最上游的水库不放水，下游的日子都难过。

看来要上游的水库主动放水，有点困难。靠天靠地不如靠自己，下游的人从家里拿来面盆，去荷花池里舀水，把清清的池水放入水库，以加大库容，提高水质。最上游的那个人，见大家另有出路，不求靠他了。他灵机一动，想出个令人作呕的办法，他把小便拉到水库里，再打开闸门，冒着泡泡的浑水一路直下，吓得以下的水库急忙开闸，把秽水放掉。见下游如此狼狈，他哈哈大笑起来，得意写满他的脸。

耍闹笑声不断，满身泥巴不厌，农村的孩子，像开春的广玉兰，闪动灵光，被家乡的泥土深深地涵养着，轻轻地鸣唱。

第二辑　天空一直亮着

长道地乘风凉

长道地位于村子中央，荷花池畔。

长道地划成三大块，分别属于三个生产队，做晒谷场用。靠近荷花池边的第三小队那块道地，在20世纪70年代末期，被浇注成光滑的水泥地坪。夏夜，男女老少，带着竹椅子、草席、小马凳，三三两两的，在水泥地坪上乘风凉。看夏夜璀璨的星空，吸池水带来的凉风，品不着边际，倒也有一些雅趣的罗隐轶事，猜想千百年前的墓葬。

乘风凉不论男女，不论贵贱，先到先占。有人早在夕阳落山以前，小队收起稻谷，便舀荷花池水，在水泥地坪上洒水。洒过水的地坪阴凉，躺在席子上，不会感觉灼热。晚上，吃过夜饭，道地上便有人陆陆续续地来。乘风凉的人，拿着茶杯、芭蕉扇，海阔天空，讲一些稀奇古怪的故事，给人笑笑，填补空白的时间。韩亚明、黄米嘉、矮子吾康，都是长道地的明星，是众人仰慕的对象。韩亚明擅长外国故事，黄米嘉喜欢讲抗战故事，矮子吾康对古代英雄情有独钟。有时，这几个人同时出现，众人会根据自己的喜好，围在心仪明星的面前听故事。听者心里也在责怪，一天来一个多好。

乘风凉的老人，戴一副老花眼镜，偶尔说出一段典故，再配以一两句古诗词，庄重地坐在椅子上，不翘二郎腿。喝得不是茶水，而是呛皮烧酒，喝时闭着眼睛，把小盏往嘴边一啧，让酒在嘴里闷一会儿，吸口气，再把酒慢慢咽下去，让酒顺着喉管一步一步渗进胃里去。再啃一粒炒蚕豆，“克隆克隆”咬在嘴里，把蚕豆壳扔进荷花池，漂在水面上，吸引一大群小鲳鱼前来啄食。

若没有讲故事，小孩子则会在道地上追来跑去，累了，在草席上躺一会儿；渴了，到父母身边大口喝茶。要是没有小伙伴，则会在父母的手摇芭蕉扇里，慢慢入睡，做一个香甜的梦。早上醒来，发现已经睡在家里的竹榻上。

荷花池对面，有一个墙门。墙门里的人是从来不到长道地上来乘风凉的，他们在自家的道地上，搭起一个南瓜棚，南瓜蔓子一直延伸到荷花池里。在南瓜棚下乘凉，比在长道地有意思多了：萤火虫打着灯笼，绕着南瓜棚飞行，捉一只萤火虫，拗一根南瓜藤，摘去两头，把萤火虫放进去，用双手堵住两头，看亮光在南瓜藤里来回穿梭；偶尔有清凉的水滴，从高高的南瓜棚上坠落，掉在脸上，吸走汗珠，原来是蝉在尿尿，咋以为在下雨呢；七月七，在南瓜棚下，我们会极自然地唱起罗墓畈歌谣：“南瓜棚，绿油油，坐在棚下听故事。奶奶说起天仙配，牵牛织女来相会。我们竖起小耳朵，南瓜棚下听呢喃。南瓜藤，像个家，萤火虫，慢慢走。打着灯笼上天去，来到牵牛织女家。织女姐姐请吃饭，嘿，吃个什么饭？晚餐竟是小星星。”我们仔仔细细地在南瓜棚下偷听牛郎织女说话，可除了蚊子的嗡嗡声，什么都听不到，人还在竖起耳朵努力地搜索；天上的银河，像一条宽大的白带子，横在天空中，有意思的老农，极自然地讲起天河的故事，把自己美好的希望，寄托在辽远的晴空。

1981年10月，前黄大队五金厂形势一片大好，是萧山县有名的队办企业。大队买了一台“金星”牌彩色电视机。第一天播放的是西德电影《英俊少年》，故事内容已毫无记忆，主题曲《小小少年》却记忆犹新。“小小少年，很少烦恼，眼望四周阳光照。小小少年，很少烦恼，但愿永远这样好。一年一年时间飞跑，小小少年在长高。随着岁月由小变大，他的烦恼增加了……”嘹亮的歌声，永远停留在那个夜晚，仿佛星空的闪亮小星星，给前黄大队的少年，有了充足的吹牛本钱。

从此，长道地乘风凉有了新的内容。许多进口的电视剧，如《排球女将》和《血凝》，丰富了我们的生活，让我们感受到了来自异国的风情；1983年的春节电视联欢会，给了闭塞的乡村，有了吮吸新鲜的机会。露天电视，是一段乡村差涩的记忆。记得那时大队管放电视的人，是我的堂兄坚毅。他刚初中毕业，进入大队广播站工作，每月45元工资，羡煞了社员。晚上是没有加班工资的，碰到刮风落雨，他也照样在岗。即使只有一个人，堂兄也不会不放。往往是每天要放到屏幕飘雪花才收场。

后来，电视机、电风扇逐步进入家庭，长道地夏夜乘风凉的人日渐趋少。最后，长道地上造起了农民住房，大队彩电卖给了个人，堂兄也去乡政府工作，长道地乘风凉，成为一个美好的传说。

捡柴火

罗墓畈地处江边，无山，一年两季田畈里收割的稻草，只能烧半年。没有柴火，去临近大队山上捡柴，是罗墓畈妇女的“必修课”。

母亲一般每隔半个月就去捡一次柴，父亲则会在半夜去半路接她，减轻母亲一路的劳顿。第二天在自家道地上晒太阳，树枝的颜色渐渐由绿色转黄，便捆好放进猪圈里，储藏到冬天稻草烧尽时发挥作用。拾柴的山一般不会是南坞、北坞、勤丰、邵家、里陈等许贤公社山区片的五个大队，因为这五个大队朝西面的山大多数是毛竹山，没有松树、杉树。捡柴火去附近田家、下洋桥、富春、西山后、吴闸、西河埭等大队的山，甚至还会到朱村桥公社的姜家坞大队去。这些大队的山海拔较低，山上主要长着松树和杉树，有大量的松针、山栗毛刺，这些柴火最受平原地区无山大队妇女们的青睐。为了不使集体受损失，每个大队都配有几个管理者，俗称“管山佬”。白天不用去山上的，因为白天所有劳动力都在生产队挣“1直头”，没有时间，也舍不得浪费。

管山佬兢兢业业，铁面无私。有一次，母亲与大姑、小姑一起去富春大队山上去捡柴火，三个人砍了许多松枝，绑了三担，准备启程回家时，发现远处有手电筒光。三个人连忙挑起松枝，一路狂奔，顾不得呼啸吊划破脸。当时没有月光，沉沉的夜色很好地掩护了母亲和大姑小姑，但也看不清山路，只是一味地跑，不怕摔跤，不怕摔疼、不怕荆棘，脑子里就只有一个念头，把肩上挑着的松枝安全挑到家。不知跑了多少时间，也不知跑了多少山路，身后管山佬的声音听不见了，手电筒的光看不见了，母亲三人才停下来，把松枝扔下，一屁股坐在地上，大口喘气，人快虚脱了。突然，又有一束强烈的手电筒光像鬼魅一般照了过来，估计有三节电池，特别刺眼。母亲三人再也没有力气跑路了，在心里自认晦气，心想半夜工夫又白忙活了。

“梅珍，是你们啊！”听着熟悉的叫声，小姑兴奋地大喊起来：“是舅舅，是舅舅！”原来，母亲她们从富春大队一直跑到了吴闸大队的山上，已经跑出七八里山路了。碰到了亲舅舅，一切都好办，那一天总算有惊无险。

晚上捡柴，是平原地区大队社员过冬的一种“副业”。没有这种经历，冬天很难熬。捡柴需要的是胆识，还需要倍儿棒的身体素质，有一双飞毛腿，更需要有超人的智慧。与管山佬斗智斗勇，其乐无穷。碰到管山佬时，三十六计走为上计，能走得掉最好。走不掉时装弱，一把眼泪一把鼻涕，趁管山佬不耐烦时溜掉。管山佬都是男性，五大三粗，蛮厉害的，为了熬夜，经常抽烟。烟是不能向小队报销的，要自己花钱买。那时现钞要到年底才能看得到，也不多的。所以还有一招，就是上山前买一包八分钱的“经济牌”香烟，万一不小心被管山佬抓住，用香烟讨好管山佬。这一招有时候很管用，有时候一点用处都没有，真是赔了夫人又折兵。

晚上捡柴火，一般只要半个夜头，遇到麻烦时却要整个夜头。第二天上工，总也提不起精神，好在是小队里干活，可以扮扮南郭先生，出工不出力。如果给小队长发现，也不会多说的，因为他也知道，这些妇女昨天肯定上山去了。

在雪花厚实的时代，捡柴火是一项关乎生命的事业，虽不光彩，但不可缺少，给了老实巴交的乡民，有了抗一身雪花的力量。

讲故事

“文革”时期，大队文宣队增加一种新的表现形式，称作讲革命故事。故事员除在文宣队演出时讲革命故事外，还会在生产队社员会后、田间地头劳动休息时讲革命故事，给农村文化生活增添乐趣。

矮子吾康讲的是《杨家将》。杨家将是中国古代最为著名的忠烈家族，大破天门阵、血战金山、十二女将征西等。一大批个性鲜明、深受人们喜爱的人物，如英勇老练的杨令公、智勇双全的杨六郎、深明大义的佘太君、义气当先的焦赞、粗中有细的孟良、巾帼英雄穆桂英，都在我幼小的心里播下了种子。可以说，我现在喜欢历史和热爱文学创作，多少是受了矮子吾康讲的杨家将故事的影响。

吾康与我平辈，年纪却比我大二十多岁，个子矮，剃个平顶头。“吾康”这个名字大队里有好几个，为了区分清楚，大家根据他的身材特点叫他“矮子吾康”。他呢，也不在乎这个称呼好听不好听，雅致不雅致。有人叫他，他就应一声，没有生气的表情。渐渐的，矮子吾康叫出了名堂。

奇怪的是，矮子吾康不识一个字，这么长的故事他是从哪儿听来的，是怎么记住的，都不得而知。反正，晚上没事情可干，听故事倒是一种最好的消遣。

矮子吾康讲杨家将，可以一连讲二十几天，每天都在两个钟头以上。他讲故事的时候，习惯闭着眼睛，我想他大概是在思考接下来的内容吧。听故事的人，不时会递给他一支雄狮牌香烟，并弯身上前帮他点燃。吾康在狠命抽几口香烟后，啧一口茶水，继续他的故事。吾康喜欢把洋铁茶杯紧紧地捧在手里，有人给他添茶水时，他才松开手。血战金沙滩、佘太君出征、小宗保闯营、穆桂英挂帅、大破天门阵的故事，我至今还保留在脑海里。内心中对杨家将的爱国精神有一种敬佩和仰慕，激励和鼓舞我走向人生。从此心里也恨死了潘仁美。

许贤公社供销社生产资料部经理黄水忠讲的是《2468案件》。黄水忠是我们小队人，白天在供销社上班，比较有时间准备故事。《2468案件》是“文革”时期的手抄本，当时属于禁书。讲这样的故事可要担一定的风险。晚上，大家坐在我家厢屋里，满满的一屋子人，都是自己小队的人。拉灭15瓦的灯泡，在八仙桌上点一根小蜡烛。黄水忠拿出一本绯红的《毛主席语录》。有人小声说：“不是说好讲《2468案件》吗？怎么是学习《毛主席语录》了呢？”在座的社员听了，脸上都显出了不满和失望的神情。黄水忠见状，轻声地笑了起来。只见他打开语录封面，里面露出了厚厚一叠手抄本。“啊，是这么回事！”大家都惊叫了一声。原来，黄水忠把《2468案件》的稿子套上了一个语录封面，以防万一。大家释然了，眼睛重新放出了光芒，昏暗跳动的烛光犹如一双快乐的手，拨得听众兴奋异常。

“故事的主人公坐在回家的火车上。火车启动，速度越来越快。他坐在窗口，忽然看见一个黑大个子在月台上追赶火车。他想，这是一个什么样的人，为什么要追赶火车？还没等他想个明白，有人在轻轻拍他的肩膀。他回头一看，惊呆了——原来就是那个追赶火车的黑大个子。”故事一开始设置的悬念，就吸引住了满满一屋子的人。黑暗包围的故事，分明让人感到一阵晕目，一种贪恋的挣扎，一种抽烟的冲动。黄水忠一边甜言蜜语，一边用柔柔的目光扫视一下屋子里的人，靠在大门背上，继续他的黑大个子。

《2468案件》听了使人揪心，远没有杨家将来的畅快与通气。特别是主人公受黑大个子的委托，到上海某路2468号送一本书时，已近深夜，那种黑暗与害怕，给了我致命的打击。我假装睡着，用手指塞住耳朵，不让一个字漏进耳朵。故事结尾怎么样，我不得而知。只晓得第二天，黄水忠被叫到公社写检查。

黄嵩老师的小儿子黄米嘉讲的是《说岳全传》。黄米嘉不愧出身于书香门第，深受其父影响，虽然文化程度不高，讲的故事却跌宕起伏，语言也极为丰富，有声有色，精彩动人，富于感染力。为国战功赫赫而又死于愚忠的岳飞，憨直乐观而又疾恶如仇、英勇无畏的牛皋，坚贞不屈的陆登，面对残酷刑法、凛然不屈、还一口咬下老狼主耳朵的李若水，忧国如焚、大叫“过河杀贼”而死的宗泽，为了混入金营策反、用“苦肉计”砍下自己胳膊的王佐，都能给我留下难忘的印象。所以，我对黄米嘉是非常崇拜的。

感觉最享受的故事是南坞山里勤丰大队的彭乃文老师讲的抗日故事。“六一”儿童节那天，校长请来南坞学校的彭乃文老师，请他给我们讲解小故事。彭老师长得很威武，精神气十足。记得他讲的是一位抗日小英雄，在民族危亡的时刻，他跟真正的战士一起，用稚嫩的肩膀担起了沉重的抗争。与前面讲故事的人不同的是，彭老师边讲边做一些相应的动作，有些动作严肃，有些动作滑稽。面对我们的笑声，彭老师自己一笑不笑，继续投入地讲。《小兵张嘎》的电影我们很熟悉，可彭老师的故事比小嘎子更精彩，更贴近我们。彭老师讲到精彩之处，我们情不自禁地鼓掌，把手都拍麻了。一个多钟头讲下来，彭老师的衣裳都被汗水所湿透。“故事大王”彭老师，罗墓小学的小不点都会永远记得您!

代课教师韩亚明是一个故事高手。他讲的故事丰富多彩，不会只有一个主题。从战争题材到生活故事，从中国故事到外国故事，从古代故事到当代故事，他都能潇洒自如地演绎。他个子不太高，性格活泼开朗，能说会道，身材肥大，腰围超过三尺，人称“胖子”。夏天长道地纳凉的时候，只要胖子韩亚明的身影一出现，就会迎来一阵欢呼声。人们立刻在他的周围，自觉地围成一圈，极力邀请他来一个故事。他呢，也不会推辞，坐在凉席上，滔滔不绝地讲了起来。夏夜蚊子多，听故事的人会轮流着给他扇扇，驱赶蚊子，赶走热汗，让其享受贵宾待遇。在学校，他所教的那门课，听着挺有趣的，经常穿插着一个个小故事，吊人胃口。除了在自己村子里讲故事，韩亚明还到全公社其他大队去串讲。

1974年，萧山县文化馆人员来许贤公社举办故事员培训班，并在各大队巡讲，使队队都有故事员。韩亚明和彭乃文老师都参加了培训。彭老师作为萧山县故事代表队成员出席了在临安、桐庐等地举行的杭州地区故事演讲会。韩亚明参加萧山县故事汇讲，1980年和1981年分别两次获得演讲一等奖；彭老师创作的故事《生女是福》获得创作一等奖。

故事这种通俗的文艺形式，深受群众喜爱。精巧的构思，幽默的语言饱含着正义的力量，向人们道出人性中很温暖的一面，是几十年前农村生活的润滑剂．像乡村篱笆一般，朴素而高雅。

开会趣事

现在开会，如碰到有人迟到，一定会有上了年纪的人这样说："小队开会。"言下之意是过去生产小队开会，迟到是常有的事。一般生产小队开会，基本上要迟到半小时左右，这是约定成俗的惯例。因此，"小队开会"成了迟到的代名词。

刚解放时，不大开会的。那时乡镇一级的政府，也只有几个干部。初级社、高级社，说白了也就是农户凑在一起进行农业生产，并没有强制一定要参加的。大家进出自由，没有聚在一起开会的必要。等到了大办食堂的时候，开会才一步一步多起来。

那时，生产队干部文化程度虽低，但生产劳动积极，又对上面领导的话俯首帖耳。在人民公社成立后，许贤管理区召开境域范围内各生产队队长会议，这是许贤第一次召开大规模的会议，会议的重点是响应号召，大办钢铁，争取在15年或更短的时间内，赶超英国，成为钢铁大国。会议要求各生产队派出壮劳力，去永兴黄洞岭炼钢。会后，某生产队长回到村里，立即吩咐几个社员去挨家挨户通知全队劳动力在村中央的大樟树下开会。接到通知的劳动力，急急忙忙带着小马凳，在大樟树下等待开会。等全队劳动力从村子的四面八方赶拢来，集中到指点地点开会，时间差不多过去半个钟头。生产队长看看来的差不多了，就喊起话来："社员同志们，今天我们集中起来开个社员大会，是传达一下上级的任务。"生产队长顿了一下，情绪很激动，两手挥了挥，声音随之高了许多，继续发言，"这个，上级会议很重要，非常非常重要，木佬佬重要。完了，散会！"说完，队长带头鼓起掌来，社员同志还未明白是怎么回事情，见队长在热情洋溢地鼓掌，也跟着拍手，直到把手都拍麻了。在散会的时候，有社员悄悄地打听，刚才开了个什么会？大家都摇头，不晓得开了个什么会议。第二天，一首童谣传遍全村："召集三十分，开了三秒钟，把手拍麻了，不晓得个啥。"

没文化记不住开会的内容，闹了笑话。有文化念着稿子，也有闹笑话的。许贤公社某中学召开会议，会上老师们热情高涨，摩拳擦掌，一个个跃跃欲试。校长念起教导主任给他准备好的稿子，继续激动地说："老师们，我们一定要趁着这大好时光，干好本职工作，全身心投身于'文化大革命'的洪流中去，大干革命工作，快干革命工作，23干革命工作……"听到这里，全场静默，不但喧闹的人群安静下来，连打瞌睡的老师也被这难得的寂静惊醒，大家的心如柔软的绸子一样不安。23干？大家你看我，我看你，搞不懂校长的用意。大家惊愕的脸上，没有了刚才的活跃，都低着头在使劲想，也不敢直接问校长，也害怕被同事讥笑，这都不懂，还当什么老师，赶紧打铺盖回家喂孩子奶去。所以，大家都装模作样地拍手，以表示热烈支持校长的讲话。"念错了，是个'巧'字，不是23。"教导主任轻声地说。大家听到这里，都惊讶了，然后发出一阵哄笑声。这笑声，顶破了头顶上的瓦片；这笑声，把压抑在老师们心上的石头掀翻。结果大家能想得到，教导主任挨了批，幸亏教导主任是个业务能手，学校离不开他，所以只批不打倒。

渐渐的，开会成了常态，县里开，公社开，大队开，小队也开会。小队会一般会选择在农闲时节或落雨的时候开。我们小队选择在社员黄寿祺家的厢屋里开会，他家刚好在小队的中心位置，厢屋也大。每次开会前，小队长校水伯先请父亲讲国内大好形势，然后校水伯讲小队里的事情。开会时间为半天，小队不准备午饭，吃饭都回到自己家里。男人们有的嗑瓜子，有的吹牛皮，有的偷偷在打瞌睡。而我的母亲大人，则擅长生活的细节，如织毛衣、做布鞋、编麦草扇之类的东西。小队开会，是母亲这样的妇女最最开心的时候。她们会一边开会，一边干活，真是干私活挣工分一样不落。母亲做的布鞋，结实、舒服，大小正合适，我穿上新布鞋，准会在伙伴们前挺胸阔步，炫耀一番。

公家喜欢开会，老百姓也喜欢开会，开会能轻松获得工分，还能治失眠症，省钱又省心。

听　戏

历史上，许贤各地每当节日，特别是春节或迎神赛会庆丰收、求平安时，都会聘请外地戏班子来村演出，统称社戏，一般都以宗祠戏台、庙宇戏台作为演出场地。没有戏台的村子，请来戏班后是在村中空地搭台演出，俗称草台。

社戏演出，规矩颇多。特别是新建戏台演出第一场（称闹新台）或每次社戏的第一场，都要祭台。先有后场乐队吹打头场，一通锣鼓后，在台中央设置八仙桌，放上三牲福利、四样水果，桶盘里放一个红包，点燃香烛，祀奉祖宗；族长在后殿神堂前供桌上点香燃烛，供上极祭品。供桌脚上插上一支蟠桃，由族长专门看管，香烛不能间断。此时，台上要把一只大公鸡宰杀，让滴血的公鸡在新台柱上绕上几圈。由演员扮演王母娘娘和李纯阳、铁拐李等八位上八洞神仙，开始表演，称“踏八仙”。接着，焚烧银锭元宝，放炮仗。台上演跳财神、踢五魁、掘藏、捧元宝等节目后，然后到台下表演，称“踏落地八仙”。再到村子四周洒阴阳水，绕村后再回到台上，祭台宣告结束，演出正式开始。演出场次及剧本必须成单数，即三天、五天、七天与三本、五本、七本等，至少三天或三本。一年演过后，必须连演三年，否则不吉利。戏班在几场演出结束后，演员穿戏服、捧香烛在戏班食宿过的人家穿堂过户，走一圈，称“穿灶”，以保该户人家平安吉利。

“大跃进”时期，宗祠戏台和庙宇戏台在大办食堂、建畜牧场时大多被拆除，社戏演出逐步消失。“文化大革命”时期，社戏活动被禁止。许贤也就没有社戏演出，取而代之演出的节目是革命样板戏。群众喜闻乐见的越剧，被封存于老百姓的记忆之中。

从此，许贤大地革命样板戏盛行，全公社各文宣队演出的内容如此，所观看的电影也是如此，越剧被明令禁止公开演出，来自嵊县的民间越剧团被驱逐出许贤。但是有些群众在如此高压下，还偷偷摸摸搞地下演出。一些被萧山越剧团辞退回家务农的越剧演员，私底下被爱好越剧的社员请来演出，让大家过过久违的越剧瘾头。于是，“一个人越剧团”在许贤遍地开花，成了社员群众公开的秘密。

这样的演出承担的风险是很高的。当时许贤公社革委会公安员祝某，此人铁面无私，工作热情高，晚上也会带领一班人在各大队转悠。他的嗅觉很灵敏，常有地下演出被他抓获。

社员的智慧是无穷的。公安员祝某不是每天来大队转悠的，也不是整夜整夜地转悠，他也是人，他也要睡觉休息的。如果晚上有幸邀请到演员来大队演出，就有社员主动请缨，到五里外元帅庙的公社门口蹲点，等到下班发现公安员祝某回家了，就飞快地回大队，报告这一激动人心的好消息，晚上听戏安耽了。

在婉约的越剧面前，党员干部和群众渴望观赏艺术的心情都是一样的。在20世纪70年代中期，前黄大队二十来个社员，邀请了“一个人越剧团”前来演出。

应邀前来演出的“一个人越剧团”演员，大家都叫他“老谭”，是大庄人民公社谭家埭大队人。此人自幼热爱越剧，“文革”前是萧山越剧团演员，剧团解散时回家务农。此番前来，是受生产队队长黄水木之邀。黄水木的岳父家是大庄谭家埭的，与老谭早就认识。老谭喜欢唱，黄水木喜欢听，于是两人一拍即合，老谭就应邀到前黄来演出。

演出不敢大鸣大放地在大道地上进行，只能在一户房子比较宽敞的社员家里进行。前来听戏的社员都是戏迷，我也跟着父亲去听。为了提防有人向公社干部告密，大家晚饭过后在小队长家里喝茶的喝茶，聊天的聊天，下象棋的下象棋，吹牛的吹牛，每个人都是那么的有趣，都像吃了鸦片一样的红光满面。言语中透露着微笑，微笑中呈现着兴奋，兴奋中洋溢着期待，期待这一次难得而又危险的听戏旅程。

等到晚上11点，老谭不知从什么地方神秘地冒出来了。老谭看上去五十来岁，穿着藏青式的中山装，头发稀拉。屋子中央有一张八仙桌，老谭拿着一把扇子，站在八仙桌旁“咿咿呀呀”地唱起来。父亲说，这是越剧《梁山伯和祝英台》，是很有名的一出戏。老谭非常理解在座者的心思，为了让全屋子的人都能看到他的脸，不时把身体转来转去。他唱戏的时候，不像一个五大三粗的汉子，而是像极了一位多姿多彩的女人。他圆润的歌喉在夜空中颤动，听起来似乎辽远而又逼近，似乎柔和而又铿锵。歌词像珠子似的从他的一笑一颦中，从他的优雅的“水袖”中，从他的婀娜的身段中，一粒一粒地滚下来，滴在地上，溅到空中，落进每一个人的心里，引起一片深远的回音。

我听不懂老谭在唱些什么，眼珠子滴溜溜地看来看去，发现听者都像着了魔一样，他们的思想感情和正在表演的老谭交融在一起。随着剧情的发展，老谭的表演渐渐进入高潮，社员的情感也渐渐进入高潮。潮在涨，没有谁能控制住它。老谭在这时候像一朵盛开的鲜花，社员想要把这朵鲜花捧在手里，不让它消逝。大家静静地坐着，呼吸声可以倾听，演出就在这时候将要到达顶点。

突然，大门“砰砰”地响起来，有人在门外大叫：“祝某来了！”大家一惊，连忙挤向门口，想溜之大吉。

老谭急得惊呼：“我还没收钱呢！”

小队长黄水木拦住了大家：“不要慌，老谭也很辛苦，我们不要跑，要讲信用的。既然我家不安全了，我们换一个地方，再接着听。”

这个提议合理合情，吸引了大部分社员。但也有少数听戏的社员不愿意，他们已经过足了瘾头，又害怕被公社抓去，听戏的钱能赖则赖，何况这是意外情况，不是存心不付钱的。

见有人要溜，黄水木把喉咙提高：“今天谁走，明天分工的时候，我会把最差的活儿给他。”这句话很有效，于是大家都不声响了。

大家在黄水木的带领下，趁黑向张家池畔的社员文明家摸去。社员们三个一群，五个一伙，忐忑不安，一声不响。黄文明家比小队长家要小一些，因此八仙桌换成了小方桌，等到人数凑齐之后，老谭站在小方桌旁接着刚才的段子又唱起来，但声音明显不比刚才洪亮，激情明显少了许多。老谭唱了几分钟后停止不唱了，拿出一个小罐子，在人群中传来传去，兜钞票了。大家你拿出一角，我拿出二角，传了一遍后，老谭又开始唱。

柔美哀怨的祝英台，再一次笼络了在座的社员，大家鸦雀无声，听老谭一个人清唱。草桥结拜、书院就读、十八里相送、楼台会、哭拜亡灵、化蝶双舞，一环紧扣一环。这一美丽、凄婉、动人的爱情故事，使社员们泪眼婆娑。活着追求不到的东西，在死后继续“追求”，终于得到，“化蝶”的理想化状态，是文化程度低、心中善良的社员对美好生活的向往。

老谭唱到“楼台会”时，就急忙拿出兜钱的小罐子，又一次兜钱。此时，社员的心被深深吸引住，既为老谭的优美唱腔所折服，也为梁山伯和祝英台的悲情所感染，纷纷拿出各种毛票，丢进小罐子。有人在小罐子传到跟前时，丢进五角；有人在小罐子传到跟前时，一动不动，显然不想丢钱，停顿几分钟后，才把小罐子传过去。有人小声嘀咕：“又兜钱了。”“脸皮真厚，不丢钱就不要来听。”听戏人各种说法都有。

老谭把小罐子摇了摇，不是很满意：“只有十来块。”小队长说：“十来块抵得上农民一个月的工分了，差不多了，老谭，见好就收，继续唱下去。”

老谭很敬业，情绪没有受到影响，继续悲痛欲绝，声泪俱下。他一会儿旋律起伏多变，带男性气质，阳刚之美；一会儿唱腔俏丽，跌宕婉转，细腻有神，带女性柔美，有感人以形、动之以情的魅力。

时间已过午夜，老谭一个人把整曲越剧《梁山伯与祝英台》演完，大家心满意足回家。

第二天，小队上工，没有社员缺工。

拉车到杭州

许贤公社多山，大约有一半土地是山林面积。南坞山里有七个大队，即北坞、南坞、邵家、勤丰、里陈、俞家、寺坞岭，人口占全公社的三分之一。

当时，许贤公社有一个不成文的习惯，农闲季节，山区外出，多是卖扫帚，或是拉毛竹到杭州去；平原地区的大队基本上是到杭州扒垃圾。说起拉车到杭州，南坞山里的社员，个个都会皱起眉头，一肚皮的心酸事。

北坞大队有一社员叫老金，60年代初毕业于萧山县戴村中学，村里人叫他“先生”，雅号来自于他曾经当过民办教师，文化程度在当时社会已属一流。他身材瘦小，力气却很大，在大队办的造纸厂当车夫，拉毛竹到杭州去卖。车是双轮车，又叫手拉车，车架子是由青栎树做的，中间的是竹篾钉成的帘，后面还有一个木板的栏杆。老金是一个很古板的人，会在车架上用毛笔写上自己的名字，还有置办的年月。

毛竹是前一天去山上把毛竹砍好，一根一根从山上背下来，背毛竹是个体力加技术活，毛竹又长又大，在崎岖的山路上，非常难走。每五六根捆一起，有三四百斤重。夫妇俩一天一趟，一天下来算算也有六七百斤。把拖下来的毛竹绑在双轮车上，再向邻居收购一些，凑个满满一车。一车毛竹比成人还高，长十五六米，比双轮车还长。双轮车后屁股露出长长的毛竹梢头，毛竹老部头搁在车杠上，拉车者只能扶在毛竹部头上，使不上力。可见，拉毛竹车也是一项技术活。

半夜，老金就和其妻一道，拉着毛竹从北坞出发。拉过黄石垅水库塘，溜下水库坡，拉过王家桥供销社，拉过义桥浮桥，在弯来弯去的西江泥塘上一路奋进。老金把住毛竹老部头，妻子拉纤绳，夫妇俩卯足劲道，去杭州城里讨生活。一同前往杭州的，是北坞大队的许多社员。大家都没有工夫聊天，闷声不响，只把全身的力气用在拉车上。寂静的西江塘，在观赏着浩浩荡荡的拉车队伍。

老金用双轮车拉着一车毛竹，在庞大的一车毛竹面前，显得更加小巧玲珑，好像是坦克前的一小片青瓦，随时都有粉碎的危险。过义桥浮桥时，上下翘板最惊险，要小心翼翼。几块翘板是拼接而成的，没有铁钉，翘板会活动，一车毛竹，起码在千斤以上。下翘板时，他先看翘板，然后把双轮车的两只橡胶轮胎，驶在外面的两块翘板上，双轮车车杠朝上，车尾的毛竹压低，索性在地上拖，这是需要考验驾驶者的胆子与智慧，把双轮车慢慢儿，一点一点的，顺势往下，千万不能心急。慢工出细活，过了这边的翘板，对岸的翘板相对容易些，是往上拉的，危险性小许多，但需要付出更大力气。

西江塘没有浇注柏油，全是泥路，偶尔还要上坡。每次遇到上坡，就是一次对拉车者的严峻考验。拉车经过钱塘江大桥，那个上坡特别长特别陡。大桥上坡，就是这些北坞人每一次去杭州路上的最大障碍，克服了这个障碍，也就成功了一半。老金和妻子拉得非常吃力，他们弓着背，脚用力地蹬着地，好像老黄牛，气喘吁吁，从很远的地方开始发力，一路小跑，借着车子的惯性，先拉上一段陡坡。上大桥坡，切忌半路停车休息，一旦停下，再发力上坡，比登天还难。上了大桥，他们就在大桥上休息一下，用挂在脖子上的毛巾来擦擦汗，用草帽来扇扇风。

到杭州已经是早上7点多，卖掉毛竹后，这些乡下人，会找一个冷僻的地方，拿出冷饭头，冷饭头里包裹着干菜。他们一边吃着干菜饭，一边在心里盘算着这趟可以赚多少铜钿。老金不会喝酒，稍微啧几口，活络一下筋筋脉脉，把半个夜头的疲惫，通过舒展开的皮肤，扔到城市早晨的雾里。同去的社员，都有自己的爱好，喜欢抽烟，喝老酒，吃猪头肉、肉丝面，卖了毛竹有了点零花钱后，他们就去改善伙食，称半斤卤过的猪头肉，半斤黄酒，一碗肉丝面，当时也是不错的伙食了。酒足面饱后，还会捎带一点猪头肉，用塑料袋挂在双轮车车杠上，心满意足地回家。回来时，顺便带一车废纸回家，作为大队造纸厂的原材料。虽然废纸不重，拉回来没那么辛苦，但会打算的山里人，一趟赚两趟的铜钿，不肯放过这么好的机会。

老金却舍不得买猪头肉，宁可吃冷饭头，也要把铜钿节省下来，来培养家里的三个子女，供他们上学。他也是一个读书人，深知文化的重要。三个子女上学，是一个沉重的负担。这负担，把老金折磨得更瘦，背脊压得更弯。

二十年后，我与老金认识。他絮絮叨叨地给我讲起去杭城拉毛竹的事情。那份奇特的经历，操着浓重乡音的描述，给我破碎的记忆填充了一份感动。曾经以为自己的父辈到杭州去扒垃圾，是世界上最苦最累的活；曾经以为自己的父辈放下尊严，在城里人掩着鼻子路过的垃圾堆里干活，是一辈子难以忘怀的卑贱生活；曾经以为自己的父辈丢掉时间去城里讨生活，是贫穷和饥饿胁迫下的艰辛。这些自以为是的苦难，在拉毛竹车的山农面前，显然要渺小得多，要灰色得多。

是啊，拉车赚钱，培养子女，这在当时要有多么远见的目光，要下多么大的决心。我倒坐享其成，娶到了他的小女儿，一位毕业于浙江省湘湖师范学校的小学老师。我想，在他臭烘烘的汗水里，有我的一份甜蜜。

我可敬的乡民，擅长用贫苦写成血的篇章，永远闪耀在中国的历史长河中，发射出空前的光芒。

南瓜柄

本文要写的南瓜柄，并非是长在地里的南瓜身子的一部分，而是指单位的印把子。因其形状活像长南瓜的柄，所以智慧的老百姓，喻其为“南瓜柄”。

南瓜柄的好处多多，一旦进入单位的权力中心，不论官位高低，职务大小，都会有小人对它产生非分之想，好像鳏夫对邻居寡妇的火热。

大食堂的时候，南瓜柄就一样派用场，在印好的饭票上敲一下，拿着饭票就可以去食堂打饭。大食堂前期，放开肚皮吃饭，吃不完的剩菜剩饭，随意倒掉，一点也觉得不心疼，反正有的吃。后来，情况越来越不对，饭碗越来越浅，越来越稀，最后只能喝饭汤了。罗墓人徐某看到这情况，心里的小九九就荡漾开了，想到了一个“商机”——印假饭票。徐某是罗墓生产队的大食堂会计，官儿不大，权力毛大。他手心里不攥一枚南瓜柄，南瓜柄在队长袋袋里。他挖空心思，在半块西湖牌肥皂上，私刻了一枚印章。起先，他胆子毛小的，一天印个两三张，给自家人垫垫肚皮。后来，看看不出事体，他的胆子大起来，心里的欲念开始膨胀，开始大批量印刷。自己家里人吃不完，还偷偷卖给社员，一张五分钱。社员呢，有吃就行，哪管来路正不正，也不会向干部揭发，况且还可以与徐某讨价还价，打折买饭票，这样的好事谁会不拣。后来，饭票的销售与日俱增，大量的假饭票流到社员手里，食堂的饭票越来越多，引起干部的注意。经过调查，认为徐某的嫌疑最大。经过突击审讯，徐某交代了印假饭票的违法事实，被撤销会计职务，下放到生产队参加劳动，接受群众的监督，从此与仕途无缘。

社员外出办事，一定要大队写一张介绍信，上盖大队印章，才可准许外出。如果没有带一张盖过章的介绍信，是不允许外出的。社员不经过大队同意，偷偷摸摸离开，会当作投机倒把，公安要严肃处理的。社员结婚领取结婚证，丧葬买豆腐，都用得着南瓜柄，否则事情办不好的。到杭州扒垃圾，没有盖南瓜柄，要当作流浪者被抓起来。总之一句话，南瓜柄在社员的生活中，占有十分重要的地位。

大队南瓜柄是攥在大队干部手里的。许贤公社某大队的一位干部，南瓜柄是不放在办公室的，生怕被不法之徒拿去乱敲，坏了大事。他常常把大队的南瓜柄用一根细绳子吊牢，佩在腰间，摇来晃去，挺神气。细绳子时间一长，宽塌塌了，南瓜柄就从腰间溜下去，一直溜到男人的那个东西上，走一下，碰一下，又弹起来。对面走过的妇女，都害羞得逃开。主人却会错意，以为是妇女怕他的权威，竟经常有事没事在村里走动，搁在那个东西上的南瓜柄经常跳上跳下，发出无耻的荧光。

有人胆子很大，用豆腐干私刻公社印章，外出搞投机倒把，贩卖扫帚。他一到萧山县城，即被抓住。只因他刻的公社印章太完美了，没想到公安看过许贤公社的印章，发现真印章有破损，而他的假印章却完美无缺，一经对比，马脚全露出来。听到公安讲的证据，他气得晕了过去。完美也是一种错误，一种致命的错误，这是他当初私刻印章时万万没想到的。正是聪明反被聪明误。

有了南瓜柄，权力就大，腐败也会产生。攥在手心里的南瓜柄，如何精准地运用，也是一门高深的学问。心中有贪念，南瓜柄走向邪路；心中清澈如童子尿，南瓜柄就走正道。某人拥有南瓜柄，其他人会高看一眼，对他恭恭敬敬。许贤某小学校长第一天上任，从外乡赶到学校，学校老师没有一个认识他。只见他穿着朴素，屁股上还有一个大补丁，老师们以为是某位学生家长，都把他当庄稼汉看待，不紧不慢，很冷淡。直到校长拿出怀里揣着的学校南瓜柄，大家惊骇，马上整整齐齐排好队，热烈鼓掌，弯着腰，像迎送灶司菩萨回家一样。

南瓜柄值铜钿的，犹如女人光滑的腹部，吸引龌龊的苍蝇，远离农家土菜，过一种虚荣的艺术生活。

票　子

凭票供应的时代，票子比钞票还要紧。有了票子，才能购买物品。光有钞票没有票子，只能眼睁睁地看着物品躺在商店里，锃亮地发出诱人的光。而票子，农民是拿不到的，一个公社只有那么几张票子，是轮不到小民，早被有权的人分掉了。

母亲在公社预制场上班。预制场位于永兴河流入浦阳江的出口处，面积约十来亩，主要浇注各种建筑构件，如预制板、水泥桁条、水泥屋檐、水泥门窗等。因预制场的土地是前黄大队的，公社在征用土地时，允许前黄大队两名社员进入预制场工作，母亲因此有机会赤脚上岸当预制场的工人，像男人一样拿起泥夹、洋锹、钢筋扎钩，起早摸黑浇注各种水泥构建。

母亲在公社预制场一个月的工钱是20元，上缴小队8元作社务工，以换取小队工分。“双抢”时节，必须到小队参加生产劳动，平时在预制场上班。手里有了钞票，心里就想活络活络，想买上海产的自行车和手表。要知道，这两样东西风靡全国，是紧俏商品中的紧俏，不容置疑要凭票才能购买。苦于没有票子，母亲把活络的心思暗藏心底，悄悄地等待一个澄澈的深意。

多年不见的舅舅来家做客。舅舅是上海人，在化肥厂干供销，见过大世面。一听说母亲的渴望，便爽快地答应母亲，帮忙买一块上海牌手表，这喜坏了母亲。于是，母亲干活更加有劲道，几乎天天做夜班，多赚一些钞票，准备花大铜钿买手表。

过了一年多，那天非常的寒冷，搁几上昨晚喝了一半的茶杯，全被冻住了，茶叶在冰冻里静静地思考人生。早上起来，只见墙门里道地上停着一辆海狮牌重磅自行车。我知道，这是住在萧山的二舅舅来我家了，我认得他的自行车。海狮牌自行车的钢圈质量特别好，不会生锈，发着晶亮的余光。一问才知道，是上海的大舅舅没有食言，果真把一块上海牌手表给买来，托二舅舅带过来。母亲连忙把手表放在箱子里衣服底下，准备过年时再拿出来亮新。听二舅舅说，票子难弄的，通过上海市政府主管商业的一位领导关系才搞到的。一块上海牌手表，一百来块钱，花了母亲整整一年的工资。

这块手表，使母亲成了全家人的公敌。祖母说，母亲藏钞票，不拿出来；大姆妈说，还未分家，手表全家有份，我也要戴戴；两个姑姑说，我们出嫁时，手表给我们撑一下门面。父亲听了，一个劲地埋怨母亲，买个城里人用的东西，既不能当饭吃，也不能当衣服穿，有什么用场，还招致全家人的愤恨，真不值得。母亲则关在房门里，抚摸着手表，傻傻地笑着。手表是男式的，表带则是女式的。母亲先把表带套在手腕里，然后把表带拗过来，揿在扣子上，手表就稳稳当当地戴在手腕上。细看表面，透过有机玻璃，十二颗呈金黄色的星星绕成一圈，时针和分针一长一短地旋转，最长最细的是秒针，走得也最快，发出“滴答滴答”的声音。这声音清脆，听得母亲喜笑颜开，听得家里人心烦，听得墙门里人不再串门。后来，我到十多里外戴村墙头念高中，这块伴随母亲许多年的上海牌手表，才离开母亲，由我继续它的辉煌。再后来，上海手表厂生产了钻石牌和宝石花手表，这两款手表不用凭票，价格也实惠，手表才结束高高在上，走进平常人家。

有了手表，母亲还想要一辆自行车，海狮牌不要，净想着凤凰牌或永久牌，可这两个品牌不是想买就能买的。母亲托了她在义桥老街上的表妹夫——母亲舅舅的女婿，希望能买一辆称心如意的自行车。过了两年，表妹夫才骑来一辆永久牌自行车，发票是桐庐商业公司开具的。看上去，这辆自行车是二手货，但用的时间不长，还是像商店里一样崭新的。母亲叫邻居关祥试一下车。关祥哥去村里骑了一圈，回来说，自行车质量是好的，骑起来松翻的。母亲这才下了决心，决定买下这辆自行车。自行车是轻镑，28的，一共150元钱，是母亲一年多的工资。

母亲去公社预制场上班，就骑着永久牌自行车。每天下班回家，母亲就在道地上把自行车擦拭一下，以保持清洁。我到外面念高中时，来去学校是走路的，母亲不肯把自行车给我骑到学校去，怕被损坏。有一年正月里，我骑着自行车去做人客，摔了一跤，把自行车的前盖泥板撞弯，母亲心疼得眼泪都掉下来。从此，我不再骑家里的这辆永久牌自行车。

票子，是中国人的命根子，是人们孜孜追求的目标。除了大宗商品要凭票购买外，一些日常生活用品也是要凭购货卡来购买的。有时候，公社会放开票子，免票购买一些物品，来满足社员的需求。如年底免票的香烟、“双抢”免票的猪肉等。

年底，除了购买必要的年货，香烟和老酒是招待人客的必备之物。免票的香烟解除了社员过年的尴尬。每到十二月廿五一过，父亲和小队长校水伯一起，去公社领取免票的香烟。各类档次的香烟都有一些，以雄狮、新安江为主，这两种牌子的香烟，包数最多。利群、飞马、蓝西湖、旗鼓牌香烟的数量为次，五一、金猴、凤凰、大前门、红西湖牌香烟最少，每种只有两三包，这些香烟价格高，都在五角到八角之间，社员是买不起的。

父亲把香烟一排排放在八仙桌上，社员们围在一起，按次序买烟。校水伯负责买烟记账，父亲负责收钱。香烟价格是按供销社的进价，中间不赚一分钱，全是义务工。五角以下的香烟，总是供不应求；五角以上的香烟，总是动也不动，最后被几户有当工人的人家买走。年底买免票的香烟，也能看出一户人家的实力，买雄狮的人家实力肯定要不来。

每到“双抢”时节，为保证农业生产，公社会发一些猪肉票，每户人家五斤，丰富社员的生活。我家的这五斤猪肉票，一个月的“双抢”是用不完的。倒不是我们吃得特别省，而是因为母亲不愿意花这冤枉钱。猪肉七角一分钱一斤，五斤猪肉就要三块多，该是多大一笔支出。暑假我在家里，会拿着脸盆到池塘里摸螺蛳，到外江塘潭里摸鱼虾，到秧田里捉泥鳅黄鳝，到稻田里钓田鸡，这些都是父亲的下酒料，全家的和饭。猪肉票用不完，送人也不要，因为人家也不会去花冤枉钱。

凭票买东西，也不止上面几样。票子很值铜钿，拥有一张票子，是那个时代饥饿生活的崇高理想，根植在某些人的神经里。有了票子，就能拥有一颗能够咀嚼生活的心，生活就像是天堂。因此只要一想起票子，我就会热泪盈眶。

千年渔村罗墓畈

许贤古时地处渔浦，浦阳江改道后，北濒富春江，东临浦阳江。两江在东北汇合后即为钱塘江，俗称“外江”。历史上，渔浦、外江水域宽广，淡水鱼资源十分丰富。相传渔浦为虞舜渔猎处，足见捕鱼历史悠久。外江捕捞业，代代传承，造就了千年渔村罗墓畈。

罗墓畈世代以捕鱼为生。男人在外撒网捕鱼，女人在外结线织网。打网船，俗称“两头扛”，系渔民专用于捕鱼的渔船，船身狭长而小分为三舱，船底有龙骨一根且长出船体两头各半米左右，称之谓“拖泥”，供渔民抬船用。每只渔船配有划桨两片，因此又名小划船。船身轻巧，穿越于外江，形如飞梭。打网是一种三角锥体无底的网，网线材料用的是苎麻线，要用猪血浆、高温蒸、拷胶烤、柿漆浆，用后还要晒燥。

罗墓畈捕鱼有点来历，至少在千年以上，史上传下来的很多传说和故事，尤以罗隐诗谏故事最为有名，五代十国时期，吴越王钱为敛资聚财，征收了名目繁多的杂税，他还规定，西湖边的渔民和在钱塘江上捕鱼的渔民每天要缴纳鲜鱼，以供其宫廷享用。因其住所系以前做节度使时的宅邸，便称这种额外税收为“使宅鱼”。当时的钱塘县县令、大诗人罗隐看到百姓深受“使宅鱼”之苦，想劝谏又苦于没有机会。不久，钱王召见罗隐时，拿出一幅《蟠溪垂钓图》，说要和罗隐吟诗唱和。罗隐见画的是姜太公吕望于蟠溪直钩钓鱼的故事，灵机一动何不诗谏？于是当场口占一绝：“吕望当年展庙漠，直钩钓国更如何？若叫生在西湖上，也是须供使宅鱼！”钱王听罢，沉吟半晌，忽而开怀大笑道：“你用心良苦，令朕感动。连姜太公都怕纳‘使宅鱼’，看来，朕得把这鱼税免了。”当即下旨免去“使宅鱼”。

还有一个故事流传也较为广泛。罗墓畈渔民经常去钱江一桥附近江面捕鱼。有一天，江面风平浪静，阳光在水面优雅地跳着舞，正是撒网捕鱼的好天气。渔民黄阿康和他的搭档，一起驾驶柳叶形的小木船，他在船头撒网收网，搭档在船尾划桨收桨，掌握方向，一切都那么自然。突然传来“扑扑”的声音。黄阿康和同伴一回头，发现从六和塔的码头方向飞驰而来几艘日军汽艇，雪白的浪花向两边飞溅开来，仿佛是两把亮剑。不过几十秒钟，汽艇已在眼前，翻卷的浪花把小渔船晃得东倒西歪。汽艇把打网船团团围住，黄阿康和同伴极为害怕，连忙趴在船里磕头求饶。不一会儿，汽艇停下，为首的一名日军小队长恶狠狠盯住渔民叽里呱啦一番，身后的翻译连忙说：“皇军问你们什么的干活？是想来炸大桥吗？”黄阿康战战兢兢地回答：“伢是来捕鱼的，不是来炸桥的，阎罗大王借给几个胆也不敢炸桥啊！”等汉奸把黄阿康的话翻译给小队长后，又探过身子来瞅瞅，发现的确没有炸药之类的东西，就把渔船上的鱼全部抢走后赶他们走。翻译官特别交待，离大桥远一点，不要太近。第二天，黄阿康又去捕鱼。这一次他们学乖了，离钱塘江大桥几里远的江面撒网。不料，日军的汽艇又快速飞来，团团围住他们。昨日的那个小队长咆哮一番，很悲痛的样子。黄阿康不明白，害怕地看着翻译官，分明在询问是怎么回事？翻译官告诉他们，昨天有日本人吃了他们捕的鱼后，晚上死了，于是皇军怀疑是渔民投毒。黄阿康回过头来，日军小队长嘴中念念有词。翻译官说，皇军说“昨天我和你一起交谈，今天我扶着你的棺材”，他是在怀念昨天死去的朋友呢。黄阿康顿时明白过来，日本鬼子是吃了河豚才被毒死的。河豚肚子很大，头尾很小，鱼肉质细嫩、鲜美，曾有“吃了河豚，百味不鲜”之说，罗墓畈也有“拼死吃河豚”之说。河豚虽为珍馐佳肴，但对于河豚缺乏烹调经验的人，却万万吃不得，吃河豚极容易中毒死亡，比砒霜更毒。日军小队长大叫死啦死啦，说黄阿康是“土八路”。但日本人很狡猾，把黄阿康他们连人带船一起抓走，命令他们吃河豚。回到六和塔日军码头，在鬼子刺刀的威胁下，黄阿康和同伴没有办法，在日军驻地的厨房，当着一大批鬼子的面，拨弄起河豚来。黄阿康是捕鱼行家，心想不吃河豚肯定是死路一条。于是他们极细心地除去河豚的内脏、眼睛，剔去鱼鳃，剥去鱼皮，去净筋血，用清水反复洗净，洗净后在滚水里一直煮。过了大约一个多钟头，他们从锅里捞起河豚，一股脑儿吞了下去。日本人看着黄阿康他们吃完河豚，就哈哈大笑，放他们走了。黄阿康和同伴吓得屁滚尿流，经过这一遭，从此再也不敢去钱江一桥附近捕鱼。当然，他们后来活得好好的。黄阿康做梦也没有想到，捕了半辈子的鱼，一不小心却做了半天的“土八路”，消灭了几个日本鬼子。

罗墓畈渔民捕鱼区域广泛。有的结伴经义桥里河兜、横筑塘、萧山、绍兴，最后到达曹娥江捕鱼；有的路经杭州六和塔上岸，然后两人肩扛小船到里西湖下船，划到松毛场再用肩扛小船至内河划到余杭捕养鱼；有的经临浦、尖山到达诸暨湄池浦阳江上游捕鱼；有的经富阳、桐庐，一直上溯建德县梅城一带富春江捕鱼；有的经浦阳江到钱塘江下游的三堡、七堡一带捕鱼。专职渔民不管在何处捕鱼，都会临时在捕鱼区域的岸上租房住下。

渔业生产是集体性质的，最盛时有渔船七八十艘，渔民一百多人。渔民以评分的方式，十分为最高，相隔半分为一个档次，最低为七分，捕鱼时，有的早出晚归，有的为夜班作业，有的甚至住在外面。当时渔业生产收入成为罗墓畈农业生产和社员经济收入的主要来源。

渔民黄雪明有一年在钱江一桥以下江面捕捞了62斤螺蛳青一条，长近1.7米，比一般小孩子还大。傍晚回家，两人一前一后，螺蛳青放在打网船中间一格，船里放一半的江水，便于螺蛳青呼吸存活。当打网船抬到黄家祠堂前面的道地时，全村男女老少从村子四面八方赶拢来，都来过过眼瘾头。小孩子禁不住诱惑，上前摸摸螺蛳青的鳞片，不料螺蛳青跳了起来，足有半米高，吓得孩子“哇哇”大哭，溅起的水像雪花一般。大队干部临时在祠堂前的大樟树下讨论，决定放养在黄家祠堂东面的大昌池内，作为母鱼，让其繁殖，盼望几年后，能繁育出更多的螺蛳青，今后供社员们享用。黄雪明成了大队的英雄，大队党支部为了表彰其功劳，决定任命他为大队电工，负责管理全大队社员的照明和田畈里的农用线路，还兼大队稻谷加工厂负责人，从此赤脚上岸，变成大队干部，避免日晒雨淋的苦头，社员们眼热煞。

20世纪70年代末，随着政策的放宽，集体性质的渔业生产已不符合形势，大队决定把权力下放到每个生产队。

规定渔民每月只要上交一定数量的钞票，捕多捕少都归渔民个人所有。这一规定大大激发了渔民的捕鱼热情，大家兴致很高，争相外出打鱼。规定出台时正值生产队“双抢”，壮劳力外出打鱼，竟没有人愿意留下当生产队长。于是大队每月出20元工资，还是无人响应。后来提高到每月40元，还是无人来应聘。因为大家都明白，捕鱼所得远远高于当生产队长的月工资，又没有压力。无人要当队长，也是意料之中的事。

40元在外大队的社员看来，无疑是具有相当的诱惑力的。当时公办教师三十几元，一般普通工人也不到四十元。其他大队的生产队干部都是没有现钞票的，只有工分补贴，每年不到一千分，每分不值一毛钱。因此，我们大队的做法羡煞了周围的大队干部，只怨自己运气不好，没有生在罗墓畈。罗墓畈没有人愿意当干部成了当地的一大新闻。为了不影响农业生产，大队决定在党员中抽签，谁抽到谁当，硬杠子的，这才平息了无人要当队长的风波。

时过境迁，渔村罗墓畈经过了一千多年的风风雨雨，受现代经济大潮的冲击，捕鱼行业逐渐衰落，有的渔民退休了，有的渔民转行做渔业生意，年轻人大多不愿接上一辈的班，去厂里上班，或自己做其他生意。如今还有十来只渔船，在外江讨生活，如同放映露天电影一般，继续在许贤人的眼里翻滚，清晰得像屠格涅夫的散文，一直，一直在闪耀。

“双抢”碰到雨

“双抢”是农民在流金淌火的七八月份，抓住良好的时机“抢收早稻、抢插晚稻”的统称。每年的这个时候，农民是最辛苦的，曾有这样的诗句：“风狂电闪雨相随，未戴斗篷何处栖？倒转谷箩权当伞，偷闲赋得悯农诗”。此诗形象地说明了农民劳作的环境，反映了农民劳作的辛苦。

“双抢”时间紧，割稻要跟时间赛跑。这个季节台风会不期而遇，若遇上台风，植株倒伏，收割困难，熟透了的谷粒容易脱落，假如连续几天下大雨，湿稻谷容易发霉发芽，减了收成，伤了心思；插秧也要跟时间赛跑，要抢在立秋之前全部完成插秧，否则会延误时机，到头来空忙一场。听老农讲，立秋前插的秧和立秋后插的秧，长势会不一样，收成也不一样。

我的家乡地处东南沿海，属于季风性湿润气候，平均年降雨量1400毫米左右，历年最多的是1954年，达到2018毫米，最少是1967年，只有837毫米，年际变化较大。6月初到7月上旬，称为梅汛期，又叫黄梅季节，此时下的雨称“梅雨”。黄梅季节降水强度强，雨量集中，且雨日多，多连阴雨，家里的物品会发潮发霉，墙壁、地上多水。黄梅过后多台风。民间流传着一句话“台风不来盼台风，台风来了怕台风”。因为干旱，所以盼台风带来降雨。当然降水要适度的，多了就会造成洪涝灾害，会严重影响农业生产。农民靠天吃饭，“旱要旱死，涝要涝死”是许贤当地的顺口溜。一句话，在农业生产技术落后的年代，大自然的因素占主导地位。农民起早贪黑，精耕细作，一辈子“日出而作，日落而歇”“上背日头下背水，脸朝黄土背朝天”“一年收成一担谷”的劳作生活，摆脱不了靠天靠地靠天气的轮回。

记得1980年的“双抢”，真是一个特殊而又残酷的“双抢”。说它特殊，是因为从7月1日开始下雨，到8月31日结束，两个月共降雨587.5毫米，只有五天是晴天，最多一天雨量出现在8月3日，达到137.5毫米，相当于平常年份一个月的雨量，是许贤公社同时期有气象记录以来降雨最多的。特别是7月30日到8月6日，短短八天，降雨达264.1毫米，这一段时间，正是早稻收割的黄金时间，丰收的希望给老天爷糟蹋了；说它残酷，是因为早稻收割进来如不能及时晒干，会造成遭受颗粒不能归仓的灾难。由于持续阴雨寡照天气，导致早稻成熟推迟，往年7月10日前开始收割，而这年7月20日才“开镰”。公社领导、农技站技术人员和大队干部高度重视“双抢”工作，要求积极组织农机和劳力，抢季节，抓主动，确保早稻颗粒归仓，晚稻及时抢插，把“双抢”变成了一场“早稻抢收、晚稻抢插”的战斗。

生产队社员们面对持续阴雨，气温偏低，雨量偏多的倒黄梅天气，早稻成熟和收割比往年推迟一周以上的严重情况，心都拔凉拔凉的。有老农曰农谚“六月盖被，有谷无米”，在当年几乎得到验证。面对百年一遇的大雨天气，社员们觉得两难，早稻收割不是，不收割也不是。望着天空头发一样直流而下的雨，听着“滴答滴答”直捣心间的声音，社员们坐立不安，烦躁的很。

最着急的还是父亲。作为大队长，是全大队的主心骨，社员失去信心，自己却不能乱了方寸，要坚决带领社员战胜百年不遇的农业生产硬仗。持续多日的雨天，给早稻收割、翻晒带来不小的麻烦。还未收割的早稻也出现了倒伏、发芽现象，损失不小。由于稻谷无法晾晒，只能眼巴巴地看着稻谷发芽，第一批收割的稻谷有些甚至长出约二厘米长的秧苗，绿幽幽地插入社员的心田。

粮食是农民的命根子。除了全小队男女老少一年365天的口粮，还要上缴国家的储备粮。如果早稻一季全完，光靠一季晚稻是不够吃的，更不用说要交储备粮了。在父亲的带领下，全队干部群众群策群力，人人出主意，想计谋。俗话说，三个臭皮匠，顶个诸葛亮，群众的力量是无穷的，当时想出了很多办法：把稻谷放到仓库里面摊薄了，24小时不关门，保持通风，派妇女及时用勒谷耙进行翻动，以降低湿度，减少稻谷含水量，防止发芽或霉变；把稻谷晾晒到较为宽敞、通风的室内场地，如学校、礼堂等，用排风扇来吹干稻谷；利用一切可利用的空地，利用一切可利用的人，全民皆兵，家里走廊上、厢屋里、房间的楼板上、木楼梯上全是没晾干的稻谷；在小队道地上，垫起红砖头，砖头上铺上木板，把水稻摊薄，然后搭起一个类似帐篷的塑料挡雨措施，尽量不让雨淋着；在公社农技站技术人员的指导下，社员用食盐和含有效氯65%的漂白粉拌稻谷，用聚氯乙烯或聚乙烯薄膜覆盖，按每50公斤湿谷拌入0.9公斤精盐和0.1公斤漂白粉来防止稻谷霉变；青壮年劳动力在田里狂忙，老人和小孩也是在家里跟着太阳赛跑。偶尔太阳从云缝里探头出来就晒谷子，把苓皮摊在道地上，把稻谷摊开在苓皮上；太阳一躲进云层里就马上收，收起的谷子还在原来晾的地方；有时候刚收完，雨停太阳出来了又晒，要反复收晒好几次。虽然很累，但大家还是很开心，毕竟有太阳光，比阴干要好许多，累点苦点算什么。可这样偶尔的阳光出现机会也是不多的，整个暑假阴雨连绵，盼太阳出来是那个时候全队上下所有人的最大心愿。我们墙门里的几个小孩甚至点起三支香、一对小蜡烛跪在灶前，虔诚地求灶司菩萨保佑，发誓宁可过年不穿新衣，不吃糖，来换取几天的太阳。

通过各种办法，解决了一部分稻谷的晾干问题。干部群众知道，这只能保一时，不能保一季。尽管办法众多，也是治标不治本，最牢靠的办法还是日照，既快又有保障。面对老天不停的降雨，面对源源不断收割进来的稻谷，社员们的脸上乌云密布，心里那个急呀！

每天听挂在墙头的喇叭，成了全队上下的必修科目。而每天的天气预报千篇一律，都是“今天有雨，雨量中到大，最高气温25摄氏度。明天早晨有雨，雨量中到大，早晨最低气温20摄氏度，最高气温25摄氏度，偏南风3到4级，阵风5级。”除了气温和风级略有变化，其余的内容几乎都一样。明明知道天有雨，偏偏为天牵肠挂肚。

八月上旬，对江的义桥公社义一大队传来一个激动人心的好消息，他们大队发明了一种新的稻谷保存方法，据说效果良好，收割进来的稻谷无一霉变，还是像长在地里一样的金灿灿。为此，义桥、许贤、朱村桥三个公社联合在义一大队召开现场会，要求每个大队的大队干部和小队长参加。于是，父亲带着一班人马前往参观取经。下午取经回来，父亲兴高采烈的，像找到了宝贝似的，并且带来了一块西瓜给我吃，说是现场会发的，自己舍不得吃，带回来让我尝尝。

接下来的几天，我发现生产队派社员去外面购买尼龙薄膜、毛竹、电线。买回来后，社员在道地上搭起了一座座大棚，把新收割来的稻谷全部放进大棚。大队电工在每个大棚四个角落安装了四个大灯泡，父亲说，每个灯泡有500瓦，俗称“小太阳”，它们发出的热如同太阳一般。队里派了几个社员日夜不停地轮流翻动稻谷，使稻谷免受雨水侵袭，尽快使稻谷晾干。由于“小太阳”用电量大，全队晚上全部停电，以保证“小太阳”的正常运转。

父亲是个劳碌命，白天与其他社员一起冒雨在地里劳作，晚饭一吃过，衣服也来不及换，就叫上小队长，一起去大道地上的晾谷大棚看看。他每次到大棚，总是先用左手抓起一把稻谷，右手几个指头拨弄稻谷，看有没有发霉。然后两个手指头拣起一粒稻谷送到嘴里，用牙齿磕一下，咬去谷皮，把大米在“小太阳”的灯光下照一照，观察一下大米的颜色。父亲看到大米颜色有明显的变化，会兴奋地叫小队长，让他也看一看，一起分享快乐。每每这时，父亲总是回头对24小时翻谷的社员说：“看，这都是你们的功劳，稻谷晾干的速度很快。我要好好表扬你们，明年上春头评工分时，一定要给你们加分，放心好了，继续加油干！必须加油干！”听了父亲的话，那几个社员兴高采烈，拼命点头，表示绝不辜负大队长的期望，一定好好干，保护好生产队的粮食，保护好社员的命根子。

那年的“双抢”，由于社员们发扬“与天斗，其乐无穷；与地斗，其乐无穷”的革命乐观主义精神，抢收及时，办法众多，当年粮食基本没有减产，保质保量完成国家储备粮任务，留足社员的口粮，使社员们度过了一个安稳的年份。

“滴答、滴答”，窗外下起了雨。听着这熟悉的声音，一瞬间，我怀念起“双抢”来，怀念起生产队历史上仅有一次“双抢”落大雨、想方设法晾干稻谷的艰辛，怀念起大汗淋漓后那种畅快无比的感觉。

挑河泥

河泥肥力较高，肥效较长。许贤有“河泥田，勒羞饭”的农谚，意思是河泥壅田后劲足。用草花、青草等搅拌河泥后，称草搅河泥，肥效更好。河泥养分丰富，肥效独特，施用后，能使水稻生长良好，抗病抗倒，青秆黄熟，米质优良，增产显著。

每年的冬春时节，生产队安排男劳动力捻河泥，将池塘里底层的淤泥用河泥夹夹上来，放入河泥船中，然后用河泥戽斗戽上池塘边的河泥潭。等河泥潭中的河泥水沥干，变成硬泥土，来年上春头再派劳力一担一担挑到田畈，翻耕入土，以增加肥效。

前黄大队每个生产队都有一只河泥船，每个生产队都有几个专属于本小队的池塘。河泥船为木质，类似于捕鱼用的打网船，但河泥船比打网船要深一些，中间的肚兜比打网船略宽、略长。夹河泥的两位社员，一般都是男性，一个站在船头，一个站在船尾，站成两个不同的方向，以在夹河泥的过程中保持必要的平衡，否则有掉入池塘的危险。夹河泥时，社员要穿套鞋，考究的穿雨衣，以防河泥溅起来。不穿雨衣的话，一天下来，脸上、衣裤上全是点点淤泥，甚至头发里都有泥点。所以，夹河泥的生活，不是一般人能干的，工分加倍。夹河泥的工具叫捞泥耙：两根细毛竹，长十多米，毛竹上细下粗，在底部七八十厘米处，两根毛竹用铁螺丝缠绕，再把毛竹在火上烤一烤，使其折弯，装上尼龙网兜。使用时，社员将长长的捞泥耙打水漂般抛入水中，然后撑开上端毛竹，底部的网兜也随之撑开，夹几下，估计网兜满了，社员用力从水底拽起满耙淤泥，倒入船舱。两个人，一张一弛，一捞一抛，船在水面上忽左忽右。一会儿舱满，便划到岸边，将淤泥用长柄戽斗，你一瓢我一瓢抛入岸上的泥塘里。此时，两位社员戽一下，顿一下，挺有节奏感。有时还悠然地哼几句越剧，来开心开心，把快乐写在脸上，自豪扭在腰上，幸福闪在胡子上。

我家属于第一小队，第一小队捞河泥的池塘有荷花池和小店池两个。等到荷花池的河泥潭满了，小队长就派两位力气大的社员抬着河泥船，去小店池捞河泥。荷花池范围大，水质好，是大队社员洗菜淘米的好去处，河泥稀拉；小店池范围小，只有亩把田，水质浑浊，是妇女们搗马桶的专用池塘，封闭性好，没有和其他的池塘有水沟相连，河泥质量就好。等到小店池的河泥潭满了后，就到公社的小河去捞河泥。满满一船河泥，两个人是抬不动的，需要全队男女社员，挑着粪桶，把河泥挑回小队。等到无泥可捞时，社员洗净戽斗、河泥夹、河泥船放好，准备明年再干。

时间一天天过去，泥塘里的淤泥一点点干燥起来，柔软无比的淤泥，失去了往日的亲近，越来越坚硬。秋天过去了，冬天过去了，春天紧接着来了，淤泥半干，村中男女老少一齐出动，将淤泥化整为零，一担担挑走，均匀地散在农田里。挑完塘泥，农田里灌满了水。干巴巴的淤泥碰到水，一下子化了，河泥与田泥混合在一起。稻田里一派热闹的景象。鱼虾阵阵，田螺蜗行，蚂蟥穿梭。时而蹦出一只青蛙，钻入水中，其舞姿泳态，让人眼羡。而碧绿稻毡上，蔚蓝天幕下，燕子低翔，蜻蜓盘旋。河泥在这美妙的季节，种下一粒丰收的种子。

父亲非常重视河泥。每当挑河泥，他都会亲临现场，嘱咐掘河泥的社员，不要掘得太满。社员们不解，父亲解释说，如果掘得太满，河泥颗粒会从土筐里漏出去，掉在去田畈的途中，太浪费了。但社员们不太同意父亲的说法，土筐浅一点，意味着要多挑几担，来来回回浪费体力。但父亲坚持己见，谁满扣谁工分，社员这才听话。

捞河泥的时代早已过去，戽斗、河泥夹、河泥船也不见了踪影。据说人民公社解体时，土地承包到户，小队里的农具全都分给个人，只有捞河泥的工具谁都不要，生产队长只得把河泥工具当柴卖了。

如今的河道，基本不能行船了，原来淤泥日积月累，堵塞了航道。怀念当年的捞河泥，每个生产队都在抢河泥，河道自然就深了，不必像现在花大价钱来搞河道疏浚。正是这种古老传统的农艺流程，才长效保障了河道通畅和耕地肥沃，从而加快了河流自净功能，防止了河床淤积和水资源的污染，保证了河水的质量。

我在喃喃自语，水中的金子呀，现在是否还能够养活我的乡民？

挑水库

许贤东临浦阳江、北濒富春江，永兴河从南入境，沿江、河呈平原状，有黄天畈、河口畈、寺塘下畈、罗墓畈、后江畈、沙地畈等，耕地面积达1.7万余亩。许贤多山，域内有以云峰山为主的众多山峦，山林面积达两万余亩。

许贤境域一半是山，一半是耕地，山坞深度不够，只有几里长。雨天从山上冲下来的水，因没有水库，雨水就直接流到外田畈，淹没耕地，造成内涝；晴天雨水少，外田畈缺乏水，容易形成旱灾。真是落雨要落煞，旱要旱煞。如果在山坞出口处建一座水库，将全年的雨水集中在一起，进行人工调配，需要时，水库放闸，清丽的雨水流到田畈里，进行灌溉；不需要时，关闭水库闸门，把山上冲下来的雨水，暂时存放在水库里，留到需要时再放闸。一句话，让水服从人的指挥，听从人的调配。

1955年许贤就遭遇持续干旱，水稻田开裂，裂缝处放进一两个手指头都绰绰有余。为了战胜旱灾，罗墓畈的男女老少用龙骨水车把浦阳江的水一段接一段地车到里畈的临时沟渠，灌溉农田，但碰到浦阳江低潮，水位低，男女老少辛辛苦苦地车水，仍对旱情无济于事，稻田被晒得发白，稻叶被烤得焦黄，那年夏粮几乎绝收。真是急煞、愁煞家无存粮的乡民。

时任许贤党总支书记郭吾根是个很有责任心的干部，认为为官一任，总得为老百姓办几件像模像样的事。他在许贤当书记的几年，做了两件让许贤人受益的大事：一是建造黄石垅水库，确保了许贤粮食生产的旱涝保收；二是带领群众挑起绵延十八华里的富春江、浦阳江和永兴河江塘，使许贤河西、罗墓畈、传雅沙、吴闸等村再无水患，吃煞苦头的一年一度的水患，终于被江塘拦截。

黄石垅水库集雨面积较小，但库容百万方，大坝高度十余米，是迄今为止萧山最大的水库。对于这样一个中型水库，建设的难度可想而知，建设的资金无疑是巨大的。许贤当时属于戴村区，戴村区也把建设黄石垅水库当作全区的一项重点工程，在全区范围内进行发动。这样，一支水库建设大军迅速形成，数千名男女劳力带着干粮，扛着锄头、钢钎、土笪来到工地参加劳动。

1956年12月，许贤乡修筑黄石垅水库大会战打响。工地上，树立了“辛苦一年，幸福万年”的大幅宣传标语。每天在现场劳动的老百姓有四五千人。尽管天寒地冻，参加会战的老百姓热情高涨，赤着双脚，挑着土笪，高喊口号，来回奔走。大家喜笑颜开，心里盛着对美好未来的向往，抱着战天斗地的决心，发扬一不怕苦，二不怕累的精神，整天在工地现场劳动。没有人偷懒，更不会有人反对造水库。因为水库是“米桶箍”，没有水库，粮食产量上不去，就要饿肚子。

特别感动的是，戴村区其他乡镇的老百姓，响应戴村区政府的号召，从全区各地赶拢来，帮助许贤乡建造水库。他们有许贤人一样的干劲，有许贤人一样的豪情，有许贤人一样的劳动精神。他们也是自带粮食，吃住在工地，就像建设自己的家乡，没有怨言，有的只是建设社会主义的热情。

经过一年多的艰辛奋战，黄石垅水库终于建成。一道巍峨的大坝锁住了从各个山坞窜滚而下的“水龙”。这一年的暴雨季节，山里的洪水不再像无法驯服的野马，而是乖乖地流到水库，听候人们的调遣。大旱天，许贤外畈的2300多亩水田也不再因旱而影响收成。旱季时，只要水库闸门一开，清澈的水流欢快奔流，去滋润一方田地。

黄石垅水库蓄满水以后，即开始安装水力发电机。当时安装了一台30千瓦的发电机组。发出的电接到了许贤全境。开关“啪”的一声，电灯亮了，比煤油灯不只要亮多少倍。家家户户不要说从来没有用过电灯，连看都没有看到过，男女老少个个欢喜得不得了。

水库同时也是优质的养鱼场，放养了一批鱼苗，有包头鱼、鲢鱼、草鱼。水库库底泥土较肥，养下去的鱼长得很快。两年后，包头鱼有长到五六斤重的。过年前，公社请罗墓畈的打网船到水库张网捕鱼。网里鲜鱼活蹦乱跳，坝上人群欢呼雀跃。那年，家家户户都分到了“年鱼”，每人半斤。在水产品较为缺乏的年代，无疑是给全公社农户增添了过年的喜气。这项“福利”，直到1993年才取消。

黄石垅水库，它和富春江、浦阳江和永兴河的江塘一样，将永远根植在许贤人民的心中。

文宣队

新中国成立初，罗墓畈有一支十多人参加的文艺宣传俱乐部，由专人负责，有固定演员。他们利用农闲和夜间排练节目，在本村和邻村演出。当时演出的节目有古装越剧戏《秦香莲》《梁山伯与祝英台》等剧目。后因农业社的扩并以及三年自然灾害，罗墓畈俱乐部宣告解散。

1968年，许贤公社所属各大队都响应上级号召，在原各村俱乐部的基础上，成立毛泽东思想文艺宣传队。文宣队以歌舞、曲艺为主要表现形式，也有自编自演、适合当地群众口味及政治形式的节目，融宣传教育和文化娱乐为一体。前黄大队文宣队有队员二十余人，演出革命样板戏《红灯记》《沙家浜》等剧目。平时在大队里演出，自娱自乐，节假日还到南坞、北坞、田家等大队演出，有时甚至跨过浦阳江，到位于义桥老街上的大操场去演出。

前黄大队文宣队比较正规，配有道具木壳枪、步枪、大刀、红缨枪、军服军帽等。演员们在演出时，都要进行化妆，跟电影中的角色一模一样。演员虽然都是大队社员，没有受过正规训练，完全是看着电影学习的。但大家热情很高，学习非常投入。一旦有新的电影出来，在公社大会堂试映，这些群众演员便和公社其他大队文宣队演员一起，是第一批到公社去看的社员。有时公社也会邀请县里文化馆的老师，来许贤进行辅导。因此，文宣队演员的演技，也日趋完美，在许贤的舞台上，演绎着同样革命的精彩。

文宣队的演出节目单调，但深受群众欢迎。特别是文宣队里的小姑娘，是全公社青年小伙子追赶的对象。哪里有文宣队演出，哪里就有青年小伙。没有自行车，就走着去；一个人不敢去，就招呼着村里的队伴哥一起去；大家有说有笑，踏着月光，走村串户，在台下“咿咿呀呀”地跟着学唱，并且指指点点，说哪一个姑娘出色。演到精彩之处，就及时拍手鼓掌，大声叫好。台上的小姑娘，不知下面人的歪心思，听到鼓掌和叫好声，受到鼓舞，演得更加卖力，唱得更加响亮。一台看过许多遍的革命样板戏，台上台下互动，散发出新的立意，植入土地，开放在心间，唯美在稻穗上。

文宣队成了爱情发芽的宝地。那时候的爱情，只能在心的一隅悄悄萌生，不能大鸣大放挂在嘴上。村庄的每一个角落，都有一双犀利的眼睛，注视着人们的行为。小伙虽有心发芽，但无胆行动。文宣队却是极好的场所，借着宣传毛泽东思想，隐蔽性好，不易被发现。前黄大队文宣队演员阿梅，人见人爱，机灵的很，她是文宣队的招牌节目《红灯记》里李铁梅的扮演者，唱腔优美，身段俊美。她在演出时，台下观众特别多，多是男青年，不亚于现在的女明星。前黄文宣队到北坞大队参加许贤公社的文艺汇演，一举夺魁，阿梅是功不可没的。可阿梅心里早就有了心仪的对象，小伙子是本大队的一位解放军帅哥。他也是阿梅的粉丝，经常到文宣队来走动，一来二去，搞起了地下恋情。文宣队做的媒，除了阿梅，还有阿仙，她相中的也是一位解放军帅哥。美女喜欢英雄，是一段古老的昆曲，心碎了无痕，无痕了幽幽。

文宣队后来增加了一种新的表演形式，称作讲革命故事。讲故事虽没有样板戏那样精彩，但也有一个好处，就是简单易行。只要一个人，无需道具，在田间地头也能表演。在生产队田间吃点心休息时，来一个故事，给社员解解乏，高兴高兴，也是极美的享受。故事员往往先吃点心，等社员们都在吃点心，故事员已经吃好了，拉一捆稻草，垫在屁股下，绘声绘色地讲起故事。革命故事套路多，小队长说可以讲讲历史故事，历史上也有许多革命的事情，于是故事员讲杨家将、宋岳传奇，时不时插入一段样板戏的唱段，以表革命。社员同志们听得津津有味，忘记了做生活。

罗墓小学也成立过文宣队，唱些革命歌曲，走到田畈里，站在田间地头热情高歌，为辛苦耕作的社员同志加油鼓劲。节目丰富，据时任校长许华南老师的回忆，有诗朗诵《大海航行靠舵手》、快板《"文化大革命"就是好》、小合唱《爹亲娘亲不如毛主席亲》、表演唱《十不忘阶级斗争》、女生独唱《唱支山歌给党听》和《北京的金山上》、女声表演唱《贫下中农一条心》等。节目都是老师自编自导，辅导学生排练的。大队干部表扬学校做得好，公社干部也表扬学校，学生表演得更起劲了。

听说现在老家许贤每个村子都成立了排舞队，以靓丽的服饰、美丽的舞姿、饱满的热情，吸引了大批村民前来参加。许多年前的乡村俱乐部、文宣队，在新世纪以一种崭新的姿态，活跃于故乡黄色的泥土。不论名称如何变化，为群众献上一抹开心，是永恒不变的主题。

文宣队，曾经在社员心里挠过痒痒，犹如嘹亮的军歌，一直唱到现在，如今从记忆里拿出来在太阳下翻晒，竟还是亮晶晶的。

相亲

旧时，许贤男女结婚以举办婚礼酒席为标志。人民公社时期，结婚登记在公社办理。但许多年轻人受传统思想禁锢，还是以办酒席为标准结婚生子，婚姻登记则放在其次。

在南坞小学教书的邵老师，先当泥水匠，再当民办教师，在位于磨刀大队高山头的许贤社小教书。在同一所学校教书的任老师，对邵老师这个帅小伙有好感。两人私订终身，在学校这块肥沃的土壤中，盛开了鲜红的爱情之花。

不久，任老师的父亲知道了他俩的事。父亲要求女儿带邵老师去他家见见面。等任老师把消息告知邵老师的时候，帅小伙傻呆了。邵老师担心未来的老丈人不肯把心爱的女儿许给他。任老师见状，既担心又生气。担心是因为父亲比较古板，要求高。生气的是，对象这副胆小怕事的模样，哪像个有担当的男人。对于对象父亲准备对未来女婿进行面对面地毯式的火力侦察，邵老师觉得也在情理之中。可任老师对他说："我的父亲似乎走火入魔……"她觉得父亲的这种"深入"了解未免太过"明察秋毫"，担心邵老师这个腼腆的臭小子一个过不了父亲这一关，为此任老师很懊恼，她最后红着脸拉着邵老师的手安慰："其实到我家也不要怕这怕那，父亲是爱我的，担心你害我。不要一见到父亲，被他的严肃神情吓跑了。"

听了任老师的话，邵老师高兴极了，未来老丈人终于默认他俩的关系。但邵老师心里又产生一丝丝不安，不安的是对象父亲非常古板，若是不讨他欢心，极有可能吹灯。这种"上门相亲"究竟目的是什么？其实只有一个目标：找对象，要结婚！

见邵老师沉思，任老师以为对象怕了，她气急败坏地说："怕就不要去了，我们俩的事算了。"经过任老师这一番言语，邵老师猛地惊醒过来，拍拍胸脯，表示为了他俩的幸福未来，上刀山、下火海，在所不惜。邵老师的一番豪言壮语，激发了任老师的无限希望。两人约定，此生不离不弃。

邵老师回到家，看到家徒四壁，心里又担心起来。送什么好呢？20世纪70年代商品紧张，即使有钱也要凭购货证购买。看到屋前溪坑边洗萝卜的妇女，邵老师的眼睛顿时光彩亮丽。屋后自留地上的萝卜，不也长势良好么。于是，邵老师连忙奔向屋后，喜滋滋地去拔萝卜了。谢天谢地，萝卜长势很好。于是他拔了许多萝卜，摘去叶子，在溪坑边洗干净，在墙门里的卵石地上用两张长凳搁好，沥干。母亲说，这么白净的大个萝卜还是第一次看到，真是老天菩萨保佑儿子。这么好的萝卜去送人家，想想真是肉痛，挑到义桥街上去买，说不定能卖到两分钱一斤呢，一担萝卜少说也能卖一块多钱，唉！

邵老师顾不得母亲在院子里自言自语，他的心中只有萝卜，因为要靠它来蒙骗老丈人，来解救他的爱情。第二天是礼拜天，邵老师换了一身干净的衣服，挑了满满一担萝卜，第一次去送大礼了。

一路上，邵老师健步如飞，碰到熟人低头别过，碰到学生把草帽压低，一切像地下工作者一样小心，唯恐被人发现。他第一次尝到了做贼心虚的味道。

到了对象村口，只见对象立在村口，焦急地望着路口。见到邵老师挑了一担萝卜，异常兴奋:“你怎么知道父亲喜欢吃萝卜？他常说，青菜萝卜营养好。”邵老师一听，好险哪，幸亏老丈人喜欢萝卜，要不喜欢，不是白辛苦吗？真是天助我也，歪打正着。邵老师立马充满信心，要是不拿下老丈人，就对不起这么好的运气啦。

邵老师很担心这场爱情鸿门宴，万一失足，就要千古恨，到时后悔来不及了。虽然他对老丈人的做法不满，像一颗大白菜一样被人看来看去，问来问去，觉得很扫面子。可为了心中的爱情，自己这辈子最喜欢的女孩子，面子又算得了什么。“面子诚可贵，爱情价更高”。邵老师气壮山河，逗得任老师喜笑颜开。相亲需要真诚，应该把相亲当作一场硬仗，速战速决。

在去任老师家的村道上，任老师絮絮叨叨：“还好母亲大人还是很支持我的，她经常挂在嘴上的一句话就是，找个长相还拿的出手的，有一定文化，能踏实工作，有上进心，会过日子的就行了。可父亲每每听到母亲这样的话，就会瞪她，抢白她，说她是妇人之见，头发长，见识短。”对象真单纯，把家里的底盘全漏，因此邵老师反倒不着急了，心想如这次上门攻不下老丈人的山头，就迂回走丈母娘路线，发挥女人的优势，一定要把对象娶进门。

见了准岳父，立刻晕了，几乎分不清东南和西北了，刚才的自信满满，早就跑到爪哇国去了。这时邵老师才明白，对象提前打招呼的缘由，老丈人的确难弄。

只见他端坐在堂屋正中八仙桌的上座，一脸的严肃。他示意邵老师在八仙桌的下座。听对象说，茶泡出来，八成是成了；糖吞鸡蛋烧出来，八九不离十了；杀一只自家养的老母鸡当午饭的菜，那就是三个手指捡田螺——十拿九稳了。可现在连茶杯的影儿都没有，更不用说糖吞鸡蛋和本家鸡了。邵老师一阵紧张，身子便不由自主地扭动起来，背上的汗渐渐出来打扰，脸上的汗珠密密麻麻渗出来。不一会儿，邵老师坐的长凳湿了，原来屁股上也流汗。

“看你瘦不拉叽的，一看就是个文丈先生，不会干农活的。”

还未等邵老师回答，对象的母亲从灶头间走出来，抢着说：“这年头大家都在饿肚子，吃的是青菜淡饭，哪有营养，都是这么瘦的。”老丈人瞪了老伴一眼，“就你能，滚！”

见这阵势，邵老师不敢不回答：“不是这样的，我在双抢时会经常到生产队参加生产劳动的，工分也有六分。”

“身体还好吧？”

“我身体很好的，在学校是运动员，曾经代表公社参加过县里的田径运动会，得过跳高第三名呢。”

老丈人喝了一小口茶，发出很大的响声。邵老师连忙站起来，乖巧地拿过桌上的热水瓶，给他斟满。他呢，则用两个手指在桌上敲了两下。

“当民办老师也不是长久之计。对于未来，小伙子有何打算？”这话一下子触到了邵老师的短处，幸好邵老师的嘴像鸭子一样伶俐：“听说马上要恢复高考了，我正在天天晚上复习着呢！”

“好！好！”老丈人突然大声说。

邵老师吓得快要坐不住了。

“老太婆，告诉姑娘，我准了！”

听到老丈人的话，任老师的母亲连忙拿出茶杯。

邵老师惊魂未定，心里扑扑跳，他喝过茶后，对象端出了糖吞鸡蛋，一共是两个，代表两个人心心相印；红色的糖水代表了今后甜蜜的生活。中饭自然有本家鸡，老丈人用筷子夹了一只鸡腿给他，邵老师则把饭碗里的鸡腿给了对象，老丈人很满意，说放心把女儿交给他，又嘱咐他们去义桥街上拍照片去。

一切顺顺利利，吃罢中饭，对象推出一辆锃亮的凤凰牌自行车，说是给她结婚用的嫁妆。邵老师带着对象，那么远的路，踩着自行车载着对象，飞一般地骑向义桥供销社照相馆拍照。当时照相馆很少，义桥、许贤、朱村桥三个公社才有这么一家，好不容易到达目的地了，竟然碰上照相馆停电，照片没拍成。邵老师索性与对象去逛街，逛得饿了，到位于义桥老街下埠邮局对面的馆子店吃了一碗馄饨，铜钿是任老师付的。邵老师心里想，自己真是够穷的，还要对象请客。

他们在回任老师家的路上，由于心情激动，车速飞快，碰到塘渣路面的石头，连人带车跌入机耕路旁的油菜地。油菜长势很好，非常茂盛，邵老师压在自行车上，任老师压在他身上，他夹在中间。任老师青春的气息直逼邵老师的鼻孔，她喘着粗气，邵老师情不自禁地在她的额头轻轻吻了一下。不料，任老师很生气，骂他是流氓。等到他们爬起来，刚想走上机耕路时，被田里劳作的社员看见，扭着他们到公社，不听他们的辩解，硬说他俩在搞流氓活动。

后来双方父母出面，说是已经订婚了，两个大队党支部都出证明，这才把风波平息。他俩各被自己的父亲狠狠训了一顿。

两人相处两年后就结婚了。邵老师在枕头底下抖出一堆的钱，那是他存了三年的工资，准备结婚用的，总共380元，钱都快发霉了。当时，这可是一笔不小的数目。任老师是她们村最值钱的姑娘，出嫁时很豪华，那天有十六辆自行车送嫁，很牛的，嫁得真好阔气。

结婚照是他们拍的第一张合照，几十年过去了，这张照片邵老师一直好好地收藏着，照片里没有婚纱西服，两个人穿着简简单单的布衣，任老师还扎着麻花辫。这般平平淡淡的爱情，在岁月的洗礼中，展示着幸福的真谛。对爱情来说，那是一个纯真的年代。

织布染衣服

住在墙门里时，家里的自留地上还种植棉花。祖母一共生了六男三女，共九个孩子，除了一个儿子夭折外，其余都长大成人。二伯去了桐庐七里泷电厂；四伯参加建设新安江水电站，电站建成后被招工进入铁路杭州机务段当工人；小伯被杭州未曾生育的二姑婆领养，从小离开家乡；大娘姆妈早早嫁到义桥下墙门。分自留地时的人口有祖母、四公、大伯和父亲，以及两个姑姑，共分得约半亩自留地。祖母每年把自留地匀出一部分，种种棉花，用自留地上的棉花，纺纱织布，给全家人做些棉衣棉裤。

棉花一般在清明节后种植，九月里收成。在棉花漫长的生长期内，要不断地进行精心培育，以防烂芽，白辛苦。棉花从种植开始到可以穿在身上时，工序繁多。布种、灌溉、耕畦、摘尖、采棉、晾晒、收贩、轧核、弹花、拘节、纺线、挽经、布浆、上机、织布、练染，可见弄一点穿穿，也是很不容易的事情。

棉花非常漂亮，调皮的父亲忍不住去摘它，招致祖母的训斥。要知道，全家老老少少的衣服，全靠这些花儿来成全。把花摘走，棉花就成了柴火，难熬寒冷的冬天；过年也没有新衣服可穿。有诗人的诗作为证："花开不为人赞美，花放不求谁闻香。只是献花送温暖，只是用花作衣裳。”

等到采摘的时候，就去自留地里摘棉花，把摘来的棉花放在苓皮里，在太阳底下暴晒。晒干后再组织家人剥棉花，去壳除籽。剥棉花一般在晚上进行，全家人围坐在一起，把剥出的棉花绒放在中间的大团箕里，壳呢，则扔在脚箩里。棉花壳是容易剥的，棉花籽儿则难以去除，需要极其耐心，轻轻地分离出来。

祖母把棉花分成两半，一半用作纺纱，另一半用作棉衣棉裤的材料。家里有纺纱的工具：一架手摇纺车，一台织布机。手摇纺车驱动的力来自于祖母的手劲道，操作时，祖母一手摇动纺车，一手从事纺纱工作。她先把棉花搓成香肠一般粗细的一段一段，再在棉花段中小心地抽出一根细线，把细线缠绕在纺车圈上。祖母右手摇纺车，左手拿出棉花段。随着纺车的旋转，棉花线就奇迹般地拉出来了。祖母挺辛苦，天未大亮就起床纺棉线，晚上在油灯下接着纺线，连续不断。

棉花线纺好，祖母马上又全身心投入织布环节。织布机比较笨重，要占厢屋一半的地方，高度快要顶着楼板。祖母瘦小的身影，缠住了庞大的织布机，一缠就是个把月。先是穿杼，将线一根一根穿到杼缝里，为织布做准备。穿杼非常要紧，这道工序决定着所织布的疏密；接下来要做穗，右手拿一个细滑的木条不断摆动，把线锥上的线缠绕成两头尖中间粗的穗状体，放进织布梭中，做纬线使用。鸡腿骨是最好的檁子，紧紧地将棕绳扭紧，这样滚筒就不至于撼动丝毫半分。撞板是有力的，顺滑的，每一声“砰砰”的撞击声都来自那里。经线是起先穿好的，放在高处，像有轨机车上来来往往的线路，连通起点与终点。鱼一样的梭子，在祖母的手里滑进滑出，以至于让人觉得一把飞梭是乡间生命力最强的精灵。土布这样一点一点长起来，一匹一匹在祖母的手里滑出，“吱吱呀呀”的声音，响彻在墙门的高墙之上，缭绕在屋顶的小瓦片上，告诉大地，一双小脚，担负起全家人的责任，该是何等的壮美。

织好布，接下来祖母开始染布。棉花是白色的，布匹就是白色的，白色的布穿在身上，人家以为是丧事人家，不吉利，所以染布是必须的。染布的颜色，祖母会选择蓝色，黑色不好看，红色又太喜庆，蓝色正好，当时社会上流行蓝色，整个中国大地是一片蓝色的海洋。

染布的工具就是平时烧饭用的大铁锅。那天的中饭必定是早吃的，祖母洗净饭锅后，往饭锅里放入水。水不能太满，否则放进白布后，沸水会溢出来，一则浪费水，二则也会烫到人，不安全。柴火一定要是木材，稻草是不行的，平时从山上捡来的柴这时候派上大用场。等水烧开后，放入蓝粉，用撳倒笃菜的菜搅拌后，放入织好的白布匹，盖上饭锅盖后，再去灶膛里添柴火。十分钟后，停止烧火，退出火炭。焖一段时间，再打开饭锅盖搅拌，再焖。此时，染料的香气飘满屋子。这清香，蕴含着祖母朴素的希望。焖好后，祖母把染好的布拿到荷花池埠头去，用棒槌敲打，双手在石板上来回搓，用清水漂洗干净，晒在院子里的竹竿子上。

前几年做成的衣服，经过几年的清洗，早已褪去了原有的蓝色，趁饭锅里的热气还在，祖母把旧衣服翻出来，放进饭锅里烧一烧，拿到荷花池洗一洗，旧衣服又显出令人闪耀的蓝色，旧衣服变成新衣服了。有时候我真佩服祖母的智慧。

染好的布匹，可以做新衣裤了。四公早年是个裁缝师傅，不用洋车，全用收工缝制。四公虽长得面丑，左脚跛，但裁缝手艺却是一流。父亲小时候很爱看四公干活，看着他在布料上用滑笔画样，又剪又缝，做出一件件漂亮衣服，觉得实在了不起。父亲对祖母说过一句话，长大后想做裁缝师傅，天天穿新衣服。祖母瞪了父亲一眼，说旧社会裁缝师傅地位低，傻不拉几。四公做好衣服后，祖母把棉花拿出来，给每个家人翻新棉衣裤，以备过冬。

如果是毛线衣，染料是五颜六色的，喜欢红色的就染红色，喜欢绿色的就染绿色。供销社的各种颜色的染料都有，尽管挑选。小孩子会拿白色如云的络麻秆，到饭锅里浸一浸，变成五颜六色的金箍棒，玩起西游记的游戏来。

我上小学时，祖母还会织布和染布，只是没有以前那么多了，也没有以前那么渴求了。父亲去上海参观学习，给我买回来一套红色的棉毛衫，高圆领，冬天的北风不会吹进头颈里，非常暖和，远比祖母织的布柔软，不刺糙糙，穿上去舒服；又给我买了一件的确良衬衫，透气性强，不易变形，不易褪色，热天穿着的确凉快。那米黄色的料子，轻盈而风凉，光滑而细腻，更衬托出我的修长。棉毛衫和的确良衬衫，引来不少人羡慕的眼光，以至于衬衫右前襟不小心扎了一个洞，我还是兴致勃勃地穿，不愿意换掉。

后来，父亲与叔父们分了家。我们一家子搬到离墙门一里外的小店池旁居住，从此远离了手摇纺车与织布机。随着时间的推移，祖母也不坚守着这份传统技艺，慢慢地极其自然地让它退出了生活。

祖母唯一能做的，只有放弃。

种韭菜

小时候，我喜欢跟在父亲屁股后面到自留地里去玩。

有一次，我跟着父亲到自留地里去种韭菜。到了地里，父亲拿起铁耙，开始翻地了。父亲翻了两次，就对我说："阿明，你也过来试试。"正在欣赏满地野花的我，听到了父亲的叫声，就赶过去，接过父亲手中的铁耙，朝土里一掘。因为刚才在欣赏野花，没注意父亲翻土的动作，就用力一掘。要把铁耙拔出来，我开始以为很简单，可是我使了全身的力气却怎么拔也拔不出来。我气极了，就一直往外拉，可是还是没用，铁耙始终拔不出来。父亲见到我这个样子，笑眯眯地对我说："你的方法错了，看我怎么翻的，我示范一下，看仔细了。"只见父亲把两脚前后分开，手里握着铁耙，转身对我说："就像这个样子，然后用铁耙去掘。你力气小，可以把铁耙掘得浅一点，这样就可以很快地翻土了。"我照着父亲说的去做，掘得浅，轻轻拉，铁耙就出来了。我连续掘了几次，感到手酸了，再掘了几次，手上起泡了。等到全部掘地计划完成后，我已经累得说不话来。

第二天，做计划的第二部分——做菜畦。这道工序虽不像昨天那样化力，但程序比昨天多。首先用铁耙把掘地时留下的大泥块弄碎成小颗粒，越小越好，这叫掠细；然后用铁耙挖出一条水沟，以利排水，这叫锹沟泥；最后把菜畦做平整，每畦大约宽一米左右，这叫平地。完成这几道工序后，我的腰酸得快要倒了，手心的泡破了，血丝样的东西流出来了。我委屈地看看父亲，没想到父亲只是笑了笑。

第三天，撒种，浇粪，盖灰，弄得我一脸的灰，一身的臭气。第四天，第五天，第六天，我连续三天，天天去给菜地浇水。到了第七天，我终于看到了青青的菜芽，那个高兴劲无法用言语来表达。

父亲对于我每次参加的自留地劳动，都会告诉我的班主任路老师，第二天我一定会得到路老师的表扬，说我劳动积极，没有资产阶级少爷的脾气，希望同学们向我学习，学习我亲近土地，亲近农民的感情。面对这巨大的诱惑，有时我也会视而不见，偷偷从茂盛的四季豆棚旁溜走，剩下父亲一人在自留地劳作。因为一个礼拜只有一天休息，老早与小伙伴约好去某个地方玩了。

我生性好动，听风就是雨。一天看到农科报上的一则“科学小知识”，说的是报废的电池重新利用的事。在锌底打出一个洞，放入一定量盐水，电池就死而复生了。我照着报纸上这样做，手电筒就是不会亮，我很失望，随手放在粮柜上，出去玩了。等到第二个月的韭菜洗好后，晚上父亲定好闹钟时间，去拿粮柜上的手电筒，发现手电筒已经烂成两截，中间断了，原来是盐水腐蚀了手电筒的铁皮。父亲狠狠地打了我一顿。那天，父亲是怎么摸着黑去的富阳，我不得而知，但我知道父亲一定很难走，一定走不快。用那天卖韭菜得来的钱去买手电筒，白白浪费了一个月的希望。

韭菜是我家的副业，对整天在地里打滚的父母来说，是一笔不小的收入。每个月去大昌池洗韭菜的时候，总会引来一群社员观看，也会迎来一双双羡慕的眼睛。一担质量上好的韭菜可以卖五六元钱。因此，很多人来讨要韭菜秧苗。第二年，红辣椒种植横空出世，价格比韭菜高出十来倍。父亲连忙把韭菜割掉，换种红辣椒，赚了一大笔。那些种植韭菜的社员，跺脚懊悔，来年就不种了。

大家一哄而上都去种植红辣椒的时候，父亲又叫上我，去自留地育韭菜苗。微风徐徐，低矮的韭菜苗成群的摇动，一股一股紫色的嫩芽，尽情地享受那一份阳光。一片片绿茵茵的叶子，像一柄柄小剑似的，非常令人喜爱，自留地又是一片嫩绿和光鲜。

我喜欢韭菜，也许只是内心一种割舍不去的童年情结吧。因为，每次看到韭菜，就好像看到童年时代的一个老朋友一般，那么熟悉，那么亲切，那么强烈地想上去尽情拥抱！

第三辑　阳光下唯一的花瓣

八作师傅

前日回家过冬节，母亲一见我就说，大饭锅上方破了一个针孔大小的洞，虽漏不了水，但烧好的饭粒有一股烟焦毛头味儿，很是难吃。接着母亲遗憾地摇摇头说，要是在从前，交给补洞师傅补一下，饭锅还是可以用的，现在补洞手艺不行俏，饭锅看来只能扔掉，换一只新的了。母亲采用老办法，用青菜叶盖住小洞烧饭，权当应付一下。

补洞师傅，补的是铁制和铝制的家常用品。补洞师傅一来，破了的洋铁面桶、钢盅水壶、饭锅、汤罐全部拿出来，在补洞师傅面前一一排好队，等着师傅来修。补洞师傅坐在道地上，要是下雨的话，会在一户人家的廊下修补。他会根据洞的大小，决定怎么修。要是小洞，他会直接拿出一截铝棒，用小锤子敲下一小段，放在小炉子上的一只铁碗里烧，燃料是木炭。为使炉火旺，师傅抽起风箱来鼓风。这真是个极其简单而又聪明的发明。一个长方形木箱子，一个可推进和拉出的扶手，木箱子两端各有一个气阀：当拉出时，空气从远端被吸进来；当它被推进时，空气则从近侧被吸进来，被压缩的空气被推进到一侧室中，并在那里通过排气管到达炉子，从而使火焰更旺，节省燃料。等铝块变成了液体，补洞师傅从工具箱子里拿出一块铁砂布，把小洞外侧磨砂几遍，使其光滑，然后在一块棉布上放一些稻草灰，把融化了的铝水放一点在稻草灰上，迅速盖在小洞上，紧紧地用手压住。几分钟后，拿开布，此时铝水已经冷却，牢牢地粘住小洞，密不透风。再把粗糙部分磨平，一个小洞修补完成；要是大洞，补洞师傅会根据大洞的形状，用剪刀剪一块铁皮，贴在大洞上，再用铝水压。洞儿补好后，补洞师傅会到池塘里打水，浸泡一下，看看洞是否有漏水。如果漏水的话，会重新补过。最难的是给汤罐补洞。汤罐在灶上，不好拆下来，补洞师傅把汤罐里的水舀干，抹灶布擦干，小心地把铝水拿进去补，一次不成，进行第二次，直到补好为止。

相对来说，补缸师傅的技术要求更高一些。家里的瓶瓶罐罐、大缸小缸，使用时间一长，难免磕磕碰碰。缸甏是易碎品，碰碎了便漏水，因此补缸匠历来不可或缺。以前农村生活家家离不开缸甏，水缸、米缸、糠缸、盐白菜缸、酒缸、浸年糕缸、粪缸等等一样不能少。特别是大缸，用场大。农村没有自来水，社员家里都有一只大水缸，每天早晨男人家去池塘里挑水，把水缸挑满，作沉淀用；冬天到了，齐腰的大白菜收割后腌制盐白菜，用的也是大缸。大缸是社员家里的顶梁柱，一旦有裂纹不好用，会严重影响社员生活。补缸行头简单：一把榔头，一枚锤子，再加若干铁砂和锃攀。三样工具装进一个小袋子里，便可出门营业。他们进村串户，吆喝揽活，需要修补的人家，将缸、坛、罐抬出来，补缸师傅根据裂缝大小、破损程度算铜钿，经双方讨价还价后才修补。补缸师傅补一只碎缸，先用榔头轻轻敲缸，如缸面发出“当、当、当”的声音，说明完好没碎，但发音“咯、咯、咯”的区域表明有裂缝待补，便做上记号。找出细缝，随即用锤子沿细缝敲开一条凹坑，并用形如放大了的订书订状的扁平锃攀，在凹坑两端敲两个小孔，以便扎上锃攀。如此按裂缝长度，等距离安装几个锃攀加固，然后沿裂缝凹坑用细铁砂调和盐卤把缝填平即成。补好缸后，补缸师傅会嘱咐东家，一定要过了三天才能用，否则漏水他不保修的。补缸师傅的铜钿比补洞师傅要高，补一个洞收五分到一角钱，而一只缸，收费则要三四角钱。

“箍桶哎，箍桶；箍桶哎，箍桶……”曾经多么熟悉的吆喝声，如今只能成为回忆。以前的桶不是塑料和铁器的，是采用杉木做的，木材呈白色，质轻，有香味，是制作木桶的上好材料，如饭桶、米桶、蒸桶、水桶、面桶、脚桶、粪桶、马桶等，一句话，人从早晨睁开眼睛需要洗脸开始，直到晚上睡觉结束，无论是生活还是生产，一刻也离不开箍桶师傅箍出来的各种桶。大凡准备做桶的百姓家，早早地就备好了木料和桶箍，桶箍也分三六九等，最差的要算竹箍，好一点是铁箍，最好的是铜箍。家里的木桶能修理的就修理一下，实在不能用的要新打一个，遇到有板烂掉的要换上新的，漏得很厉害的要请桶匠把箍紧一紧，最后再用桐油漆上几遍。当有人走出门口呼请箍桶时，该师傅就会停步卸装，随便找个空旷平地准备工课。他打开工具箱，放下折叠小椅子，一屁股坐在椅子上，招呼双手提着旧桶的顾客，然后便低头“噼里啪啦”地干起活来。人们也闻讯陆续提着破旧的大桶小桶赶来箍桶匠落座的地方，转瞬间，顾客、闲人像观看要把戏的把箍桶师傅团团围住，正如俗话所说“内行看门道，外行看热闹”。当有人送来带有污秽臭气的尿桶时，那些看热闹的人会捂着鼻子开溜，而对于箍桶匠来说，他耳濡目染全然不怵，并默默地以片片木板做经，以个个铅线圈做纬，聚精会神地编织着一只只木桶。

“磨剪子来，戗菜刀……”一声洪亮而悠长的呼叫，给宁静的乡村增添了一丝生机。他们肩扛一条长凳，一头固定两块磨刀石，一块用于粗磨，一块用于细磨，凳腿上还绑着个水铁罐。凳子的另一头则绑着坐垫，还挂了一个篮子或一只箱子，里面装一些简单的工具，锤子、钢铲、水刷、水布等。磨剪刀还是挺有难度的，至少比磨刀要难些。剪刀是两片，磨时剪刃与磨石的角度、剪刀中轴的松紧，都有相当的关系。剪刃两片合在一起后，刀尖对齐，松紧适度，紧而不涩，松而不旷。用破布条试验刃口，腕臂不叫劲，轻轻一剪，布条迎刃而断，方合规格；戗菜刀很讲究，先要看刀口，钢是软还是硬，硬的要用砂轮打，软的用抢刀抢，然后完了再用磨刀石磨。戗刀的工具是一根尺把长的铁杆，两头有横扶手，铁杆中间镶一把优质钢的戗刀，用它将刀的两刃刮薄，再磨锋利。刀铲削完了，就在磨刀石上磨。一面磨一面往刀上淋上清水。磨刀人磨一阵，就用手指在刀刃上轻轻刮一下，又眯着眼看看刀锋。一把钝口的菜刀，在磨刀人的手里，只需一根烟功夫，就改变了面貌。他还把松动的刀把重新箍紧，将刀身上的锈迹全部清除干净。

被胎师傅是最幸福的。他工作的环境肯定在室内，不会受日晒雨淋之苦，冬天寒风吹不到。首先是弹棉花，东家卸下大门门板，拼在一起当垫板。若是被胎做的多，两块门板不够，还要向邻居借门板，门板上放自留地上采摘来的棉花。被胎师傅系上腰带，腰带上绑一根能弯曲小竹棒，前端缚住弹棉花的钢丝绳，绕过头顶，在棉花上方，用棒槌击打钢丝，利用钢丝的上下颤动，使棉花变得蓬松。“砰嗒砰嗒胖胖、砰嗒砰嗒胖胖……”，弹棉花的声音，宛若天边的一朵云彩，拂掠过单调的生活，听了真叫人舒服。如此反复击打，把全部的棉花弹松；弹好棉花后，被胎师傅开始压棉花。压棉花的工具是一个直径60厘米、厚度10厘米的圆木盘。圆木盘一面光滑，是与棉花亲密接触的，一面有给被胎师傅压棉花时的把手。被胎师傅双手抓住圆盘把手，顺时针旋转，先压周边的棉花，成型后再爬上门板，压中心的棉花。棉花弹性足，圆盘压上去后棉花深凹下去，圆盘离开后，棉花重新弹起来；压好棉花，被胎基本成形，方方正正地躺在门板上，被胎师傅开始做第三道工序：铺棉线。在被胎上铺棉线，为的是固定棉花，不使棉花散架。把棉线缠绕在棉线轴上，穿进一根小竹竿最末梢的细洞眼里，被胎师傅拿小竹竿，把棉线铺在被胎上，对面的师傅拉住棉线，左手掐断棉线，以此类推。一般棉线之间的距离为半厘米，先铺纵线，再铺横线；铺完一面，再铺另一面。铺完棉线，被胎还不算告终，被胎师傅再用圆木盘压实被胎，使棉线完全粘住被胎。缝棉被是东家女人干的活，不属于被胎师傅。一床新棉被，能赶走一个冬天的寒冷。要是大姑娘做新媳妇，不做几床新花棉被，是不肯上轿出嫁的。许贤有一个习俗，随嫁的新花棉被越多，代表这户人家越富裕。一般的要求是十床棉被，多的有十二床，少的三四床也有。出嫁的时候，东家把十个红鸡蛋放在棉被里，给抬嫁妆的男人。不知放在哪一床棉被里，等东家说起轿，抬嫁妆的男人们，便急不可耐地摸棉被，运气好的话摸得到，运气差的话只能看人家喜笑颜开。

补鞋的师傅，我们大队也有一个，补的是套鞋、球鞋、皮鞋、风凉鞋，布鞋一般不会来修理的。补球鞋、皮鞋和凉鞋时，补鞋师傅上线、补胶，不好用钻子的地方，就用手摇补鞋机重新“得得得”地给鞋子上线，一手摇机器，一手旋转鞋子，使鞋子上线之处呈椭圆形，一圈又一圈，看起来雅致一些。这些步骤做完，还会细致地检查鞋子是否补牢。套鞋就是雨鞋，分平帮、半靴和筒靴三类。由于是橡胶做的，易破。补法与其他鞋子不同，不用上针线。用锉刀挫，把长约30厘米的小木片，用薄铁皮包住10厘米，铁皮上从里往外钻一个一个的小洞，正反两面都有，非常粗糙，这就是锉刀。用锉刀把套鞋破洞表面的橡胶挫几下，挫薄挫滑，剪一块自行车车胎内胎那种的橡胶皮，剪下的橡胶皮大小与要补的差不多，也要挫一挫，只不过只挫一面就行。再涂上胶水，等胶水快干的时候，轻轻放在破洞上，用楦头放进套鞋里，抵住破洞处后，外面用小榔头敲打，使其紧紧地贴住。小时候见过的补鞋师傅很多，每当有人称赞他们的手艺时，他们常常挂在嘴上的一句话就是：“师傅教得好：‘皮刀握紧手腕动，手抵钻子眼观线，做事动脑不扯皮’。”是呀，做工与做人，其实是一回事。

“五行八作”是许贤民间泛指各行各业的传统俗称，源起南宋。许贤公社把传统手工从业人员，统称“八作师傅”。“八”不是实数，而是代表手艺种类的多样性。“八作师傅”中，许贤尤以泥工、木工为最多，每个大队少则几人，多则三五十人。此外，铁匠、皮蛋师傅、篾匠、缚扫帚、泥水匠、司工、裁缝、编草鞋、织草包、摇花织布、浇水泥缸、做棺材、油漆工，这些五行八作的工匠们，都凭着一双勤劳的双手，编织着属于自己的，属于家里人的，也属于那个时代的梦想。他们把沉默的枝丫，张扬在沉默的天空。

供销社

1951年3月，许贤乡建立戴村供销社的分社。成立之初，在罗墓畈黄春林家的墙门里开始营业。后移至王家桥韩家墙门，在罗墓畈仍有分社。当时，供销社供应肥田粉、青矾等生产资料，大米、食盐、酱油、醋等生活资料，还收购地产毛竹、扫帚、黄纸等物资，发放一定数量的渔业贷款。设棉布百货门市部和副食品门市部。棉布百货门市部附设图书专柜，供应连环画以及其他书籍。

供销社最基层的门市部人员都是合营、合作商店的小商贩。他们在农村不仅供应日用商品，还要搞废旧物资和小土产的收购。1964年，因计划经济的需要，将大部分小店合营，建立合作商店，体制为大集体性质，行政隶属于戴村供销社管理，总店设在罗墓畈，称罗墓店，下伸店有北坞店、俞家店、下洋桥店、吴闸店、磨刀店、河西店、传雅店等七家。

罗墓店是当时许贤公社算是比较大的店，月经营额在4000元左右。起先设在抢里墙门北侧的一座平房里，面积约三十平方米。设有木质柜台一只，柜台上有一部手摇式电话机，这是全村唯一的一部电话。内有对面对两排高柜子，存放各种小商品。煤油、黄酒白酒坛头放在地面上。

经营范围有凭票供应的卷烟、黄酒、烧酒、醋、酱油、红糖、白糖、带鱼、龙头烤鲞等水产品，煤油、肥皂、火柴、毛巾、牙刷、牙膏、一些簿本、铅笔、橡皮之类的简单文具外，还有副食品、镰刀、割子、笠帽、草帽、芭蕉扇、草鞋等小农具。后房子主人要收回，罗墓店迁到庙龙池东侧的单家继续经营。庙龙池罗墓店有两层，楼上为储藏室兼卧室，一楼为经营，面积约二十平方米，柜台呈“7”字形摆放，“7”字形一头柜台上放置什锦菜、榨菜、酱瓜等酱菜和散装雪花膏，“7”字形一竖柜台上放置电话机、邮箱和从外地寄来的信。高柜子临墙而立，楼梯下放置酒坛子，门口道路两旁放置空酒坛。

合作商店一般一年四季卖的物品都是固定的，鲜有时令的东西出售。一旦有时令的物品出售时候，好消息会传遍全村。人们从四面八方赶拢来，来抢购时令商品。记得有一次，合作商店进了一批个头较小的西瓜，五分钱一斤，人们快把柜台都挤倒了。

大家都把钞票举得高高的，嘴里大声说：“西瓜给我，我要！”我则挤在柜台边，静静地等待时机。因为我手心里只有摸螺蛳换来的两角毛票，不够大西瓜的价钱。突然，售货员大叫一声：“这个西瓜，一角八分！”我听到后，迅速把西瓜抢过来，紧紧地抱在怀里，连两分钱的找头也顾不上，马上从人群里挤出来，生怕被别人抢走。我把买来的西瓜放进家里的水缸，只见西瓜浮在水面上，朝着我微笑。那天晚饭过后，全家人围在一起吃西瓜，成了我至今难忘的甜蜜回忆。

供销社除了供应各类物资，也收购各类废品。社员个人不能私自收购旧物资，如“鸡毛换糖”式的废旧物资收购日益衰落。社员个人收购废旧物资被作为“资本主义尾巴”加以批判和禁止，农户家中的废品必须卖给供销社的收购门市部。我们这些小伢儿，为了能拥有零花钱，除了暑假去池塘摸螺蛳外，更多的是把家里的废旧物品到位于王家桥大队的许贤公社供销社去卖掉，以换取一些毛票解解馋。旧铜烂铁、鸡毛鸭毛、塑料纸板、废纸玻璃、猫皮狗皮，甚至吃过的猪骨头、鳖壳，都可以去供销社换钱。

不知是谁发现了一个秘密，废旧铝片的收购价最高，每斤可以卖到九角钱。到哪里去弄废铝片呢？找来找去，找到了义桥一家厂，发现厂里到处堆满废旧铝片，随便捡一些便可大功告成，成为“富甲一方”的小地主。

礼拜天去义桥偷铝片，成了我们那时最盼望，也是最刺激的乐事。这家厂位于义桥镇下埠，叫向阳五金厂，是义桥公社的社办企业。为避免传达室大伯认出，我们每去一次，都有不同的装扮，都有不同的理由。有时戴草帽，有时戴军帽，有时把上衣盖在头上。理由呢？每次都说是找人，称呼却是不同的，有找舅舅的，有找爸爸妈妈的，有找姑姑的。把捡到的铝片放在草帽里、衣服里，甚至裤衩头里都有。

有一次，我与长我两岁的堂兄一起去向阳五金厂，进去很容易，捡到也很容易，那天捡的特别多。正当我们得意之时，突然发现远远有人过来，好似传达室的大伯。于是我和堂兄立即分散逃开。我跑来跑去，跑进五金厂的活动室，看见有两位年轻人在打乒乓球，就灵机一动，站在乒乓球台桌旁喊“加油”。传达室大伯也走进来，打球的年轻人问：“韩师傅，来打球吗？”大伯回答说：“我是来抓小孩的，这几个月经常有小孩来偷废铝片。”打球的年轻人又说：“我们这里没有。”大伯听了，看了我一眼就走了。真惊险那，躲过一劫。

后来，我与堂兄翻墙出去，一路奔跑，跑到许贤供销社。我们先在供销社门外把圆形的铝管压扁，用脚踩几下，糊上一些烂泥土，装作是从野外捡来的。然后我俩从从容容进去，把铝片交给收购门市部的职工。不料，却遭到营业员的盘问。

“义桥向阳五金厂来电话了，问我们有没有收购废旧铝片，有的话请我们先没收后交还给他们厂。”一职工说。

“不是向阳五金厂的，真的是我们自己捡的。你们看，烂泥都有。”我极力争辩，毕竟心虚，喉咙也响不起来。

就这样争来争去，最后还是被收购了，一共有两斤多，卖了两块多，一人分得了一块多，收获不小。危险的经历让我们吓出一阵冷汗，发誓今后再也不去义桥向阳五金厂偷废旧铝片了。我用卖废旧铝片得来的“巨款”，到供销社的图书门市部买了几本连环画回家翻看，从此爱上了阅读，喜欢上了写作。堂兄呢，则用这笔钱去村里赌博，一来二去，竟上了瘾，成了当时村里有名的“孩儿赌王”，至今还未戒掉，还在糟蹋自己的人生。

购货证

老家碰到拆迁，母亲嘱咐我去帮忙。在抽屉里看到一本几十年前的《购货证》。《购货证》封面上写着“萧山县社员购货证，1964年度”这几个字样，本子上记录了许多商品的购买量和购买日期。不难看出，这本购货证，是家里的金钥匙，是一家子生活的来源，否则母亲不会放得这么久，早就扔掉了。一本发黄的购货证，勾起我对那个年代的回忆。

许贤公社是从1958年开始，商业由供销社独家经营，上拨下卖，渠道单一，影响流通，兼以货源短缺，造成供应紧张。三年困难时期，除少数商品实行高价敞开供应外，与人民生活紧密相关的物资采取凭证凭票限量供应的办法。1961年10月起，各种商品有斤两限制，凭购货证购买，营业员对社员每次购买的商品和数量都要登记在购货证上，一旦超出规定的限购数量，就坚决不卖。可想而知，供销社职工和合作商店的营业员，权力还是蛮大的。食盐每人每月供应1.25斤，肥皂每人每月0.25条，火柴每人每月1小盒，酱油每人每月1斤，毛线0.25斤，牙膏一季度一支，黄酒每人每月0.25斤，煤油每户每月半斤，饭锅每户每年一只，香烟每人每月两包。除上述物资的票证外，还有布票、棉花票、化肥票、饲料票等。这些票证除了可以购物以外，还长期在民间悄悄作为有价票证流通，每种票证均有约定成俗的市场价，俨然成了除人民币以外的“硬通货”。

有些商品城镇居民有的买，农村社员不能买的，如煤球、豆腐。碰到过年过节，要祭祀祖宗、拜祭菩萨，一定要有豆腐小菜，怎么办？母亲会提前到义桥街上埠的舅婆家，舅婆与表舅两个人是居民户口，每个月有豆腐票，母亲去讨要几张，买些豆腐和豆腐干，回来祭祀用。煤炉炖肉骨头、烧中药极其管用，用的煤球像鸡蛋一般大小，煤球票也是居民有的，农民没有的。母亲有时会向舅婆讨票，有时用鸡蛋去换煤球票。

每年上面发的化肥票，生产队根本不够用。农作物全靠化肥氮磷钾来提高产量。由于化肥定量明显不足，农田缺肥情况严重。生产队就想尽一切办法，弄化肥的替代品。利用知青在杭州的关系，从杭州环卫处弄几船人粪，用木驳船装到许贤大桥下靠岸，再派社员用粪桶一担一担挑到田里，每船约5000公斤；在很长一段时间内，小队每年有二三次派壮男劳力步行到位于浦沿公社的杭州龙山化工厂直接用粪桶将一种叫氨水的液体化肥挑回生产队，存放在用石块砌成的氨水窖中，以备施用；除此之外，小队还大积土肥，农户的猪肥、人粪、家禽肥、草木灰，统统归到生产队，利用村里的池塘，养殖浮萍，晚稻田畈里种植草花，一定程度上缓解了化肥不足的难题；有时，队里还不得不高价买化肥票，购入化肥，以补化肥不足。

生活物资匮乏，社员嫁女娶亲，麻烦多多。有些必需品要到杭州、萧山购买，甚至托亲朋好友从其他地方购买。结婚宴请菜单上开列的一些物品，在许贤和义桥无法配齐，需要到外地采办。这个时候，准备结婚的青年男女，都十分盼望公社供销社能办一次物资交流会，不用凭票就能买到心仪的结婚用品。但这样的机会不多，那些准新人，会千方百计地打听，萧山何地有交流会，即使几十里地，也会兴冲冲地走着赶去参加。小队长校水伯嫁妹妹，明天要正式结婚，今晚他妹妹还不肯答应，原因是男方答应买的自行车不能兑现。新郎官连忙赶到校水伯家，说一千，道一万，来劝新娘子。新娘子就是不松口，坚持要自行车。因为新娘子明白，此时不要挟，过了明天就再也没有机会了。校水伯没有办法，只好来请父亲，去说说好话，把事情圆过去。我跟着父亲一块去，发现新郎官垂头丧气，眼睛里竟有些泪花。到晚上十点，父亲建议："时间已经很晚了，新郎官家里还有很多事情要办，不要浪费时间了。自行车没有那么简单的，要自行车票子的，没有票子，最多的钞票都是空话。这么晚了，到哪里去弄自行车票。双方各退一步，新郎官明天早上六点以前送来一百块钞票，不准记入男方的债务。新娘子明天早上八点钟准时上轿，这样好吗？"父亲不愧是老甲鱼，事情终于圆满解决。

还有一件事情，我不会忘记。那天，母亲叫我去买一斤酱油。我一时疏忽，拿了酱油瓶，却忘了带购货证，到小店里才发现。认识我的，他说，等下把家里的购货证拿来，登记一下。我把酱油瓶带回家里，把购货证拿在手里，准备去小店。在道地上拨络麻的父母见我这样，马上说，不用去了。我一听，转回门里，从后门出发，小跑着去小店，生怕被父母发现。到了小店，店里的营业员表扬我，这小孩子真乖！我听了，心里美得很痛快。

改革开放后，商品丰富，价格放开，供应渠道增多，国家允许个体商贩参与，商品经营方式灵活多样，不再搞一刀切，有钱就能买，购货证也就没有了存在的价值和必要，退出了几十年的舞台。

一本不起眼的《购货证》，十来页，薄薄的，只有几毫米。它在几十年前人们心中的高度，超过珠穆朗玛峰。

过 年

小时候，最盼望过年。因为过年，可以穿新衣、吃荤菜、做客人、放炮仗，可以吃许多难得一见的零食。最重要的是可以领取每年一次的奖金——压岁钱。

过年，是一年中的传统大节日，每年农历十二月（又称腊月）初，家家户户就着手忙于过年的准备工作。趁芒太阳，母亲开始掸尘。她用新鲜竹枝扎帮成尘帚，将积在楼板、墙壁、椽梁上的灰尘掸下，将室内外彻底清扫，并将平日里所用的衣被、床桌椅等家具器皿全部清洗。我们兄弟俩也会在太阳温暖的怀抱中，帮助母亲把碗橱、八仙桌、小方桌、长凳、小马凳抬到道地上，从屋后大昌池抬来一桶桶水，用抹布擦拭，接受阳光的检阅。“脱去旧年晦气，迎来新年运气”，掸尘往往预示着美好的愿望。

腊月廿后，小队开始舂年糕。舂年糕是一件大事，家家户户淘好糯米，在长凳上沥干，沥干后去加工厂碾粉，每蒸年糕需米十六斤。小队里几十户人家拼起来舂，要十来个壮劳力好动手，一人拌粉、一人烧锅、一人上蒸，蒸熟后把糕放入石臼，两个人用小木槌轻轻舂，舂几下，一人抓一下糕。连续几次，等糕有韧劲了，再开始一人用大木槌舂。大木槌有二十几斤重，一个壮劳力也只能舂十来下，如果换人不及时，舂出来的年糕就不韧。几个人连续用大木槌舂，有的人先后退几步，再跑上来充满，力气小的话，年糕会弹回来；力气大的话，年糕会打出一个洞，引来一阵阵欢呼声。如此“千锤百炼”，成了韧劲十足的米团。这时候，我们小孩子围在石臼周围，闻着年糕发出的香味，口水都流出来了，眼巴巴地等着。舂年糕的几天，我们是不会吃早饭的，叫抓糕的社员，揪下一小块年糕来吃，我们叫“吃糕花”，不用加糖，不用加盐花，香喷喷的糕花，洋溢在身体的每个毛孔里。年糕舂好后，将糕团甩在苓皮里，用粗粗的木棍将米团压成大大的圆饼状，这叫“一蒸年糕”，再用木刻的大“福”字印，鲜红地盖在年糕的中间，周围盖小的花草印，表示一年四季像花儿一样的美好生活，内心有福。轮到自家舂年糕时，我喜欢拿糕花做小年糕，做成各种动物，盖上红红的印章，供自己玩耍。家里没有壮劳力参加舂年糕的，每蒸年糕缴纳一角钱，用来给舂年糕的劳力提供酒饭钱。值得一提的是，一户人家能舂多少蒸年糕就意味着这户人家的富裕程度，一般每户人家舂年糕三四蒸，少的一蒸也有，甚至半蒸的也有，是搭在其他人家的年糕里一起舂，能舂五蒸以上的人家已是非常富裕的了。年糕舂好后，放置几天后一刀刀切条，放入缸里，放满冬水，以免变质。

舂好年糕，接着就是做白酒。白酒即糯米酒，是过年时招待客人的必备物。村里有个做酒师傅叫黄关祥，他与其父和弟弟三人都会做酒，黄关祥的技术最靠硬。晚粳米和糯米二八开，即糯米八成，晚粳米二成。下午把米到大昌池淘好，回家沥干。晚饭过后，叫来黄关祥。先在饭锅里放满水，再放上竹制的蒸笼格，然后在蒸笼格上放米，上盖后用木柴烧，稻草烧火头不旺，容易僵心，做的酒要发酸的。平时去山上捡来的柴火这时派上了大用场。大火烧大半个钟头，期间黄关祥要拿开盖看看米粒，不时搅拌，以加热均匀。烧好后，要闷半个小时，所谓“千烧不如一闷”就是这个道理。闷好后，打开蒸笼格盖子，香味飘满整间屋子，此时，我会要求师傅勺一点解解馋。黄关祥开始做酒，只见他把蒸熟的米与白酒糅合后放进陶瓷缸里，然后放满清水。水很讲究，要在立春前挑进的，立春后的水不行了，会影响白酒的质量，存放的时间也不长。放满水后，在缸上盖一扇用干净稻草扎成的圆形盖子，大小正好与缸的上口一致。再把酒缸子放进灶间，上面放满稻草。自酿的白酒就这样完工，工钱是一块钱。

杀年猪，也是很闹猛的事。廿六七里，舂好年糕、做好酒后，接下来就是杀年猪。在杀猪前，先要到杀猪师傅那里挂个号，登个记，按号子顺序来排定杀猪先后。父亲在杀自家的猪前，会到前面的人家去探个消息，看着前面那户人家进行到一半时，急忙回家来烧开水。打满每个热水瓶，放满两个汤罐，再烧好两大锅水。等杀猪师傅把大木桶、木头梯子、杀猪凳拉来后，父亲把猪圈栅栏挪开，引猪出来。杀猪师傅瞅准机会，一人一把揪住猪耳朵，另外两人分别抓住前后腿，把猪侧放在杀猪凳上。这时，猪大声喊叫，胡乱蹬腿，抓猪腿的师傅把猪爪子交叉，自己的身子压在猪身上，不让猪动。杀猪师傅拿出一把尖刀，在猪喉咙猛插一刀，父亲急忙把一只放水的脚桶放在猪头下，接住喷涌而出的猪血。等到猪全身不动时，把猪放入大木桶中，父亲把开水拿出来，全部放入木桶。过一会儿，用刮刀褪猪毛，褪好毛后把猪用铁钩倒挂在梯子上，割猪头和尾巴后，开膛取出内脏，把猪劈成两半称重，然后放到堂屋里的八仙桌上。接下来杀猪师傅用浮石去除猪头毛，翻猪肠和猪肚，完成这些事后，杀猪便大功告成。

杀白猪72斤重算及格，可以出栏，我家的杀白猪往往只有40多斤，不会超过50斤，其他人家也是如此。因此，比谁家的杀白猪斤两重，是我们好玩的游戏。随着杀猪师傅走东家，串西家，听一听杀猪叫，看一看裸身猪，闻一闻猪粪臭，比一比猪斤两，也是蛮有趣的。

春年糕、杀年猪、做白酒是当时农村过年前的三大乐事。除了这三大乐事外，过年的讲究还是很多的。廿三要送灶司菩萨回娘家。母亲炒几个素菜，用粽子、年糕、汤团、酒饭，点燃香烛送灶司菩萨上天。母亲口中念念有词，请灶司菩萨回娘家时“要好言好语，勿要恶意恶语，年三十请回来，保佑明年大吉大利”。然后用桶盘放上灶司麻衣，点香烛到道地里焚化，并放炮仗送行。

廿四到廿八，户户择日请年菩萨，也称祝福。请年菩萨必须在家中堂前正厅举行，要用全鸡、猪头、整方条肉、整条鲜鱼、粽子、年糕、水果等供品，又称“福礼”。传说年菩萨是不穿衣服前来，所以女人都必须回避，要躲在灶间。请年菩萨一般在夜里进行但最好的是在半夜里。请完后合家饮酒，吃白斩鸡、白切肉、汤年糕，称之散福。那时没有多少东西可吃，过年过节最吸引人，一年也就那么几个节，盼头也就那么几次，得抓住机会，所以，即使再晚，我也会等。猪头肉要浸到虾油里，过年招待客人用。母亲在拆猪头时，把猪头骨给我们兄弟俩，我们会把猪头骨上细小的肉，用牙齿慢慢啃下来，再把猪头骨洗净藏起来，明年卖给供销社，换得几毛零钱。

置年货也是必不可少的。猪肉、鸡鸭是自家养的，鱼是大队、生产队和公社分的，蔬菜是自留地上的，酒是自家酿的，鸡蛋是家鸡生的，这些都不用买的。母亲到义桥街上购置的年货有香、蜡、纸、炮，以及各种礼包。香、蜡、纸、炮是祭拜祖宗的，要一直祭拜到正月十六的早上，中间香火不断，礼包是拜年用的。母亲不是一次买齐，要分好几次买的。到菜市场还要与摊主讨价还价，买便宜的东西，胶菜、榨菜、胡萝卜、豆腐、豆腐干、油豆腐、虾油、白鲞、肉皮、带鱼鲞等，挑来一担，准备过年。烧熟的鸡、猪肝、肚子、猪心、猪舌头、大小肠、肉圆子、蛋卷、后腿肉放进熬好的虾油里，香味很足，可以一直存放到来年的清明。鲢鱼头先吃掉了，鱼肉一部分红烧，一部分浸虾油；条肉烧白鲞，一碗一碗盛好，等冷却后冻住，母亲把冻住的肉从碗里抠出来，倒放在桶盘里，要用时再加热一下。如果此时到全村去逛一下，虾油味、白鲞味会充斥我们的鼻子。当然，一家老少添置新衣，也在母亲的计划之中。鞋底是平时纳好的，布料在腊八后就放到裁缝师傅那儿了，一切准备停当，只等过年的列车停靠进站了。

到年三十，母亲把屋里屋外收拾整洁，晚上准备一年之中最为丰盛的年夜饭。我贴年纸，用红纸剪成的元宝，贴在家具、农具之上。到傍晚，父亲燃香供奉，接灶司菩萨。七点后在堂屋前祭祖，焚化纸钱，然后合家团聚，吃年夜饭，叫“守岁”。有一个风俗，满桌菜肴可劲吃，唯有鱼不能吃。鱼是鲢鱼红烧而成，称元宝鱼，不能吃是取“吃剩有余”之意，我晓得其中的奥妙，只闻不吃。关门前，先放关门炮仗，后由父亲分发压岁钱，每年五毛，簇新簇新的纸币，所以对我们小孩子们来说，这是一年中最高兴的时日，有句顺口溜：“年三十夜吃一顿，正月初一穿一身。”年三十，真是除旧迎新分水岭，一年到头盼这天。

正月初一，父亲天不亮就起床，放开门炮仗，寓意“早升早发”。开门后，父亲先用汤团、茶水等供品请天地菩萨，称“接神”。接着祭祖，摆放汤团数盅，燃红烛一对。我是不睡懒觉的，早早起来，吃汤团后，在墙门里走一圈，发现墙门里的老堂们都起得比我早，大家穿着新衣，比试谁的压岁钱多，谁的新衣服新鞋子好看。压岁钱每年都是小老堂最多，有一元钱，他父亲是工人，有工资的。顺便提一下，小时候的衣服一般要穿两个正月，第一年超长，袖子和裤脚要卷起来，正月一完就洗净藏到箱子里。第二年再拿出来穿，长度就刚刚好。

从初一到初五，叫五天年假，开始做人客，携带糕点作为礼物，叫“拜年”。我惦记着做人客的那几个包，有糕干包、饼干包、炒米糕包、柿子饼包、冰糖包、白糖包、枣子包等，大人们拎来拎去，从一家到另一家，就这么几个包来装装门面。去做人客的路上，我的眼睛不离父亲手中拎着的包，一端宽阔，一端尖削，形同斧头，黄色的毛纸，上盖一张红色的纸，用络麻绳缚住，透露出蓝色的光芒。盼望过年快点结束，我就可以吃了。平时要生病了，才可以吃一点点饼干。白糖包最惨了，糖粒细密，从这户拎到那户，从那户拎到这户，糖从毛草纸里漏出来，最后只剩几两了。每到一户人客家前，父亲总是要唠叨几句，嘱咐我，人客家的东西不能随便吃，有些是只能看，不能吃的。即使人客说，吃吃吃，也不能随便动筷子，他们是客气客气的。蔬菜是可以吃的，元宝鱼是绝对不能吃的，肉圆子最多吃一颗，其他猪的内脏每餐可以吃两三片，不可多吃，小孩子快点吃好去玩，不要坐在桌旁吃菜。在自己家迎接人客时，父亲告诫我，只吃蔬菜，不准吃荤菜，荤菜吃完了，招待人客就拿不出了。我想，我现在吃饭的速度比同事都快，也是那个时候落下的病根。

儿时的过年，清晰可辨，恍如昨天，现在思来，总有一点抽搐，在心底沉默着。

合作医疗

前黄大队原先有一名杭州来的知青，经过短暂培训，成了一名大队赤脚医生。后来村民裘婉珍、黄国兴加入进来做副手，扩充了赤脚医生的队伍。

前黄合作医疗站先是设在大队五金厂内一角。因为五金厂的小车床比较危险，经常有工人受伤，医疗站设在厂内，方便工人及时包扎。医疗站简简单单，两张木质课桌，有一些简易医疗设备和器械。红药水、紫药水、消炎药，是赤脚医生的三大法宝。“双抢”时节，社员的手脚长时间浸泡在水田里，多数社员手脚发霉，三大法宝解决了社员的难题，因此，晚上合作医疗站人声鼎沸，热闹非凡。而赤脚医生在看病过程中，对病人非常热情，服务非常周到，基本上是有求必应，比起公办医院的医生，有过之而无不及，因此很受社员欢迎。正像当时流行的一首歌谣说的那样：“赤脚医生向阳花，贫下中农人人夸。一根银针治百病，一颗红心暖万家。”从此，“赤脚医生”与“合作医疗”成为世界上带有天使意味的名词。直至今天，不管持有什么样的政治观点，也不论是什么肤色的外国人，只要一听到“赤脚医生”与“合作医疗”，就会竖起大拇指。

后来，大队党支部决定在老墙门靠西侧造一间二十多平方米的平房当大队合作医疗站。合作医疗站位于村中心，背靠老墙门，前临大道地。大道地生产小队的晒谷场，生产队每天的派工基本上是在大道地上进行。合作医疗站设在这里，也是很方便的。后来，杭州来的知青回城后，裘婉珍、黄国兴成了正架子，白天两人轮流，一人在医疗站，一人在田间走走，发现有问题，及时医治；晚上两人都在医疗站，接待社员。赤脚医生除了每天十分的工分，每月还有五元钱的补贴，在当时红极一时，引来人们的羡慕。

小时候，我很贪玩。一次独自一人去大队操场脱粒机玩，不小心把手指带了进去，我拼命想把手指弄出来，结果中指被脱粒机严重挤压，鲜血直流。我大哭着去几十米外的合作医疗站。赤脚医生连忙用消毒水消毒，然后用红药水擦拭，再放上白色的消炎药，最后用白纱布缚住中指，用白胶布绑好，又打了一支消炎针。晚上，赤脚医生到家里向父亲建议，要想伤口愈合得快，如果不上大医院，最好去买一瓶云南白药适量调匀外敷，因为云南白药对于多种出血性疾病都有明显的疗效，可以加速止血、缩短病程。特别是每瓶云南白药里面都有一颗百宝丹，是真正的仙丹，有抑菌的作用，能够防止创伤的感染，效果特别好。父亲听后，托人去杭州大药店买了一瓶，也不过几元钱。在大队合作医疗站，赤脚医生每天免费给我消毒、换纱布，不到半个月，中指神奇愈合。但也留下了后遗症，中指看上去有些异样，指甲特别大，特别弯曲。

冬天脚上生冻疮，是很麻烦的事情。小孩子喜欢跑来跑去，脚上出汗多，捂在鞋子里，鞋子里潮湿，会带走热量，容易捂出冻疮。温度一高，冻疮发痒；温度一低，冻疮容易溃烂。脚后跟是最易溃烂的，走起路来，鞋帮碰着冻疮，非常疼痛。那时没有冻疮膏，赤脚医生只简单处理一下，在溃烂的冻疮上擦拭一下消炎水，用纱布包扎。天天去医疗站，弄得医疗站满屋都是冻疮的臭味。

我的变形的脚趾，在四十年前，遗忘在窄窄的田埂上。那天，我照例去络麻地放草帽和衣裤，突然窜出一条水蛇，一口咬住了我的脚趾，我吓得哭了起来。我来不及弄明白怎么回事，就大声招呼在附近种田的父亲。父亲忙不迭地小跑过来，问清楚了事情后，喊声震天。不一会儿，一位背着皮质药箱的阿姨赶了过来，用细细的麻绳紧紧切住了我的脚趾，然后拿出消炎水，用药棉浸了浸，在脚趾上来回擦拭。擦好后，她又用力把脚趾头挤挤，挤出许多血来，我痛得大喊。她再一次擦消炎水，再一次挤血，这样连续做了几回，阿姨就叫父亲送我上临浦医院。去医院打了一针，配了些许药，总算没事。从此，我再也不敢独自一人去络麻地里了，性格也变了许多，变得爱关在家里看书，做一些力所能及的活，晒稻谷、烧饭、洗衣是家常便饭，做一个千金小姐。把野了的心收回来，是这次事故的后遗症，也是我彻底走向文弱的跳板。

我是合作医疗站的常客。小时体弱多病，经常在医疗站打针吃药，又非常贪玩，皮肤极差，容易生疤。幸好那时，上合作医疗站看病是不用花钱的，否则，我是活不到现在的。

许多上了年纪的人，心中有很多美好，他们一定还在怀念合作医疗时代的免费看病，一定还会沉沦在那些红药水、紫药水的色彩里。

交流会

1955年开始，每年秋冬，为丰富人民群众的物质生活，许贤公社供销社都要组织一次大型物资交流大会，简称“交流会”。每次举办时间为三天，物质交流大会对促进物质交流，满足人民购买商品起到良好的作用。

“交流会”相当于北方地区的赶集，只不过赶集是隔天或几天一次，一个地方的“交流会”是每年一次。“交流会”前半个月，许贤供销站职工就积极从外地组织货源，供应许贤市场。同时，许贤供销社还每年数次到临浦、义桥、坎山、义蓬等地参加物资交流会，以搞活农村经济。

义桥地区的物质交流会，一般会安排在义桥街上的大操场举行。现在的小孩都已经不知道义桥大操场了。可是我对义桥大操场的回忆这一生恐怕都是没法忘记的。义桥大操场是我们这代人一个重要的娱乐场所，面积很大，有一个高大的台，是义桥、许贤、朱村桥三个公社进行活动的地方。我的家乡与义桥街仅一江之隔，不到三里路。我小时候，会呼朋引伴，一起去大操场学骑自行车、放风筝、看电影，甚至看法院的审判大会。

那时物资匮乏，俗话说：“有钱能使鬼推磨”，但有钱却不能随心所欲地购买自己喜欢的东西，从供销社及下属的大队商店购买物品，必须用购货证。而购货证规定的商品数量有限制的，不能多买，一个月的量用完了，就要等下一个月。期间，即使你是百万富翁，也只有等，不能买。供销社的物资交流会，正好弥补了这种缺憾。不用凭票证就能买到心仪的商品，只要有钱，买多买少政府不管的。

开物资交流会的时间，安排在秋收冬种以后的农闲时节，农民时间充裕，秋收冬种以后，各个生产小队都考出了方案，有结余的农户，拿到了结余现金，有条件去购买年货。小伙子大姑娘结婚置办嫁妆，“交流会”满足了嫁娶所需的物资，特别是布料，因不受布票限制，新人们可以大挑特挑，花样繁多。里里外外的布料，可以一次买个够。

“交流会”除了供销社的物资外，还允许附近农民参加。农民会把家中的番薯、玉米、毛豆、蚕豆、花生等杂粮，菜籽油、家禽、禽蛋、小猪、棉布、夏布、竹篮、淘箩、笤帚、畚箕、斗篷、草鞋等农副产品在“交流会”上出卖，以换得一些现钞票，补贴家用。各地公社供销社则将烟酒、凉帽、香烛、杂货、糖果、百货、洋布、草席、雨伞、铜锡器、锅碗和农具、文具、玩具、爆竹等运来销售。除此之外，还有手工业者，诸如修鞋、修伞、修眼镜、修钢笔、磨剪刀、补桶、补髈，以及打科、看相、算命、变魔术的各色从业人员也从远地赶来营业。“交流会”上货物齐全，熙熙攘攘，摩肩接踵，极为热闹。

我们小孩子，最关注的是好吃好玩。看魔术表演，只看不出钱。一个魔术表演完了，就悄悄走开，等到表演者逛一圈向观众兜钱完毕，继续表演时，才又回来，继续观看；看完魔术表演，再去看猴戏。猴子俗称“阿三红屁眼”，它会各种本领，骑小自行车、跳火圈、走钢线、翻筋斗、走窄木桥，吸引看热闹的人。我又像刚才看戏法的那样，等猴子的主人兜钱时逃开了。

“交流会”上好吃的东西很多。我最喜欢的是冻米糖和糖葫芦。冻米糖两分钱一块，水果糖和糖葫芦都要五分钱。幸亏我有夏天摸螺蛳的毛票，在“交流会”上得到了淋漓尽致的发挥作用。冻米糖四角平整，洁白晶亮，红柚丝均匀铺面，小块切包，松脆爽口，落口消溶，无渣无屑，不粘牙、不塞牙，回味无穷。一口咬，满口香，偶尔有米花掉在地上，我也会极仔细地捡起来，用嘴吹一吹，吹掉米花上粘的泥屑，放进嘴里，继续喷香；卖糖葫芦的生意人，肩上扛着一根木棒，木棒顶端绑着直径约半米、稻草扎成的圆柱，红彤彤的糖葫芦哦，一串串扎在稻草上，引诱着我们这些嘴馋的小子。买上一支，咬上一口，嘎嘣脆，酸中带甜，唇齿留香，好不惬意。

“交流会”人山人海闹盈盈，形色色的商品让人看得眼花缭乱，到处都是人来人往热闹非凡的场景。在交流会上偶遇人客，大家会寒暄一番，到中午会一起到馆子店吃中饭。一碟花生米、二两呛皮烧、几块豆腐干、一大碗米饭，你来我往，互相客气，可以吃一个中午。

“交流会”是老百姓最喜欢的福利，哪里有交流会，哪里就有沉甸甸的脚步。

居民户口

在我幼小的心田，成为“居民”是一个伟大的理想。有了居民户口，就有了奢侈的资本。

儿时留下印象最深刻的画面，便是那日复一日人们忙碌着的身影。那时，无论大人还是小孩，似乎人人都有做不完的事。我白天去村里的小学念书，傍晚放学回家，便匆匆地背着竹筐去割猪草，直到天快黑时才又匆匆赶回家。父母亲更是不到天黑不回家。于是每晚，我们一家三口总是围坐在老墙门的院子里，与月光相伴，共进我们的晚餐。那时虽然几乎家家都是如此，但唯独暑假才回来暂住在老墙门的小叔家不一样。我们忙碌时，他家已是晚餐时间；而当我们晚餐时，他们已是拿着椅子在院子里乘凉、聊天了。因此，那时特羡慕小叔家小我三岁的弟弟。由于小叔是浙江省湘湖师范学校毕业，公办教师，每个月都会领各种票证，诸如猪肉、鸡蛋、白糖、红糖、糕点、粉丝票、煤球票、豆腐票、油票等，人家买不到的东西，小叔家都能买到。在平时做“躲人家家”的游戏时，堂弟把咸鸭蛋拿来，分给墙门里的老堂们吃，大家只能分到一点点来过过瘾头，有时为了蛋白和蛋黄的区分，老堂们会干上一架。堂弟每天过着那不愁吃穿无忧无虑的日子，常喝那种杭州汽水厂生产的250毫升玻璃瓶装的一角三分一瓶的无色汽水，一口下去，饱嗝上来，那个舒畅，都写在堂弟得意的脸上。

看到我羡慕的神色，母亲便一边喝用三分钱一小包买的柠檬粉开水冲泡的自制饮料，一边对我说："阿明，书一定要读好，跳出农门，这样想吃什么就什么。"于是，从那时起，我便在心底暗暗发誓，将来一定要考上大学，把户口迁入城里，也过上那不愁吃穿无忧无虑的好日子，常喝那种高档的无色汽水，打个饱嗝舒畅舒畅。

居民户口是一个象征，在当时的农村，有着至高无上的地位。因为有了居民户口，意味着就有了工作，可以进城当工人了，俗称"工人老大哥"。每月可以领到一大沓钞票，可以领到五花八门的票证，可以享受豪华的生活。既然有这么多好处，大家削尖脑袋都想拥有"居民户口"，可是哪有这么容易的事，在农村，除了顶父母职这一条路外，还有一条就是读好书考进中专或大学，才能"翻身农奴得解放"，否则是上天无路，入地无门，想都别想。

我的四婶婶是桐庐县城人，住在富春江边的一处老宅里。有着陶渊明"归去来兮"意境的古宅，有几只蓝花翅膀、款款飞舞的蝴蝶在院子里的花丛间，看上去有一缕凉丝丝的甜味。说起四伯与四婶的故事，还得从四伯到新安江水库说起。

1957年4月，新安江水电站主体工程开工，四伯就是这建设大军中的一员。等到水库建成之时，四伯的爱情之花也瓜熟蒂落。他回到铁路杭州机务段当了一名铁路工人，因不能带家属，四婶则作为知识青年下乡离开桐庐，回到前黄老家务农。

随着知青返城高潮的来临，四婶督促四伯到公社为其申请回城。四伯为此东奔西走，为四婶的返城竭尽全力。记得那时，四伯每个礼拜天都来老家，托关系、走后门。托的关系是他的一个堂兄，时任许贤公社党委委员。他每次来都会买一点奶油糖，送给他的堂兄。堂兄说他不要送礼物，弟媳妇的事情如帮的进忙的话一定会帮的。当时许贤公社有三百多名知青，要一下子返城安排确有困难，只能一等再等。盼星星盼月亮，终于盼来好消息。四婶得到返城安置的机会，当然不是回到桐庐，而是安置在临浦人民公社，被安排在临浦镇上的饮食店，当了一名餐饮服务员。

我对居民户口的向往也是如饥似渴，拼命读书。皇天不负有心人，成长的道路虽是布满坎坷与荆棘，却最终还是让我实现了儿时的理想，如愿进了湘湖师范，成为一名公办教师，把农村户口转为居民户口，在城里住了下来，享受到了居民户口带来的便利与轻松。

现在，户口不再分居民与农村户口了，已经实现了城乡一体化。商品不再是紧缺，买东西不再凭票证了，只要有钱，想买什么就买什么，想买多少就买多少，那个凭票过生活的年代已经一去不复返，居民户口也就失去了往日的光彩。

留级生

在我读小学的时候，留级是非常普遍的事。一个班级，总有那么几个人会被通知下学期还是原地踏步，不被升上一级。因此，大家都是认真学习，特别是在考试前的几个礼拜，我们都收了野心思，在老师的指导下，努力复习，非常听话。

平时，老师也会把“留级”这个词挂在嘴边，敲敲我们的边鼓。我们都知道，这不是老师吓唬我们，不认真，超顽皮，会打架的人，都会划入老师的黑名单，时时记得你，让你在留级的阴影中，小心翼翼地规范自己的行为。但最主要的指学习成绩，成绩不合格的，就离留级生不远了。那时有一首歌谣是这样唱的：“六十分，正当好，不摸黑不起早，不留级不补考。”

我是不怕留级的，并不是因为死猪不怕开水烫，破罐子破摔，而是因为我虽然成绩一般，但父亲是大队长，总有一丝面子。有时考试考个第一，老师会把喜讯及时告知父亲。父亲表扬一下老师，加几个工分。所以，我成了众矢之的，小伙伴们不喜欢与我一起玩，总说我开后门。

我读一年级时有两个班，分为甲班和乙班，共有60来名学生。到小学五年级毕业时，只有一个班了，45名学生，其余十多名学生，在几年的大浪淘沙后，都先后留级了。留下的45个人，在全公社小升初考试中，一举夺魁，有36名学生考入初中。当时许贤公社十年制学校只招了两个初中班和一个过渡班，每班40余人。全公社有11所小学，有小学毕业生几百人，能再上一级读书的小学生，不到三分之一。我们班考不上的几个人打包回家，小学毕业后再也没有读书，提前回家务农，成了生产队的小社员。

十多个陆陆续续的留级生中，最有名的是一个叫“桂”的女同学。她比我要高，头大，头发乌黑，天然的卷发，考试经常零分。我们读二年级时，她自然而然地留级了，成了我们乙班第一个遭淘汰的同学。等到我小学五年读满，升入初中时，她还在读一年级，年年留级，成了全校有名的留级生。等到我读高中的时候，她的考试仍是零分居多，学校决定让其勉勉强强小学毕业，回家务农去。我们难以想象，一个高中一般的年纪，是如何与小学生一起学习，一起跳牛皮筋玩的。

跟自己小一届的人一起读书，真的好别扭啊。亲戚朋友问起来，也挺难为情的，不敢响亮地回答；路上碰到熟悉的人，问你是几年级的，赶快逃走。留级，成了过街老鼠，成了某些学生的噩梦。

也有自愿留级的学生，因为自己本身成绩不足，甘愿留级，因此有的也将留级称作降级。而随着升学压力的增大，许多学生都会选择再读一年，他们将其称作复读或者是复课，而社会上普遍将他们叫作复读生。重读一年，档案上都会有记载的，教育局不会同意的。有人会钻法律的空子，在读的差不多的时候，去县级以上人民医院开一张医生证明，说是身体不好，要休学半年，明年重新上，这样的话就不算留级生了，明年继续可以参加中考或高考。我的妻子就是在初中三年快要结束的时候，去临浦人民医院开后门搞了一张医生证明休学，与学校说好，上学照常。第二年，多读了一年的妻子，考取了中专，跳了农门，拥有了一个令人羡慕的编制。

我真佩服校长的智商。我读四年级时有两个班，由于教师不够，五年级准备开一个班，班级人数太多，教室小坐不下，必须劝退十来个学生，留下读四年级。怎么办？校长亲自上阵，把我们两个班的学生集中起来，动员我们主动提出留级。当我们明白了校长的意思后，一个都不响，默默地坐在教室，任凭校长在讲台上唾沫横飞。校长见状，沉思了一下，继续高谈阔论："同学们，不要有心理负担，这次留下的学生，不是留级，而是等一级。"太精妙了，"等一级"，校长语感真好，等级不等于留级，亏她想得出。听了校长的话，有几位成绩不大理想的同学，有点动摇，想举手报名，看看四周，没有人举手，动摇的同学又把举到一半的手缩了回去。

精明的校长发现了这一摇摆的举动，立刻乘胜追击，继续鼓动："同学们，学校为了等一级同学，专门召开了教师会议，决定把学校最优秀的老师来担任四年级的任课老师，放心大胆地报名吧！"校长把手一挥，结束了演讲。

刚才摇摆的同学，义无反顾地举起了手。校长马上记下名字，及时地表扬了这些人，并且拿出几颗纸包糖，叫他们上台去领。这下，教室里可热闹了，举手的人更多了，上台领纸包糖的人也更多了，校长没想到纸包糖的魅力，有些措手不及。一共有二十多人报名，选择了"等一级"。我咽了咽嘴巴里的唾液，拼命忍住那份甜，有好几次想举手，最后时刻都放弃了。毕竟，留级与等一级，内容是一样的。

读五年级时，我发现上学期报名等一级的同学，有十来个人还是升级读五年级。我心里那个后悔，心头一阵阵痛。校长所说的最优秀的老师，都担任了五年级的任课老师，毕竟是毕业班，学校肯定重视。看到这，我的心稍微宽了一些，觉得四年级时的选择，是人生第一次正确的选择。

去年开小学同学会。在餐桌上，发现几个最有钱的同学，还是那几个留级的同学。有钱的留级生，从小尝尽世态炎凉，脸皮厚，经商容易成功。反倒是优等生，脸皮薄，脑筋死板，容易难为情，所干的工作无非是教书坐机关，工作稳当，收入是鸡肋，饿不死，也不会发财。同学会的所有消费支出，全由优等生眼中看不起的留级生来买单。留级成了贫富的分水岭，这在当时是没有想到的。

留级，是一个时代的烙印，在稚嫩的生命中刻下沉重与灰暗。也许正是有意无意中，留级生成了逃离了中国式教育的意外结果。这个意外，让我们惊喜，更让我们看到了塑造神话的黄金时代。

露天电影

1974年，许贤公社建立社办电影放映队。放映员携带16毫米电影放映机到各大队轮流放映，由县里每月安排几部片子放映，内容有革命样板戏和战争影片，还有一些社会主义国家的影片。有的电影永远烙在心里，如电影《南征北战》，看了数十次，我们还给它弄了个顺口溜："南征北战，看过看转，走到回转"，意思是专门看，看的次数多了，已经烂熟于胸，不要看了。

还未读书的时候，我经常跟着堂兄他们到附近的王家桥、田家村去看露天电影。每当吃过夜饭，听说邻村有电影，大家凑成一伙，走田埂，穿晚风，走得飞快，会早早到达那个村。尽管是几部老掉牙的黑白影片，如《南征北战》《渡江侦察记》《英雄儿女》等，但是我们还是安静地看了一遍又一遍，有滋有味地结伴同行，从不落下。看电影，是我们那个年代最高的享受。轮到自己大队放映，我们会帮助大队干部从下午起就挖距离三四米，深半米，直径三十厘米左右的两个坑，用粗壮的三根毛竹拉成一个架子，表示晚上公社电影放映员要来了。当时我们小孩子最兴奋了，围着挖坑的伯伯团团转，嘴里还说着不知所云的开心话，并且奔走相告，等待晚上激动人心的那一刻。

我们经常在银幕底下席地而坐，拿些稻草垫在屁股下，用最近的距离演绎一池春水。我们会很有秩序地在幕布下围成一圈，不怕蚊子，不怕脏。那时父母没有零花钱给我们，我们只有在暑假时到池塘里去摸些螺蛳，到义桥街上卖掉把换来的钱存起来，供看电影时买支三分钱的白糖棒冰，或用二分钱买一节甘蔗吃。我们一边吃一边看，心里简直美的像天使。

彩色故事片《闪闪的红星》，影片中年仅十岁的潘冬子一心想参加红军。这不仅因为冬子的父亲就是一名光荣的红军战士，更因为冬子发誓要为被敌人残杀的母亲报仇。怀着这个心愿，冬子巧妙地与敌人周旋，冒险为游击队送盐、送信，并在残酷的斗争中不断磨炼自己。主力红军被迫撤离中央根据地时，冬子的父亲给了他一枚意义非凡的红星，那是一颗闪着光芒的红星，冬子把它当作最最宝贵的礼物珍藏着，而这颗红星就像是冬子心中的明灯，一直为勇敢的潘冬子指引道路。“潘冬子”，是我们那时的偶像，连平时游戏时小伙伴都愿意扮演冬子，不愿扮演恶霸胡汉三。而拥有一颗闪闪的红星是我和小伙伴梦寐以求的。幸亏我有一个亲戚在上海当兵，带了一颗给我。使我在伙伴面前很有面子，每每关键时刻拿出来秀一把。因为有了闪闪的红星，我是演潘冬子的不二人选，那种得意是现在无论如何也难以理解的。

电影中还有插曲《红星照我去战斗》《小小竹排江中游》《映山红》，都非常好听。读小学时的“唱歌课”，老师踩着风琴情绪激昂地唱一句，我们卖力地跟着唱一句。其实也不用教了，电影看得多了，我们就无师自通，在哼哼中学会了。兴趣真是好老师。

样板戏电影记忆也很深刻。“阿庆嫂智答刁德一”

这段我会完整地将就一下唱唱，这种喜欢也是来源于革命样板戏的熏陶。《红灯记》中的李玉和、《沙家浜》中的阿庆嫂、《智取威虎山》的杨志荣、《海港》的方海珍、《奇袭白虎团》中的严伟才，《红色娘子军》中的红常青、《白毛女》中的喜儿，《杜鹃山》中的柯湘，都是风靡一时的角色。连我们这样的孩子，看得也津津有味。谁说“文革”全是错误的，推广京剧这一国粹，就是功德无量的事。

小时候的动画片，无非是《八仙过海》《葫芦娃》《大闹天宫》之类，叫纸剪片，内容单纯，形象清晰，色彩艳丽，情节通俗，令人捧腹大笑。

看露天电影，是多年以前的俗事，是人生中一盘精彩绝伦的围棋，宛如璀璨艳丽的日本艺伎，美艳柔情得愁人，在我们的心里永远扎下根。

曾经赤着脚去义桥公社义一大队看《傲蕾·一兰》，看勇敢的赫哲人在沙俄侵略者入侵时，自发组织抗俄团体，同仇敌忾，积极对抗这群茹毛饮血的“罗刹鬼兵”。赫哲人拒绝为其引路、拒绝供应食物，监视沙俄侵略者的行动，随时向当地清朝地方政府和清军汇报，协同清军守卫江卡，最后取得胜利的故事，用鲜血和生命书写了一段抗俄护疆的爱国传奇。影片中一将领在迎接清军时说的“长江是白龙，黑龙江是黑龙，他们是两兄弟”的台词一直储存到现在。蚊子多，裸露的大腿和手臂被叮咬无数，回来时脚丫子被一块尖角的石头划破，这些都阻挡不了我对露天电影的热情。

曾经跑步十五华里，气喘吁吁、大汗淋漓地到富阳县渔山公社墅溪大队看绍剧《孙悟空三打白骨精》，看可爱的孙猴子，眉眼生动活泛，动作轻盈便捷，性子调皮捣蛋，煞是喜人，尤其是欺负八戒时那个乐得眉开眼笑的啊，哎呀呀，真是让人爱煞！看贪嘴的八戒，虽然胆小，懒惰，嘴欠，好贪个小便宜，看见漂亮姑娘挪不动腿……但是憨实幽默宽容热爱生活，哈哈！扇乎耳朵，捧着肚子，说话前先嗯嗯几下，一派憨态可掬，怪不得老给猴哥当猪耍呢！可谁让它懒呢，巡个山吧，先睡下了，还“想想么真开心，忖忖么笑煞人，老猪巡山太太平平无妖无精”；回去复命吧，还“编段造话给师父听听……一个（妖精）喊我猪爹爹，一个喊我猪爷爷……”看讷讷少言而忠直正气的沙僧，看不明是非、胡乱逐徒的唐僧。影片中老太太来找女儿，唐僧不肯扯谎，直陈徒弟之过应由师者承担；老丈来时，唐僧则是尽力维护，把老头密密护在自己身后。直到自己落入妖手沦为板上鱼肉，他还是忍不住要行教化。最可气的是，父亲腕上的宝石花牌手表不知什么时候掉落，同去的人帮忙寻找。这块手表是父亲去上海参观学习是买回来的，一直当作宝贝。看电影的人问我们在找什么？我们说没有什么。如果当时说是在寻手表，估计电影没人看了，都去找手表了。谢天谢地，最终在卖棒冰的自行车旁，找到了手表，悬着的心终于落地。这一惊一乍，电影已经过去大半，幸好刚好在放映最精彩的白骨精在白骨洞母亲面前重新“三变” 场景，我们可以看电影的最精彩部分。

曾经把电影中的一个个活灵活现的人物，写在作业本上，配上自以为是的图画，当小人书，放在书包里，自己是唯一的读者。如阿庆嫂智斗刁德一、穷人的孩子早当家的李铁梅、北风那个吹的白毛女、妇女的冤仇深的吴琼花、志坚心齐的柯湘，全凭自己对他们的热爱与崇拜，一一画在本子上。我与那个患单相思的姑娘一样，与心中的人物进行一场旷日持久的“恋爱”。那些久逝的唱段和故事，如今都能清晰地在脑海里一一呈现。我想，已经深入骨髓，融进血液中了，永远不会忘却。

美孚灯

美孚灯，就是煤油灯，以煤油为燃料。因新中国成立前中国人不会造煤油，只能依赖进口，所以煤油又叫洋油。旧中国民生凋敝，工业落后，是名副其实的“一穷二白”。说来让人难以置信，那时不说制造汽车、飞机，就连一些简单的日用小物品都不会生产，得漂洋过海从外国进口，国人把这些“舶来品”称之为“洋货”——物品名称前都冠以“洋”字。如火柴叫洋火，铁钉叫洋钉，缝纫机叫洋车，机织布叫洋布，水泥叫洋灰，钞票叫洋钱，袜子叫洋袜等等。

美孚灯在新中国成立前就已经进入中国的千家万户，因它是美国美孚公司设计并制造的，所以冠于此名。它比传统的棉纱渗豆油的照明方式要新颖的多，技术上也更为先进。农村夜里照明用的灯具叫“菜油灯盏”，一两根灯芯，点燃的是菜油或豆油等植物油，灯火如豆，昏暗一片。

美孚灯明亮的灯罩可以挡风，不会像其他油灯那样跳动而炫目。美孚灯除保留了中国“灯”的元素之外，对“灯”的功能与部件几乎进行了革命性的改善，因而当时普遍地为中国的老百姓所接受。美孚灯不仅用来照明，许多美孚灯还用作室内装饰与家具上的点缀。许多千金小姐，身处深闺豪宅，除了寂寞，还有就是用美孚灯的光亮来想象未来的生活，羞着脸想象未来的夫君。

我小时候，家里也有一盏美孚灯，用来晚上照明。我至今清清楚楚地记得它的样子：灯下面是灯体，灯体是一个圆形的瓶体，由玻璃制作，形式图案变化较多。玻璃瓶体其实就是储油罐。瓶口上是灯芯带，灯芯带装在一个铜制的机械里，旁边有一个旋柄，叫“机关灯头”，可以调节灯芯带的高低控制亮度。灯芯带伸出越长，灯光就越亮，否则就越暗。这个灯芯带调节装置与瓶口用螺纹连接，而它的上端就是玻璃灯罩。灯罩是葫芦形的，两头圆口，一头插在灯芯带调节装置上，一头就成为排烟口，根据冷热气体流动的规律，将火油燃烧的烟气排出，又能防风，使灯芯带正常燃烧。

美孚灯体积小，装油少，省油、方便、实惠、美观，是每家每户必备的照明工具，大队里有新娘子出嫁，美孚灯是上等的嫁妆，早早地会托人去杭州城里买。墙门里堂姐结婚那年，因男方没有买美孚灯，气得直掉眼泪，硬是不肯上花轿。

那时多停电，美孚灯是最重要也是最高级的照明工具。有时，即使有电，奶奶也会点亮美孚灯，宁可暗一点，也不肯点电灯。晚上睡觉的时候，奶奶叫父亲兄弟几个点一截小蜡烛回各自的房间。奶奶则把美孚灯拿到自己房间，和两个姑姑一起享受一天中最后的美丽时光。

美孚灯比蜡烛亮多了，而且有风罩，不会被从木头缝里钻进来的微风吹灭。它的火焰永远是那么稳当，笔直笔直的，不会跳跃。而拿到我们房间的小蜡烛，火焰小，通常是随风摇摇摆摆，看东西很吃力，时间长了，眼睛很涩。母亲是富阳人，生在山里，长在山里，自幼在山上能奔跑如飞，身体健壮。在蜡烛灰暗的环境中做生活久了，竟患上了青光眼。

后来，煤油成了问题，去供销社买，要票子的。供销社根据全公社的人口数和上面发下来的煤油斤两，匡算出每人每户每月的煤油定量。供销社的煤油定量是不够用的，何况四伯家还有一个烧粥很方便的高级货——煤油炉子，煤油的需求量更大了，往往半年不到定量就完了。还好，电是不用票证的，只要有钱，随时可以点灯。因此，墙门里每户人家的15瓦又开始明亮地在堂屋里闪烁。

我家的美孚灯用了多少年，我不知道。问母亲，母亲摇摇头，说不知道，还说她嫁过来以前，美孚灯就有了；去问奶奶，奶奶也摇摇头，说不知道，也说她嫁过来时，美孚灯的刮簇新地立在搁几上，只不过没有现在这么旧，估计是作为结婚用品新买的。再也没有人可以问了，奶奶在家族里年纪是最大的，她说不知道就没有人知道了。这一桩疑案，倒也说明美孚灯的历史相当弥久。家里的老美孚灯，就这样沉默地立在搁几上，走过几十年。我想，在美孚灯的身上，一定会有很多故事发生过，美孚灯也一定看尽了农家生活的方方面面。它像一位智者，默默地，陪伴几代人；它又像是一位母亲，给自己的孩子温暖和光明；它更像是一盏捻亮我们心中的明灯，给我们贫乏的生活，抹上五彩缤纷。

前些年搬家，母亲准备把以前的几麻袋旧物品扔掉。我把麻袋里的物品全都倒在水泥地坪上，给儿子看看几十年前农家生活的物品，感受一下传统生活。突然发现美孚灯也在其中，它还像我小时候一样，只是越发陈旧。

“爸爸，这是什么东西？”儿子高声发问。

我一怔，记忆的阀门一下子被打开，小时候的酸甜苦辣顿时涌上心头。我无语，抬头仰望天空，眼睛潮湿，蓝天里的白云，是否能凝成美孚灯的影子？

农业学大寨

生平第一次出远门，是与“农业学大寨”这个敏感的政治话题紧密联系的。

那是1974年的春天，公社要求每个大队派出一批干部赴绍兴县富盛区红山公社上旺大队参观学习。这个家喻户晓、人人皆知的全国农业学大寨先进单位，是基层党员干部们十分向往的地方。

父亲率领大队和生产小队的干部代表，步行到三里外的义桥街轮船码头，坐轮船到杭州。我虽然人小，但人小胆大，悄悄跟在父亲后面，一直跟到义桥轮船码头。等到父亲发现为时已晚，只得带我一起走。中午到达杭州，去南星桥火车站坐绿皮火车，到萧山城区时已经傍晚了。

随行的丁叔，他的哥哥在浙江建材厂，位于萧山县城西，距火车站不远。晚饭就是在建材厂的食堂解决的。第二天中午，我们坐火车去绍兴，晚饭时间抵达绍兴县城。第二天一早又从县城坐拖副班轮船到上旺大队。

哇！一切都是那么美好，展现在我们眼前的是上旺大队集体统一建造的十几排两层“漂亮洋房”，十分令人羡慕；一块块用山石砌成的大寨田是那么精致而神奇；山上一垄垄的茶园青翠欲滴；一杆杆红旗在山梁上迎风飘扬，那是上旺大队社员正在辛勤地劳动。当参加劳动的上旺人发现我们的参观队伍后就站起来喊几声向我们学习致敬之类的口号，我们当然也高声呼喊："向上旺大队贫下中农学习！向上旺大队贫下中农致敬！"

中午是在上旺大队大礼堂吃饭，饭后听大队干部介绍他们如何学习大寨人艰苦创业的事迹，影响最深的是上旺人大干苦干加巧干，揭穿了"癞头山上好种茶，除非铁树会开花"的谎言，用与地斗其乐无穷的大无畏革命精神，硬是让连草都不爱长的癞头山变成了绿色银行。最羡慕的是上旺人的劳动报酬真高，一个工分值一角六分钱，是我们小队的一倍，当时我一直在想，我要是上旺人该有多好！

从上旺大队回来后，大队党支部决定向"江南大寨"——上旺大队学习。为此多次召开干部群众大会，统一思想。社员们像一锅烧开了的水，热气腾腾，迅速掀起"农业学大寨"的高潮，大办农业，大办粮食，一些旱地改造成水田。改地造田作为此次学习的重要内容，大张旗鼓地开展，移平高磡高墩、填平池塘、平整坟墓，以此来增加良田面积。改造出来的良田叫"大寨田"。为使这些"大寨田"能适应水稻生长，开挖30厘米深度的土层；捡除石块、树根、草根；用筛子将泥土过筛，使泥土细碎疏松；四周田塍用黏性较好的黄泥打底夯实。投入的劳力达几千工，改造出大寨田60多亩。

大队党支部向省、市、县防汛防旱指挥部，浦阳江管理所呈送报告，要求在浦阳江西岸筑小围塘。从11月开始，小围垦动工。大队组织专业队，堤坝泥塘分段落实到各生产小队，各生产小队每天派出大量劳动力，用钢丝车拉石头拉土围坝。在江塘劳动的社员每天有二百多人。社员或打入松木桩，或垒叠灌有泥土的麻袋。初时，平均每个劳动力每天仅能挑土1.5立方米。后来为加快进度，采取“定质、定量、定时、定工”的责任制，划分地段，分段实施，工作效率明显提高，每人每天能完成土方是原来的一倍以上。

在罗墓小学读书的学生们，利用星期六下午和星期天，在老师的带领下，乘船只渡过浦阳江，到对岸义桥公社虎爪山石料厂捡石子。小石子俗称“花子片”，三四厘米大小。大队有木质运输船两只，每只20吨运力，柴油机当动力，开行时发出“啵啵啵”的声音，我们管叫“机帆船”。机帆船每天把小学生运到对岸，去捡碎石子。虎爪山采石场是一个劳改石料厂，有许多参加劳动改造的罪犯在那里服刑。老师没有额定任务，捡多少算多少，但要求小石子不要超过一厘米。我们自己拿一只小的竹篮子，放碎石用。等到下午三四点钟，把碎石子集中放进船上的大箩筐里。真好笑，一位同学捡的都是咪咪石子，不到半厘米，以为还能得到老师的表扬。不料引来老师的一顿批评。该同学很委屈，老师，不是你要求的吗？老师说，我说不超过一厘米，大家捡起来的时候才不会超过三四厘米，你这样的咪咪石子是没用的。原来是这样，幸亏我不老实，拣了大一点的。学生们先后捡石子十来天，共捡回石子80多立方米，全部解决了混凝土碎石问题，节省了大量资金。

在挑塘过程中，出现令人啼笑皆非的事情。以前都是吃大锅饭，社员只要到场，挑多挑少一个样。为在来年浦阳江汛期以前完工，大队党支部想出一个办法，只要每天完成一定量的任务，就可提前回家。第一天作为大队长的父亲在家里炒好蚕豆，到工地后，给每挑完一担泥土的社员发一粒蚕豆。结果第二天社员们偷偷自己带来炒蚕豆，以混骗过关。第三天父亲拿着农机厂的螺丝，替代蚕豆，结果第四天又有社员拿螺丝来蒙骗。后来，父亲又拿着涂着红油漆的螺丝，还是有不老实的社员拿红油漆的螺丝来蒙。直至后来采取责任制，才杜绝了不良现象的发生。

没有国家一分钱投入，依靠大队集体资产，社员辛勤劳动。历时三个月，在浦阳江外围筑起一条长六百多米，高六七米，面宽两米的围塘，塘面可拉钢丝车，将浦阳江的沙滩改造成一百多亩的耕地。挑塘中，社员们编了一首歌："共产党，领导好，号召农民多开荒。男女老少齐动手，新开沙田挑围塘。战胜灾害修水利，增加生产有保障。多打粮食卖国家，社会主义早日到。"

小围垦是大队的宝，这些土地上的农作物，如水稻、番薯、络麻、花生，给了社员额外的"补贴"。番薯既可以分给社员自己吃，又可以制成番薯条去公社粮站换早稻米，每100斤番薯条可调换70斤早稻米，满足社员过冬的粮食储备；络麻皮可以卖给麻纺厂换取现钞票，也可把络麻皮在池塘里浸几天后，用清水在石头上摔打，晒干后变成白色的麻筋，卖给供销社。络麻杆子既可以当上好的柴火，花生可以当菜，是极好的喝酒作料。

第二年浦阳江汛期，因小围垦的泥塘塘脚内部是沙质土而泄漏，堤塘出现若干个空洞，导致外江高水位时堤塘渗漏，采用黄泥浆灌洞的方法，培土夯实，消除安全隐患，保证了外江土地的正常生产。同时对塘面和内坡加阔加高平均在半米以上，只比浦阳江堤塘低两米左右。

人心齐，泰山移，前黄大队社员们以大寨人、上旺人为榜样，自力更生、艰苦奋斗，战天斗地，改造自然，终于创造出奇迹，摘掉过冬粮食靠上级的落后帽子，满足了社员的基本需要。如今，这些土地还在发挥应有的价值。

一段辉煌的历史，一段江南的传奇，一曲艰苦创业的赞歌，永远在泥土的芬芳中沉醉。

评工记分

我的童年是在泥土中滚出来的。白天，父母都在生产队干活，我们这些小伢儿会变着法子在草地里打滚、捉迷藏。要是在暑假，常常去池塘玩水仗，上下午都去，一次要玩数次，往往弄得满身是泥。晚上，大家都会去小队记工室上工分。一是怕记工员漏记了，这样一天就白干了；二是想知道自己劳累一天能得多少个工分，会不会被评吃亏；三也有凑个热闹的意思，那会儿没有电视，也没什么娱乐活动，晚饭一落肚，大都往队室跑，都习惯了。

小队记工室面积不大，二三十平方米。一到晚上，一盏15瓦的白炽灯，一张木制小课桌，一本记工点名册，组成了记工室的所有家当。记工室以泥为墙，以竹为檐，非常简陋。当时生产队共有四间屋子，一间是大仓库，放稻谷用的，50来平方；一间小仓库，40来平方，放农具用的，如打稻机、犁、铁耙、镰刀、稻桶等，一间是放草木灰的储藏室。后来随着粮食产量的提高，仓库不够用了，小队又在大道地上又建了两间新仓库，用来堆放稻谷。

凡是能够参加生产队劳动的，不论男女老少，人人都有底分。底分，是以日点名记工来计算劳动工分的基础。这种以日记工，大人们称之为“一直头”。它的计分法比较简单，容易看懂，也容易记住。一般每月结算一次，记工员只要按出勤天数乘以劳动底分，就可以得出该劳动力本月的总工分。

每天早上7点，社员们在仓库前集合，上工前由生产小队长派活，然后社员们分散干活。九点半由家里人送点心，大家同一时间吃点心，一般半小时。11点半回家吃中饭，下午两点上工，太阳落山收工。晚上7点多在记工室由小队的记工员登记。“双抢”时节，收工要在8点以后，记工更会延迟到9点后，每天劳动时间长不说，还要忍受高温酷暑，因此这期间的底分都是加倍的。

底分的评定是每年开春举行一次。评定底分时，必须全队劳动力全部到会，充分发扬民主。一般先评男劳力，各种农活都会做的，且做的到位的男劳力，最高底分评为10分。一般力气小、活儿不够全面、刚参加生产不久的年轻人、60岁以上的老人，酌情打的低一些，但一般不会低于8分。一些中学的学生娃在农忙时在生产队帮忙，给予2—4分的工分。妇女最高的可评6分，然后根据劳动力的强弱，酌情减分，但一般不会低于4.5分。

有些社员天生长得不壮，即使干活认真，不会偷懒，也只能评个9分，不会评10分。等这些男社员提出评10分的要求时，马上有社员当场站起来反对，并提出苛刻要求，要求这些想评10分的弱劳力，在“双抢”时去接力挑稻谷。要知道，一担打稻机刚脱落的竹篓稻谷，还没有晒干，水分很足，起码在120斤以上，就算是劳力强的社员，小队也是从几里外的稻田一段一段接力挑到晒谷场的。面对这一难题，那些要求评10分的弱劳力立刻偃旗息鼓，再也无力提出要求，默认了9分的事实。

有些妇女评不到足分6分，也有意见，站起来强烈要求评足分，自认为拔秧快，割稻是好手。但社员毫不留情，说拔秧虽快却个头小而乱，不整齐，影响了下一道生产工序——插秧的速度；割稻虽快却放得凌乱，影响了脱落稻谷的速度，且浪费严重。听得那些妇女马上坐下，一声不吭。

实际上，每年的评分，其结果与上一年差不多。小队评分底相对公平。挑担、插秧、割稻，悄悄地大家心里都有一本账。同时插秧，几个小后生谁快，谁慢，谁的质量好，一目了然。谁10分底，谁8分底，清楚明白。亮分底时，队长一提议，基本通过，有些社员是不甘心而已，为自己争取一下。没有满足要求的社员，也不会生气，会后仍旧与平时一样嘻哈哈，不会把这件事情放在心上。评工分，农民以朴素的思想超越了血缘关系的狭隘。

还有一部分特殊人群，如民办教师、泥水匠、社办企业职工等，他们参加劳动的时间比较短，生产队采用交钱记工的办法。所谓交钱记工，就是用现钞交给生产队，抵一定数目的劳动工分。这种做法，既为生产队解决了生产成本，又调节了务农社员与务工社员之间的经济利益。另外，社员在空闲时间去做社务工所取得的现金报酬，也需要一部分交给生产队，这叫社务工分。为了使社务工分配合理，小队会在仓库的外墙上列出“社务工轮流表”，一个个社员轮过来，这样做的好处使每个社员都有机会参加社务工，赚得一些现钱以补贴家用。

等到年底，小队长会叫几名有文化的社员在某一户社员家里“考方案”。父亲因担任大队长，肯定每年位列其中。我们第一生产小队一般都是在阿狗公家里“考方案”，因为他家在村子中央，位置好，家里也比较清爽。阿狗公是工人阶级，在余杭闲林埠上班，不是农民，“考方案”不涉及他家的利益，在他家“考方案”，社员们都比较放心。

工分汇总后，生产队获取的所有有价物资算出来，再除以劳动力的总工分，商就是每个工分的价值。那时生产力低下，还存在出工不出力的现象，因此分值很低。一般每10分只有五六角，如能超出一块，那县里和公社就要大力表扬了。记得有一年，大队方案考出后，每10分的价值达到一块一角，大家都不相信。父亲要求大家再算一遍，结果还是一块一角。结果那天晚上加班，把收入账一张一张列出来，对过去对过来，最后发现没有算错。原来是当年度社务工做的多，缴纳的现钞也多了；特别是外江田增加了60亩，总收入随之增加；农闲季节到杭州扒垃圾的男社员，人数比往年多，天数也比往年多，生产队收入增加不少。综合各方面因素，分值达到一块一角也在情理之中。这一年，生产队受到公社的表扬，特批一场电影以此鼓励。电影是越剧彩色戏曲片《碧玉簪》，听惯了革命样板戏的社员，对于越剧电影有天生的吸引力。从上午八九点开始，陆陆续续有人在大道地上摆放长凳子，占据有利位置。父亲嘱咐我跑着去五里外朱村桥公社丁家庄大队的亲戚家，告知他们，我们这里有越剧电影。晚上电影正式放映，人山人海，人们从公社各地赶拢来，还吸引朱村桥公社、义桥公社、浦南公社、闻堰公社、临浦公社的社员前来观看。道地上没有空地站，有人爬到仓库屋面的瓦片上看，有人撑着船在荷花池上看，有小孩骑在大人的脖子上来观看。

放电影以后，《碧玉簪》中的经典唱段，如“洞房”、“归宁”、“三盖衣”、“送凤冠”，有社员经常在记工室演唱，因此记工室成了喜爱越剧社员的表演舞台，大家竞相来几句，引来阵阵欢呼声。记工室从此成了社员俱乐部，为那个缺乏娱乐的年代掀起一块文艺的头盖，为枯燥乏味的记工分注入一丝浪漫的火花。我的小姑就是在记工室演“洞房”，与同样爱好越剧的小姑父对演，日久生情，上演现实版的《碧玉簪》。

一般人口多的家庭，口粮分配就少，经常会青黄不接。父亲是大队长，每年大队干部的工分补贴有1200分，加上父母都是干活的能手，都能达到最高底分男10分和女6分。另外大伯是专业渔民，有额外的现金收入，日子也得过且过，有时还要吃麸皮糕。那些吃口重的人家，肯定更加难过。

晚上评工记分，也是那时农村的娱乐。有时进行政治学习，有时看文艺宣传队的演出，有时讲讲故事和笑话，有时道听途说把各个地方的趣事讲讲，有时学唱戏曲选段。京剧《沙家浜》《红灯记》《智取威虎山》，越剧《梁山伯与祝英台》《九斤姑娘》，绍剧《孙悟空三打白骨精》的主要唱段几乎天天晚上有人唱。这和现在风靡全国的广场舞的热情差不多。

零 食

记忆中的零食，严格意义上来说，并不算真正的零食，而是区别于主食的食品，其独特性至今我还在怀念。虽然这些所谓的零食，食材不讲究，制作方法简单，但是曾经填饱我干瘪的肚皮，让我的童年有晶莹透亮的浪花。

油麦糊，顾名思义是麦粉与油的浪漫结合。先用小麦粉加清水拌成糊状，再在大铁锅里放入香油熬熟，用锅铲子把香油往锅壁上洒，等大铁锅内壁上都沾满香油时，就把糊状的小麦粉放进铁锅，用锅铲子不断地把蜗居在锅底的糊粉，往铁锅上壁糊。此时，灶膛里的柴火不能太旺，以免锅底的糊粉太焦。大约七八分钟，一个大圆圈成形，这就是油麦糊，类似于现在的台湾手抓饼，味道差不多，只是油麦糊比手抓饼大多了。从锅里捞起油麦糊，放在蒸板上，用菜刀切成小块。喷香的油麦糊，早已被等候多时的小孩子，抢着吃了。吃完一块油麦糊，又在灶边等候。油麦糊是在农闲时节糊的，大人不上生产队做生活，有时间来做，味道好，能解馋，吃得午饭也不要吃了，大人小孩就把油麦糊当成主食。四婶婶是做油麦糊的高手。小队里的妇女，做的油麦糊是比较厚实的，费油，黄蜡蜡的，不松脆，咬一口蛮有劲道。四婶婶是桐庐县城人，她做的油麦糊，薄如纸片，省油，雪白雪白的，咬一口犹如在吃雪花，融化在嘴里，香味却含在口腔里，久久不离去，韵味十足。墙门里的女人都想偷拳头。只见四婶婶把大铁锅烧热，冒青烟才停止烧柴，滴几滴香油在打湿的抹灶布上，把抹灶布在锅壁上擦拭一下，沿锅壁把糊粉迅速一浇，每次糊粉的量是普通妇女做油麦糊量的十分之一。四婶婶见糊粉一白就起锅，一张白白嫩嫩的油麦糊奇迹般出来，没有香油的气味，有着冬天冰凌子的晶莹剔透。可惜的是，四婶婶不常来，她一般是住在桐庐娘家。要不然，一到冬天，我就有口福了。

冻米糖，就是把爆米花拌白糖，然后用刀切出一片片印痕，食用时用手分片即可。冻米糖怎么做的，小时候没有看到过。第一次吃冻米糖，是四婶婶头一次到家里来，那时她还没有跟四伯结婚，是跟着四伯来家见祖母的。到底是城里人，派头就是不一样，她给祖母一块上好的布料，给我们这些小罗罗每人几块冻米糖。冻米糖里有芝麻掺进，吃起来特别香，三下五除二，几块冻米糖就落肚，连味道也没尝出。四婶婶又从蛇皮袋里变出冻米糖，每家一小袋，嘱咐我们省着点吃，再要就没有了。于是，我特别盼望四婶婶与四伯的婚事能成。后来，如我所愿，四伯真的娶了四婶婶，冻米糖也有的吃了。

我的外婆家是富阳渔山，翻过寺坞岭就到。外婆家都好，就是一点不好，大米饭不是餐餐有的吃噶。山里人家，水田少，旱地多，漫山遍野的是玉米和番薯地。玉米和番薯，当点心吃还可以，当饭吃起来先感觉新鲜，吃的多了倒胃口。番薯做的麻片，倒是例外，既香又松口。我见过外婆做番薯麻片，把洗净的番薯烧熟，趁热剥去番薯皮，揿扁，撒上芝麻或橘皮，按在模子里压出形状，在团箕里晒干。把晒干后的番薯麻片与砂砾混合炒一炒，就成了香饽饽，吃起来脆嫩细致，甜蜜清新，“嗑隆隆”，一声接一声，一块接一块，不断地响，不断地放进嘴巴，牙齿成了搅拌机。回家的时候，我会央求外婆，把闻起来是温馨，吃起来是福气的番薯麻片，带一些回家，把这种福气延伸。小番薯还可以做番薯干，直接把烧熟的小番薯，拿到太阳底下去晒干，要吃的时候，到饭架上蒸一下，咬起来比较糯，甜津津的味道，会让人很满足，会忍不住再吃一块。我经常偷吃番薯麻片和小番薯干，没料到大便特别多，吓坏了自己，以为自己生大毛病了。

冰糖葫芦，许贤人叫“糖酸头”。一到冬天，卖糖酸头的生意人，经常走村串户，一边走，一边喊：“卖新鲜的糖酸头，小兵辣子快来买！”叫喊声一阵接着一阵，把肚皮里的清水都勾出来。如果口袋里有零花钱，会豪爽地买上一串，边走边吃，得意抛撒在小草的浓霜上。没有零花钱时，我会跟在“大头的稻草棍子”后面咽口水，看红艳艳的果子透过闪闪亮的糖浆及诱人的光泽，在残酷的冬天，把暖洋洋的太阳无可奈何地送走。糖酸头里面裹的是山楂果，粘以冰糖，甜脆而凉，酸果子配上甜糖浆，味道相当赞。一根木棒上方，绑上一大把稻草，糖酸头就插在稻草上。价格分几个档次，一分钱起批，二分、五分都有。一分钱的糖酸头，颗粒少且质量稍逊一些，二分钱的糖酸头已经蛮好的了，五分钱的颗粒最多，粒大而且质量上乘。入冬开始到上春头，糖酸头是最具吸引力的。过年时，糖酸头的价格会上升一些，货郎知道大家手里都有钱，都想吃憋了一个冬天的诱惑，货郎乘机抬高价格。母亲说，下午糖酸头的价格会降低一点。我就是忍不住那一份酸酸甜甜，在中饭前就买，将糖冰渣子咬在嘴里，把肚皮里的火热挥洒，旋转出璀璨的柔美。

除了上面的几种，家里能吃的物品，我们都会想尽办法搞来吃。老南瓜也能满足我们的渴望，它的味道能与番薯媲美。黄松松的南瓜，粉嘟嘟的鲜美，那滋味，会让我一不小心咬了自己的舌头。家里的老南瓜，母亲是做好数的，晚上与小伙伴去自留地里偷老南瓜，是除了看电影之外的人生好戏文，把偷摘来的老南瓜到第二天才烧，神不知鬼不觉地解除了心中的馋虫；把南瓜子洗干净，晒干后干炒，变成芳香四溢的南瓜子，提前享受过年的快乐。南瓜的季节过去，朝阳瓜子的季节紧接着来到，延续了精彩。朝阳瓜子，就是葵花籽，晚上拿上一把镰刀，到自留地里，对准葵花秆子，跳一下，精准地割下葵花籽的圆盘，立马逃走。把葵花籽剥离，洗净晒干，就可以干炒。朝阳瓜子的味道，比任何一种物品都要有阳光的气息，特别适合冬季。每人几颗分得清清楚楚，分好后，大家一起在阳光下嗑瓜子，一起品味阳光的味道。

那时的我，很瘦，全身不长肉，肋骨可以弹钢琴，想尽办法吃东西，也改变不了瘦吧拉叽的形象。墙门里的大公断言，这小子到人参缸里游一下，也不会胖的。那个饿啊，难受得心发慌。现在一想起以前两眼冒星星的日子，眼睛总有狡黠的星星在眼前晃动，赶都赶不走。

万元户

近日看到一则报道，说20世纪80年代初，令人仰慕的“万元户”，如今的价值已经超过255万。

看完这则报道，我内心有许多感慨。曾几何时，“万元户”是全国人民的敬仰。那个年代“万元户”是个相当了得的人家。“万元户年代”的一万元可以买到很多的东西了。当时的米价每斤一角四分，肉价九角五分，走亲戚送礼四元左右，压岁钱五角。我看到老丈人新屋上梁时的一本人情账本，送的最多是他的姑妈，十块钱。其余的亲戚一般是4块钱，还有的亲戚是不送钱的，只送热水壶、钢盅脸盆、毛巾之类。小学教师一个月的工资只有几十块，为加一块五角的工资，某小学的老师争夺几个加工资的名额，甚至打破了头。可想而知，一万元是个什么概念。

改革开放后，在农村给予农民更多的灵活政策。许贤公社在1982年夏季插秧后，推行大包干，分田到户，把生产队的耕地和生产资料都分给了农民，鼓励农民发展家庭副业，恢复集市贸易，允许农民出卖自己的农副产品，鼓励能人冒尖，号召一部分人通过劳动先富起来。“万元户”就应运而生。

前黄大队第一批万元户的产生，就是在大队五金厂倒灶之后，厂里的技术骨干，办起作坊式的家庭五金企业。男人跑供销，女人当职工，夫妻俩一个主内，一个主外，利用大队五金厂的业务通道，把五金小企业办得如火如荼。这些领先一步的企业主，就是前黄大队的第一批致富能手，他们靠着自己勤劳的双手，灵活的头脑，敢为人先的气魄，买来国营大厂的旧机器，把自己的小家，经营得风生水起，走在了全大队社员的前列。

因离义桥街较近，在自家的承包地里种蔬菜，挑到义桥去买，是许多农户发家致富的捷径。我们小队的黄生贤，起早摸黑，探索出一套一年四季都有收获的本领，甚至学会反季节种植。他把分到的两亩多承包地，匀出0.95亩，不种水稻种蔬菜，品种有芹菜、南瓜、丝瓜、冬瓜、茄子、韭菜、番茄、辣椒、四季豆、长豇豆等。黄生贤利用自己常年做农民获得的经验，在近一亩的承包地里，辛勤劳作，起垄做畦、播种栽苗、施撒肥料、喷水灌溉、清除杂草、防治病虫害、引蔓打枝授粉、清理内外水沟、排水防涝、采摘蔬菜、清理采摘后土地，这些工作一一做来，事无巨细，亲自下田。忙不过来时，叫老婆孩子一起上阵。他的蔬菜，基本不用化肥，而是农村常见的农家肥，有鸡肥、人粪、猪肥。他把采摘后的蔬菜，挑到池塘埠头去洗干净，除了上义桥街去卖以外，还挑到富阳县的灵桥、里山、大源、渔山，以及本县的闻家堰、临浦、戴村、朱村桥、云石等地销售。由于没有污染，黄生贤的蔬菜受到大力欢迎，生意好，当年就产出万余元，成为名副其实的“万元户”，被评为许贤公社优秀专业户。

社员对养殖业也比较重视。基本每户每家养两三只猪，猪粪肥田，一只在夏季出售给供销社，一只过年杀掉自吃。养猪专业户黄水祥，饲养母猪二十多头。他原先是泥水匠，干一天算一天，一天的工钱几块钱。后来在自家道地上建起一排平房，养殖母猪，生小猪出卖。一斤小猪铜钿可卖一块多，比白肉还贵，因此，黄水祥的母猪养殖取得可喜的经济效益。第二小队养鸭专业户黄国荣，苗鸭巧买。他在每年的7月份买苗鸭，苗鸭在家养一个多月，这时田畈里的早稻刚好收割，鸭子不会下蛋，也不需要太好的营养，把鸭子赶到空旷的田野上去，让鸭子自己进田觅谷子、田螺等食料，节省饲料，降低成本。他一年可出笼成鸭三批，每批养殖的时间为四个月。上一批鸭子养到二个月大时，他就进下一批新鸭，这样就不会发生断档。黄国荣养鸭子，是不吃饲料的，他经年累月在地里散放，让鸭子吃野食。野食接不上棒的时候，他就去池塘里摸来螺蛳，敲碎螺蛳壳，扔在道地上，给鸭子吮吃。还在上春头，去地里挖蛐蟮，把蛐蟮切成一段一段，给鸭子补充营养。他把自己的承包地改成鸭场，搭起一间草舍，晚上就住在草舍，与鸭子一起睡。这位鸭司令，每年养殖的鸭子，雄鸭和老鸭各一半。雄鸭子长得快，回笼资金也快；老鸭长得慢，可以生鸭蛋。鸭蛋的黄绯红绯红，深受附近村民的喜爱，连临浦、闻家堰那边也有人过来买。雄鸭肉质鲜美，招待人客特好；老鸭营养丰富，与火腿肉一起烧，给产妇、病人食用，大补特补；鸭蛋价格实惠，备受社员青睐，炒韭菜奇香无比，也可腌制成咸鸭蛋与皮蛋，一蛋多吃。黄国荣一年要养殖鸭子三四千只，收入可观，成为“万元户”。

在当年，“万元户”是很多人追逐的梦想。现在，万元户失去原有的风采，成为历史名词。“一万元贫困户，十万元刚起步，五十万小康户，百万元富裕户”。也许这句新时代的谚语，才是现在许贤人拥有财富的真正写照。

腌　菜

住在义桥街里河兜下墙门的大姑父，因肚子里长了个东西，到浙二医院住院治疗。我获知消息，与妻一道，到了浙二医院去看望他。

探视完毕，我邀请服侍大姑父的大表嫂，在医院食堂就餐。我首先点了一道盐白菜炒冬笋，服务员说没有这道菜。听了服务员的话后，我随便点了几道菜。在吃饭的时候，表嫂突然像发现了新大陆一般：“隔壁那桌不是有盐白菜么？”我一看，果然如是。我站起来，去问服务员是怎么回事？服务员笑着说，这不是盐白菜，这明摆着是抱石菜嘛！我听了，哈哈大笑。原来，盐白菜又可以叫抱石菜。萧山与杭州，一江之隔，菜名却如此不同。

我把这件事告诉妻和表嫂。她俩也觉得奇怪，觉得不可思议。我微笑，在心里却认同杭州的叫法，虽是第一次听到这名称，但一点也不觉得陌生，想想，这两种叫法都有道理。萧山话“盐白菜”，透露了原料和制作工艺；杭州话“抱石菜”，则更具诗意。在这油烟味重的小食堂，我沉淀在零零碎碎的往事里。

母亲是腌菜的好手。即使是极其平常的菜，经母亲的巧手一拨，各种味道的咸菜，婉转地飘香于屋内，在我的唇齿间愉快地打转。盐白菜、干菜、霉菜部头、倒笃菜、萝卜干、四季豆干、大头菜、菜梗头，在母亲的手中飞舞。在那个菜里没有一滴油的年代，这些咸菜，伴我走过了青春年少。直到现在，酸酸甜甜的泥土味儿，还挂在心之一隅，散发着自由的清香。

进入11月份后，少雨，阳光在金黄的水稻谷粒上跳跃，自留地里的大白菜经过霜的敲打，变得柔软而又洁白。清人林溥的《扬州西山小志》中有这么一句：“盈肩青菜饱经霜，更比秋菘味更长。”其实就是描述打过霜的青菜特别饱满青翠，味鲜爽脆。趁着天气好，父亲拿着菜刀到自留地里收割。父亲在前面割菜，我则把父亲放倒后的白菜收拢来，放进土箕里。大白菜真是大啊，比平时吃的青菜要长许多，一般有六七十厘米长，老部头围圆有二三十厘米。等到夕阳西下，父亲割完了大白菜，就一担一担挑到家里。自留地在村前，家在村尾，父亲挑着白菜“杭育杭育”地穿村而过，背后有羡慕的目光盯着背脊。往往有社员来家讨教种植大白菜的经验，抑或来家里向父亲讨一些菜籽，盼望来年也能丰收。

大白菜暴晒在太阳底下几天，是为了赶走菜里的水分。母亲摸一摸干瘪了，便把大白菜的菜叶子，砍掉一部分，目的有两个，一是为了整齐划一，二是菜叶子不好吃，又占位置。砍去菜叶子后，母亲把长长的大白菜拗转，用两根稻草把菜缚住。等到把所有的大白菜砍叶缚绑以后，父亲就洗干净一只中型水缸。缸要陶的，不能用水泥缸，有股水泥味儿，既不卫生也破坏了盐白菜的鲜味。

踏盐白菜也挺有讲究。要先放一排大白菜在缸底，再撒上一层盐，父亲就“嘎吱嘎吱”踏起来。女人踏盐白菜，劲道不够，踏的不实，盐白菜会浮起来，容易变质；

穿着套鞋踏，橡胶的气味会渗透到菜里，有股怪味；最好是赤脚踏，虽然冷些，但踏的盐白菜精光闪亮，松脆可口。对脚是有要求的，不能有脚气，脚趾甲也要剪干净，且脚上不能有破疤。如有破疤，碰到盐会钻心疼。父亲一边踏，一边转圈，还张着嘴巴哼几句越剧，如“十八相送”“楼台会”等。一层大白菜踏的差不多了，再添一层新的大白菜，撒上盐花后再踏。为了让盐白菜更有味道，父亲会放一些红辣椒放进缸里，与大白菜一起踏，红红绿绿，颜色也好看一些。父亲踏盐白菜都在晚上，白天要在生产队出工的。我最喜欢在父亲踏盐白菜的时候，趴在他的背脊上，随着父亲转圈，能很快进入梦乡。随着大白菜的增多，渐渐的，父亲越来越高，直至大白菜与缸沿齐平位置，父亲找来几根毛竹篾排，像饭架子一般，放在盐白菜上，再找一块大石头，洗净后放在大白菜上。父亲最后把盐白菜缸移到大门后面，要吃时，直接从陶缸里挖就行了，挺方便的。至此，盐白菜大功告成。几天后，这些被腌渍的菜就会慢慢渗出卤水，再过半个月后，菜就也腌“熟”了，基本上就可以挖出来吃了。盐白菜吃的时间长，一直可以吃到来年的春末，那时盐白菜会发臭、发黑、变烂，在池塘里洗的时候要十分小心，许贤人称“臭腌缸白菜”，它与嫩苋菜同炒，活菜拌死菜，风味独特，是许贤人一道百吃不厌的名菜。

干菜的原料是芥菜。芥菜在秋天收割为多，与盐白菜不同的是，盐白菜在腌制前不用洗的，因为在吃前还可以洗一下；而芥菜在做干菜前一定要洗干净。母亲利用早晨小队出工前的时间洗芥菜，把洗净的芥菜堆在长凳上沥干，晚上小队收工回家，母亲把芥菜的枝叶摘下来，放在团箕里，用菜刀在砧板上把长长的芥菜枝叶切成细小的颗粒。等团箕里的菜粒堆成一座小山的时候，母亲便把芥菜粒捧进圆桶里，撒上盐花，双手上下搅拌。等搅拌均匀后，母亲把芥菜粒倒入小瓮，用长一米的菜脚夯实。过几天，太阳凑好的话，把它拿出来，晒在苓皮里，一般三四天就可以晒成干菜了。如果太阳没有凑好的话，没有及时晒，在小瓮里时间一长，咸度就高，味道变霉，鲜味就差了许多。芥菜的梗，还可以做菜梗头和霉菜部头。母亲把粗壮的芥菜梗切成五六厘米一段一段，一层梗，一层盐，码实，即成。太阳晒干的叫菜梗头，萧山人叫菜部头，金黄闪亮，是热天解暑的上好汤料，可以消暑，经常喝不会上痧的。如加进一些从池塘里捉来的小虾，那鲜味更足了。母亲还有一绝招，用新鲜的芥菜梗腌成霉菜部头。只要两三天，芥菜梗就变成酥软的霉菜部头，盛半碗在大碗里，滴上一点香油，在饭架上一蒸，不用加任何调料，就是一碗美味佳肴。当然，霉菜部头要蒸的少一些、熟一些，否则会食物中毒，脸都要肿大的。霉菜部头是我小时候的最爱，那几天是每餐必吃的。母亲的手艺是不用宣传的，还有人会来讨的。有一次，公社一位姓金的干部来我家与父亲联系工作，看到八仙桌上的霉菜部头，就说今天要吃午饭的。中饭时，我看到他不吃其他菜，一个劲地吃霉菜部头。下午回家时，他又要了满满一碗带走。那次母亲霉菜部头做得多，除了自己吃，还送人，最后半面盆出一条条蛆了，上午父亲把坏了的霉菜部头倒进了小店池里。不料，下午那个公社干部又来了，来讨要霉菜部头。父亲歉意地摇摇头，说出蛆了，霉菜部头倒掉了。那个公社干部气得直跺脚：“出蛆怎么啦，用筷子拣拣掉好了，好端端的东西干吗扔掉啊！”公社干部后悔极了，早知道提前一天来。

倒笃菜的原料是大头菜。大头菜是芥菜的一种，所不同的是，大头菜是贮藏根，在泥土下面还有一个与圆萝卜类似的根。大头菜的茎叶洗净沥干后切成颗粒，在圆桶里拌匀称，然后母亲把拌匀称的大头菜粒，放在陶瓶子或玻璃瓶里，用筷子一半长的微型菜脚揿实。用稻草搓成一根小辫子，像蚊香一样盘起来，来封住瓶口。瓶口朝下，萧山话叫倒笃，让瓶子里大头菜的卤水透过稻草的缝隙自然溢出，滴在地下。过个十天半月，大头菜干了，也就成了倒笃菜。现在许贤大头菜种的比较少了，种芥菜的较多，因此，倒笃菜的材料也变成芥菜了，味道差不多的。大头菜藏在泥土下面的那个滚圆的块茎，可以做大头菜。选新鲜的优质块茎，削去根须，去除杂质，用清水反复清洗干净，放在干净的团箕里，在通风干燥的弄堂口晾干。晾置二三天后，就可以装罐腌制。罐要朝天罐，放一层大头菜放一层盐，以二斤大头菜撒一两盐为标准。压紧块茎，不要宽塌塌，封口也是稻草辫子。半个月后上下要翻动一次。一个月后拿出来，摊晾一天，大头菜就腌成了。如大头菜与倒笃菜拌在一起做，那味道更好吃了。

萝卜干就是晒干的萝卜，一种独具风味的蔬菜，是萧山特产，俗称“萧山萝卜干”。萧山那萝卜干咸香脆口，消食开胃，与萧山大种鸡、萧山花边并称“萧山三宝”。萧山萝卜干色泽金黄，皮嫩肉脆，甘香味美，明初即享有盛名，“熟食甘似芋，生荐脆如梨”，其效用不亚于人参，故有“十月萝卜赛人参”之说。饭焐萝卜是冬天农家生活的宝。萝卜干的制作工艺并不复杂，一般是在冬至前后进行，要经过“晒、腌、藏”三道工序。腌制萝卜干，先要挑选好的萝卜。萝卜品种很多，从色彩上来说，常见的有白萝卜、胡萝卜、青皮萝卜、红萝卜，而最适合用来腌制萝卜干的是上头红色，下头白的萝卜。把新鲜的萝卜洗净沥干，斩头去尾，中间剖开，切成五厘米长、一厘米见方的条，小个的萝卜可以不用切，不能把萝卜条切得太细太薄。晾晒至八成干后，加入粗盐、八角和花椒揉匀，随后淋上白酒并放入老酒坛内，密封坛口。两周后，把萝卜从老酒坛中挖出来，均匀地晒在苓皮里、团箕上，像一排排站立整齐的士兵，在阳光的照耀下，泛着精神的光。天气好的话，晾晒两天即足够了。我没事的话，会守候在苓皮边，管着萝卜，防止鸡鸭来拉屎捣乱。更要防止狗，乱跑一通，碰翻了搁在长凳上的团箕，把梅花印在苓皮里，踩坏了辛辛苦苦腌制的萝卜。倘若此时有路人走过来，要几根萝卜干咬咬，那我会爽快地送他几根，毫不吝啬。

四季豆和长豇豆晒干，是母亲从外地的一个亲戚那儿学来的，在本大队还是头一遭。把吃不完的四季豆、长豇豆蒸熟，不用加盐，直接在阳光下晾晒，直到四季豆和长豇豆起了皱，硬邦邦的，说明已经晒干了，可以储存了。豆干红烧肉，是一道极为香醇的美味，用来招待人客。

这些在我们乡下人看来极普通的东西，得到了城里人客的点赞。每当母亲收获的时候，会乘大轮船去杭州、坐义桥里河兜小客轮去萧山，把农家的一点心意送给人客，让人客也闻一闻泥土的芳香，看一看泥土的黄色。我那时天真地想，这些腌菜有什么吃头？经常吃，肚子里的黄疸水也要呕吐出来，哪有猪肉脚爪好吃。等到后来我也当了城里人，才理解了城里人客的那点心思。

母亲一年到头是很辛苦的，除了在生产队干活，还要张罗一大家子的生活。母亲勤劳的双手，让自留地里的蔬菜，变幻出五彩缤纷，使我们单调的菜色生活，有了许多情趣，有了实实在在的质感。

义桥浮桥

义桥浮桥，位于浦阳江义桥段，东岸是义桥镇江滨路，西岸是许贤西址埠。清道光年间在此设义渡。后义渡废，改向过渡行人收取过渡费。

临浦公路大桥竣工后，临浦浮桥遂移至浦阳江下游，称义桥浮桥，从而结束了许贤人往返义桥靠船渡的历史。浮桥两端建有简易埠头，浮桥由34艘水泥船和8艘木船扎成。在相当长一段时期内对许贤人民生产生活起到了重要作用。浮桥全长一百多米，可供行人及摩托车、自行车通行。浮桥趸船显尖首、尖尾，船型为大圆舭、雪橇型，便于水流通过，可以尽量减少洪水或潮水对桥的影响，如遇较大洪水，可解拆后避洪。浮桥中间设有一通航孔，通航孔跨径十多米，由四只可移动趸船组成，供船舶上下通行。每只通过的船只都需缴纳通行费，船员早早准备好通行费，站在船头。撑浮桥用的杆子顶端有一只小竹篮，浮桥工作人员把浮桥撑开后，就把撑杆递过去，船员把钱放进小竹篮里，不用找钱，一切顺顺利利。

浮桥两端由活动跳板连接埠头。浮桥配有二十几名专职当班人员，实行24小时轮流值班制度，通过人工操作活动趸船，确保过往船舶和两岸居民通行安全。

然而，随着社会经济的不断发展，义桥浮桥的潜在安全隐患越来越凸显，引发多方关注。首先是浮桥本身受自然因素影响较大，其所处浦阳江为五级航道，船舶往来频繁，且该水域属感潮河段，受洪水、钱塘江潮水影响较大，在遇自然灾害时必须解散，遇雨雪冰冻时则使行人如履薄冰，易致失足落水。另一方面，浮桥对船舶通航也存在一定影响。在浮桥上下游还存在暗礁和浅滩，通航环境较为复杂，而浮桥最大通航孔仅十来米，如船舶驾驶员操作稍有不慎，就可能发生船舶触碰浮桥事故。此类事故每年均有发生，安全隐患可想而知。此外，随着两岸经济的快速发展，浮桥交通密度不断增加，特别是上下班高峰期间，如遇船舶通过浮桥，桥体两侧行人不止站满整座桥，还排队至两岸堤岸上，极易导致待行人员拥挤落水事故的发生。

许贤公社南坞山里的毛竹，用双轮车拖到杭州等地去卖，浮桥是必经之路。毛竹长度一般都在十五六米，远远超过双轮钢丝车的长度，高度也超过成年人，体积庞大，至少要两个人一起，一个人双手搭在两根木头车杠上拉，另一个人则在其旁拉纤。白天不敢过桥，要撞到他人。晚上人少，适合过桥，但也很危险。特别是上下过跳板，每块跳板是用三根圆木扎成，三四块跳板拼在一起，七高八低，重物压上去，几块跳板还会滑动和摇晃。一不小心，连车带人跌入江中，是常有的事。

即使是行人，在长达一百多米的浮桥上，碰到节假日，来来往往的行人增多，加上此时有船舶过桥，把浮桥撑开，这样的话浮桥上的人越来越多，挤来挤去，把行人挤入江中淹死，每年也有几回。如果看见浮桥两船之间有网兜，说明此处肯定闯祸过的，在亡羊补牢。没有网兜的地方，则没有人掉下过。到后来，超过一半的地方有网兜。

每当梅雨、台风来临，浦阳江水暴涨，为了过桥行车和行人的安全，义桥浮桥管理处会接到临浦航管站的紧急通知，撤掉浮桥。此时，有人会在西址埠埠头古义渡处撑渡船。每人二分，自行车五分，并上缴临浦航管站一定的管理费。木驳船先是用木桨摇橹，后改成12匹马力的柴油机。不管男女老少，不管认不认识，价钱是一样的。

浮桥连接了许贤和义桥，是许贤人进出义桥街上买卖物品的唯一之路。作为浦西的许贤，到义桥街去一趟，也不容易。许贤人喜欢到义桥去，义桥人不愿意到许贤来。那时的义桥，就像现在乡下人到杭州，羡慕得要命。许多湘湖师范毕业的学生，分配到许贤公社，都自认晦气，也不安心工作。许多老师为了调回到义桥，宁可待遇差一点也要回去。有的老师从许贤社小调到义桥的农村小学，有的老师从许贤的中学，调到义桥的小学。总之，回去就是好。几十年下来，有三四十位老师从许贤调到义桥，撑起了义桥教育的半边天。

工作是如此，婚姻也是一样。许贤人嫁到义桥，心里美滋滋的，乐开了花；而从义桥嫁到许贤的，几乎不大可能。我的一位表妹，有人做介绍，小伙子是王家桥大队的一位大队干部，人长得帅气又高大，这么好的条件，可表妹硬是不同意，说了一句话：“除非你们造好大桥。”大家听后都不响了。

后来，由义桥、许贤、朱村桥三个乡统一成立以孔森桥为组长的浮桥管理领导小组，负责管理，并发布浮桥管理通告。交通、航管部门负责安全监管。浮桥过往人数多，每天有四五千人，逢年过节高峰期可达万余人，给行人的生命财产带来严重威胁。时任萧山县县长马友梓前来察看，研究改造措施，并予以落实。桥面由钢板焊接，浮桥船分批改为钢质船，更新和增加了固桥位用的铁锚和锚链，浮桥两端结合浦阳江清障建造了浆砌块石码头，根据水位涨落均可使用，分高、中、低三层并在许贤西址埠凉亭内设立收费点，收取过桥费。行人二角，自行车、摩托车和钢丝双轮车五角。浮桥管理工工资和部分修桥费用在过桥费中支付，修理费不足部分由萧山交通局补助，并对浮桥进行安全技术评估和通航环境安全评估，并根据评估建议设置通航指示杆、指示灯等安全设备，同时由船检部门对浮桥每只趸船实施检验，放置救生圈等应急保障物资，确保浮桥处于适用状态。

我的一位西址埠的学生，她的父亲就是浮桥收费员。她与张家畈的同学一起，利用星期天，到浮桥上指挥交通，被许贤中心小学评为首届“十大好人好事”，在当地传为佳话。两朵十二三岁的鲜花，在多梦的季节，宛如天空漂亮的六角花，洋洋洒洒，把自己孵化成天使。两人后来都考上师范，都做了老师，把浮桥的情节传给下一代。

远方的客人到许贤来，先要考验过浮桥。1994年9月初，萧山区文联《学生文艺报》徐亚平、陆红燕两位编辑专程来罗墓小学采访由我负责的紫贝壳文学社。在回去的路上，徐亚平老师说，陆红燕害怕过浮桥。陆老师笑着说，怕浮桥是一种诗意，给了黄老师一个保护美女的机会，我们都哈哈大笑。回去时，陆老师紧紧拽着我的衣袖，闭着眼睛，船一摇晃就停下。走走停停，许贤人看了，都抿着嘴微笑。

由于浮桥，要到对江去办事，既不方便，也费时间，时间也不好掌控。1995年6月，我参加浙江省教师招考，要到萧山市区的体育路小学去考试，9点开考，我6点多骑着自行车到浮桥，发现浮桥因昨天的暴雨使浦阳江水暴涨而撤掉了。西址埠的临时渡船还没有，心里那个急呀。后经同去考试的陈老师提醒，下游800米处的义桥大桥已经在铺桥面的钢筋了，小心一点应该能通过的。于是我们几个参加考试的代课老师，又急急忙忙地骑着自行车返回来，沿着江塘到大桥施工处。可施工人员不肯，说桥未造好，不能通行。我们急得火燎燎的，好话说尽，也不能解决问题。我拿出了准考证给施工人员看，那个施工人员仔仔细细地，翻来覆去地看，最后心软了，领着我们一步一步地走。一段400多米的桥面，竟走了大半个小时。幸好赶上了开往萧山的公共汽车，顺利地按时到达考点。否则，我的人生因浮桥而改变。

20世纪90年代中期，义桥公路大桥建成，浮桥随之失去作用，浮桥拆除后部分移至浦阳尖山，更新尖山浮桥的用船。

义桥浮桥经历了二十多年的岁月，圆满完成了它的历史使命，光荣“退休”。留在许贤人心中的，更多的是对这座浮桥的留恋。而正是有了这座浮桥，将许贤与义桥连接在一起，大大便利了许贤村民的进出。随着社会的发展，义桥浮桥成为许贤发展的瓶颈。由于交通不便，几万余亩的山林、土地得不到开发，企业项目引不进，村民就业致富困难，许贤成了全萧山最穷的乡镇之一。而且浮桥也存在着较多安全隐患。行在浦阳江上的上百吨位的船只过桥时，稍有方向偏离，不是船身受伤，就是把浮桥撞坏。每当村民们进出走浮桥时，一颗心总是悬着的。“拆除浮桥，新建公路桥”是许贤几万百姓的愿望。

义桥浮桥拆除，了却了许贤人民多年的夙愿。许多人对义桥浮桥依依不舍。西址埠七十多岁的许华南老师说："走了半辈子的浮桥，现在要没有了，还真的有些念想。"对于管理这座浮桥二十多年的黄法兴来说，浮桥和他有着太多的感情。二十多年来，黄法兴和另外二十几个人一起看守这座桥，两天一轮，24个小时都在浮桥上度过。"义桥浮桥没有了，心里总觉得空荡荡的。"黄法兴说着说着，眼睛有了一丝湿润。

义桥浮桥，是我记忆中一朵鲜艳的小花，清丽如水，亮丽如星。

忆苦思甜

往事飘零，片片记忆随风徜徉在脑海之中，不禁感慨万千。窗外的寒风呼啸不断，卷不走我内心的温暖。一颗淡然的心，一颗体会的心，把辛酸的生活从头品到尾，品出苦楚背后默默盛开的雏菊的芬芳，品出辛酸背后默默绽放幸福之花的喜悦。

读二年级时的一天，阳光灿烂，全校师生在学校后面的晒谷场上进行忆苦思甜大会。主席台朝西而立，用毛竹临空搭建1.5米高，再铺上木头门板。台上放置两张课桌，课桌上铺着一块红布，没有话筒和高音喇叭。学生按每班两排自带凳子坐好，自南向北从一年级到初二按顺序排列，老师则站在学生后面。

大会由校长主持，她用萧山话讲了这次忆苦思甜的意义。她开始时语调极其平缓，但很快就激昂澎湃起来，伴随着手舞，还踮起脚尖，短短几分钟内达到极富激情和煽动性的境界。在她牙缝里蹦出的每一个字都洋溢着爱国主义的气息，洋溢着对共产党的崇敬之情，令当场从学生到老师的全体人员都为之热血沸腾。校长讲完，全场报以热烈的掌声，我的小手都拍麻了，旁边两个女生则当场“呜呜”大哭起来。

校长接着宣布唱《东方红》。“东方红，太阳升，中国出了个毛泽东，他为人民谋幸福，呼儿嗨哟，他是人民大救星……”全场师生一起欢唱。我本来就不擅长歌唱，一个人独唱时，音乐老师说我是“老鸭娘”叫鬼，声音非常不好听。我自己认为比“老鸭娘”还难听，好比是两块毛竹片互相撞击的声音。但那天我不做南郭先生，装装样子，而是声嘶力竭，把全身的力气都使出来，因为大家都在这么卖力唱，大家都对毛主席无比尊敬。

唱完《东方红》，校长又挥起双手，领唱《忆苦思甜歌》。“天上布满星，月牙亮晶晶，生产队里开大会，诉苦把冤伸。万恶的旧社会，穷人的血泪恨，千头万绪、千头万绪涌上了我的心，止不住的辛酸泪……不忘阶级苦啊，牢记血泪仇。”这首歌好长，有几百字，学了很多天，我记不住歌词，就嘴巴合合，学做南郭先生。旁边的俩女生又一次泪水涟涟。校长的女声领唱，渲染着每个人的悲情。

接下来是张家畈的一位老大娘上台。她是许贤公社第一批女党员，年龄七十多岁。只见她穿着大襟衣，头发微白，在强烈的阳光下，熠熠闪光。她站在台上控诉在万恶的“旧社会”，贫下中农在地主富农的残酷剥削和压迫之下，都生活在水热火深之中，过着牛马不如的生活。肚子吃不饱，身上穿不暖，是毛主席、共产党救了她。她大讲特讲新中国成立后翻天覆地的变化。在新社会，贫下中农真正翻身做了主人，生活过得是芝麻开花节节高，幸福无比。说我们这一代人是生在新社会，长在甜水里，教育我们不忘阶级苦，牢记血泪仇，要感谢共产党、感谢毛主席给了我们今天幸福的生活。讲到动情处，她声泪俱下，高举双手，大喊“共产党好！毛主席好！”我们在台下听得群情激奋，跟着她喊“共产党好！毛主席好！”全场口号震天响。

回到学校，回到教室，班主任路老师总结了大会的意义和全班同学表现，还特别表扬了几位流泪的同学。班主任路老师是江苏武进人，初中学历，嫁到我们大队第四生产小队，老公是杭州铁路工人。全班同学都挺着腰，抬起头，把小手放好，继续听路老师忆苦思甜。

路老师说，以前红军长征爬雪山过草地时，饥寒交迫。那草地不是现在田野里的草地，而是长满了水草的坑坑洼洼的沼泽地，不小心一脚陷下去，就永远出不来了。但最困苦的是缺乏粮食！仅有的一点点粮食吃完了，就吃野菜和树皮树根，甚至把皮带切成一块块煮来吃。那种艰苦的情形，是我们这一代无法想象的。即使如此，红军战士们怀着坚定不屈的意志，一边与敌人战斗，一边完成了万里长征。我们天天有饱饭吃，那是红军战士做梦都不敢想的！更别说还有菜呢。

听完红军长征的故事，我很庆幸自己生在新中国，长在红旗下，有白花花的大米饭可以吃，也有青菜萝卜，偶尔鱼肉荤菜来搭配的美好生活。讲完长征故事，班主任又激情地叙述她小时候的苦来。路老师出生于新中国成立前后，对于困难生活有深刻的记忆。20世纪60年代初，能填饱肚子已经是婆婆万福，哪管好吃不好吃。虽然武进位于亚热带北缘，土地肥沃，物产丰富，素有“鱼米之乡”之称。但在连续几年的自然灾害面前，再多的大米储备，也被一扫而空，吃得干干净净。最苦难的时候，连续几天一日三餐不见米粒。好在武进境内有太湖、西太湖、阳湖、宋建湖等自然湖泊，河港汊荡纵横交错，淡水渔业资源丰富。于是路老师跟大人一道，去河港汊荡摸鱼摸鳖，一日三餐都是河虾湖蟹老鳖，吃得肚子都拉稀啦！

起先听路老师热情洋溢的讲话，听得我们直流口水，河虾湖蟹老鳖，多么美味的菜肴啊，怎么会拉肚子呢，怎么会苦呢！后来我们都坐不住了，伙伴间小耳朵咬小耳朵，安静的教室渐渐热闹起来，连刚才大会上流泪的女生，也在偷偷微笑。有些胆大的男同学哄然大笑起来。虽然，这些发笑的同学都受到老师的严厉批评，并写出检讨在班队课上接受批评。

知 青

前黄大队在1970至1973年期间，有六位杭州知青前来插队落户，加上从上海来大队投靠亲友的两人，一共八位知青。为了更好地使这些知青安心在前黄务农，时任前黄大队大队长的父亲亲自率领大队干部、党员、基干民兵组成的“建造知青屋突击队”，在村口花园弄，丁家大池东面，庙龙池西面一块约400平方米的土地上专门为城里来的知青建造了住房，俗称“知青屋”。

知青屋比较简陋，墙用黄泥夯建，用毛竹作桁条，竹梢当椽子，上盖小瓦。白天生产队要干农活，于是分两批轮流干，晚上集中一起干。这样加班加点半个月，一排知青小屋建成，建筑面积约150平方米，在知青屋的西面墙壁上用鲜红的油漆题写毛主席语录：“知识青年上山下乡，接受贫下中农再教育！”显得时髦又有意义。由于是平房，又夹在两池中间，屋后还有一条宽约两米的水沟连接丁家大池和庙龙池，因此知青屋比较潮湿。当时建有六间，每间两人，一间为办公室兼会议室，一间为生活用房。大队把八位知青分成四组，每组两人，平均分配到四个生产小队。从此，在昏暗的煤油灯下，知青们拖着“战天斗地”的疲乏的身子，还在为明天的光明看书、疾书、讨论……

考虑到知青来大队前，一直生活在大城市，对农业生产大都陌生。大队党支部就利用知青们文化程度高，头脑活络，见识广，热情高涨的优势，要求平时每个生产队不要给知青过重的劳动，尽量干些与文化搭界的活儿，如记账、宣传、社员邻里之间矛盾调解之类的轻活。有两位知青到罗墓学校当老师，传授知识；有一位当了大队赤脚医生，给社员诊治感冒、咳嗽、脚气之类的小毛病。

农忙时节，知青还是要参加生产劳动的。如春耕、双抢、秋收、冬种，知青要与广大生产队的社员们一道起早摸黑，整天蹲在田野，拔秧、挑粪、挑灰、耙田、犁田，无一落下，样样农活抢着干，成为“抓革命、促生产”的典型积极分子。从早干到晚，一天工钱不到六毛钱。即使每天劳动，一年也不到200元的收入。除了买米，还要买一些生活必需品，洗脸要毛巾，刷牙要牙膏，衣服破了要买。知青们是没有自留地的，也就没有时令蔬菜，一切都要买的，生活显得非常拮据。知青一方面靠城里的父母接济，另一方面生产队也会在年终“考方案”时，帮助知青解决一些实际的生活困难。

当时农村非常落后，以农业生产为主，学习是位列其次。大队有一所简陋的学校，两排结构、高度、式样全部统一的平房，教室的地面是坑洼不平的黄泥地，窗户破烂不堪，甚至不能遮风避雨，课桌吱呀作响，而学生坐的板凳都是自己带的。孩子们每天除学习外，还要完成父母布置的家务。许多学生每天上学放学来回两趟，除了背书包，还要背个竹筐，带上镰刀，放学回家的路上，要在田埂边割几斤青草回家喂猪。罗墓学校老师都是当地人，泥腿子上岸，大糊涂教小糊涂，只能教学生写方块字，不教拼音，没有音乐、美术、体育课。知青担任老师后，不但教正规的拼音，还带领学生们上体育课，教唱歌跳舞，甚至组织排演文娱节目，参加公社组织的各项活动，为封闭的农村带来了欢乐和文明。

当我上二年级的时候，班主任请病假，有一位留着两个小辫子，身穿黄军装，脚穿黄军鞋的女知青来给我们代课，她用普通话，而不是萧山话自我介绍，她是来杭州的下乡青年，是响应毛主席“农村是一个广阔的天地，在那里是可以大有作为的”和“知识青年到农村去，接受贫下中农的再教育，很有必要……”的号召来接受贫下中农再教育。当年我只有八岁，还不知道什么是“上山下乡”，也不知道什么是“接受再教育”，更不知道杭州在什么地方。只是觉得老师长得漂亮，教我们小学生耐心细致。她在黑板上写的粉笔字也很好看，还会唱歌，跳舞。新学的生字，她总要搞出一些新花样，有的字，她却画出令人惊讶的图画，“山、水、鱼、鸟、兔”，每一个字，都像得出奇，跟本来的形状惊人的一致，逼真鲜亮，活泼可爱。我们常常忘记了下课，目光呆呆地看着黑板，明亮的山水、淘气的小动物在眼前晃动着，我们好像被真正的动物山水迷住了一样，出神地想着与课本无关的东西。

为了使我们的课余生活丰富多彩，她让家里人把《儿童时代》《少年文艺》《富春江画报》以及几十本连环画寄来，午饭吃过后给我们看。她还要求我们把看过的书当故事讲，锻炼我们的记忆力和口才。我们被深深地吸引在教室，原来一到下午三点，我们就偷偷跑出去，把书包塞在草丛里，到浦阳江边去玩。自从迷上了小人书后，谁也不贪玩了，一个个徜徉在书本里。

在教书之余，老师与我们打成一片，为我们洗头、捉虱子、理发。放学了，她常常和我们一起玩耍，打乒乓球、羽毛球、踢毽子、拔河、玩捉迷藏的游戏。星期天，老师还会与我们一起去摸螺蛳、捉泥鳅、打猪草、捡稻草。她还常常吹“老烟斗”给我们听。“老烟斗”真奇妙，音色美妙变化，深沉而平静，富有感情，轻柔而忧伤，好像回声中的回声，好像寂静中的寂静。多年以后才知道，“老烟斗”有一个动听的名字，叫萨克斯。

知青老师来学校教书时的第一个中秋节，是在学校的操场上度过的，我们一起望着天上的明月，一起分享老师给我们的圆饼。我不知道这是什么东西，只觉得味道好，香味足。老师说，这是月饼，象征着团圆。我们一边吃月饼，一边在月光下听老师讲嫦娥奔月的故事，跟着老师吟诵苏轼的《水调歌头》：“明月几时有？把酒问青天。不知天上宫阙，今夕是何年？我欲乘风归去，又恐琼楼玉宇，高处不胜寒！起舞弄清影，何似在人间!转朱阁，低绮户，照无眠。不应有恨，何事长向别时圆？人有悲欢离合，月有阴晴圆缺，此事古难全。但愿人长久，千里共婵娟。”我们还一起大声地背诵毛主席语录，记忆最深的是“毛主席语录”的英文版：“Long live Chairman Mao”，觉得特别有趣，念起来声音也特别高，引来许多社员来听。

老师教了我几个月，在我的记忆中，她从来没有缺过课，有时伤风感冒，她会带着药来给我们上课，学生中如果有人因病因事缺课，她会利用晚上去学生家里补课。现在，每每到中秋，我便不由自主地想起自己第一次吃的月饼。这样一位迷人的老师，会自然地沉浸到每一个受过恩惠的孩子心间。我现在舞文弄墨的爱好，正是由于她的引导。也许，她也不会想到，自己不经意的一瞬，在幼小的我的心里种下一颗爱好文字的种子。

后来我也到母校教书，每每碰到烦心事打退堂鼓时，每每遇到郁闷的事情不认真工作时，心里就会很自然想到老师十几年前的教诲和第一次吃月饼、听故事、吟诗词的情景。可以说，是她影响了我处事方式，矫正了我曾经出格的人生价值观。据父亲讲，她回城后，也没有给国家增添负担，利用自己的音乐爱好，和其他返城的知青一起组建了一支民间乐团，到各处演出，带给大家欢乐，也给自己抚平沧桑。

也许，老师已经忘记了她曾经当老师的那一刻。但她播下的种子，已经发芽长大、开花结果。小小的我在教师的岗位上磨蹭了近三十年，原因只有一个——

一颗饱满、热情的知青之心。

过　节

一年四季，从头到尾，农村里重视的几个节日，除了过年、请年菩萨外，还有四个节日，依次为清明节、端午节、七月十二、冬至。其余如元宵、中秋、重阳、腊八等节日，氛围淡，许多人家连意思一下都没有，干脆不过。等到过节，家家户户热热闹闹，上街买菜，请菩萨、祭祀祖先，祈求生活美满，全家身体健康。

过节那天早上，生产队会在所属的几个池塘抓鱼，分给社员，省得去义桥街买。我们小队有四个池塘，分别叫小店池、打杀池、张家池、乌龟池，四个节日轮流一次。每次捕鱼，小队长叫队内的渔民，抬着打网船到捕鱼的池塘。捕鱼的方式是打网，一前一后两个人，在一条轻盈的小木船上打网。小孩子站在岸上，看着渔民打网捕鱼，也是一种很好的享受。站在船头的渔民先向船头前方用力撒开渔网，等渔网全部沉到池底，再慢慢收拢来。收拢渔网后，渔民就轻轻把渔网拉起来，露出水面，看到一条条大鱼在渔网里挣扎。渔民把渔网拎起来，放进船里，一边整理渔网，一边把鱼放进中间的舱里。第二次撒网前，把渔网在池子里洗一洗，然后再撒。看到鱼儿多，我们在岸上拍手欢呼；看到一网鱼少，我们在岸上唉声叹气。要知道，捕鱼的数量，决定着小队每个人口的斤两。我们当然希望鱼儿多，那分到的鱼也就越多。

捕好鱼，渔民会用脚箩把鱼抬到小队仓库前的道地上，称好重，算好每个人的斤两。鱼以鲢鱼为主，也有包头鱼，偶尔有鲤鱼，但这样的机会不多。小队长把鱼在道地上一条一条排列，等所有的鱼排好队后，小队长还要看一下，把几条包头鱼夹在鲢鱼的队伍里搭搭开，因为包头鱼头大肉少，大家都不喜欢的。鲤鱼寓意“跳农门”，农村里哪个人不喜欢跳出农门去当工人，所以是全队人都喜欢的，把它放在最中间。一片白色的鱼，中间一条黄色的鲤鱼，特别引人注目。全队每户人家的当家人到齐后，小队会计弄好号子，放在草帽里，叫每家的当家人来抓号子，以号子的先后顺序分鱼。分到鲤鱼的人家，会一跃而起，大声欢呼自己的运气；分到包头鱼的人家，会自认晦气，感觉吃亏了许多。

分鱼是小队的大事，也是请菩萨和祭祀祖先的必备物品，有鱼有肉嘛。肉和豆制品，要到街上买的，蔬菜是自留地自产的，不必去买。妇女们在池埠头汇拢，淘米、洗菜、剖鱼，大家乐呵呵，心里有说不出的喜悦，身上仿佛有使不完的劲道。小孩子在长道地玩老鹰捉小鸡的游戏，嘴上有欢快的笑声：“过节喽！过节喽！”过节，是盼望，是幸福，更是一种美妙的境界。

过节时都是先请菩萨，后请祖宗大人，最后请灶司菩萨。灶司菩萨在灶梁头请，菩萨和祖宗大人在相屋里的八仙桌上请。请年菩萨时不用请灶司菩萨，因为灶司菩萨十二月廿三回娘家去了，要到年三十下午才回来。

清明节，各家都非常重视。在清明节前几天，妇女要淘好糯米，去大队加工厂机米，回来做清明团子。清明团子分两类，一类叫团子，形状类似于小包子，馅儿有豆沙、芝麻，加进白糖，咬一口甜津津，芝麻糖水溅出来，赶紧用舌头舔，不让糖水掉地；一类叫菜包饺，类似于饺子，比饺子略大，馅儿有倒笃菜炒肉丝、豆腐干，考究人家还有团笋，真鲜美！母亲把饭锅洗净放水，放上饭架子，在饭架子上盖一层细棉纱布，以防团子蒸熟后搭牢。在饭架子中间放一汤碗，汤碗里放水，以备在团子蒸熟后，溅一下手指，容易把团子拿到团箕里。打开饭锅盖，一阵香气飘出，勾出了我的口水。

清明节除了请菩萨和祖宗大人外，还要到坟上去扫墓。扫墓不必拘泥于清明节，只要清明节前后一周时间内去坟上，都是被允许的。清明扫墓，许贤人称“上坟”。上坟需三荤三素、清明团子、青蚕豆等，点烛燃香，三盏老酒，前后要筛三回。上坟后要向坟上、坟旁撒饭与蚕豆、清明团子、酒饭、烧银锭或念佛票。一切安排妥当后，父亲去割坟上的杂草和小树、毛竹，坟上干净后再添新土，在坟上插一根呼啸吊，上挂一根白纸条，说明已经有人来上过坟了。凡亡故于上年清明后的新坟，须在清明当天上坟，称“应清明”；过世不满三年的旧坟，上坟可在清明之前；上老祖坟可在清明节之后。清明节有吃艾糕、清明团子的习俗，传说可避疮毒，此俗至今仍尚存在许贤一带。特别可笑的一件事，住在荷花池旁的小狗，他爷爷的坟墓，每年都有人赶在他前面来上坟。他很生气，责怪那户人家上错坟。他说，估计是杭州人，认不得山路，走错了。于是他每年在清明节前后来爷爷坟上蹲点，想抓住上错坟的杭州人，但每年都落空。后来，他想了一个办法，用一张大字报贴在墓碑上，警告上错坟的人。从那以后，再也没有别人来上坟了。

端午，户户截蒲为剑，割艾为旗，遍插门户床笫间，谓可驱鬼镇邪。往往是端午节前一天，祖母拿来糯米、条肉、绿豆和竹叶，让我帮她一起包粽子。我学着祖母的样儿，把竹叶卷起来，底下是尖的，在竹叶里放上米和肉，再用多余的竹叶把米盖上，系好绳子，这样一个粽子就做成了。看着挺简单的，可动手一做就全错，不是这边漏米，就是系的不紧散架了。哎，真悲哀啊！一下午的时间，我往往只包了几个粽子，而且模样并不是非常漂亮。包好粽子，接下来就是烧粽子。祖母在大铁锅里放上水，把粽子放在饭锅里，盖住大锅，用木柴来烧。第二天就是端午节了，母亲把昨晚烧熟的粽子再热一遍，给我们吃。粽子，又称端午粽；食五黄，即黄鱼、黄梅、黄瓜、黄鳝、雄黄酒。我最喜欢吃雄黄豆，父亲还会在我的额头上用雄黄酒写一个“黄”字，说可以避邪祛秽，保健康。小时候我体弱多病，父亲特别在意这种做法，保佑我健健康康；父亲又将雄黄酒滴撒在屋子的角角落落，驱蛇虫八脚；中午，他又在道地上用稻草打一个烟堆，以消毒除秽。

七月十二，称鬼节。也要提前做好团子，请菩萨、祭祀祖宗大人与清明节差不多。不同的是晚上要打开大门，在厢屋八仙桌上放团子、水果过夜，至次日早上收起；还要在池塘里放河灯。河灯又名荷花灯，制作简单，在大的河蚌壳里放一点香油，棉线做灯芯，涂上松香即可。也有手艺上乘的，在蚌壳上做一朵真正的荷花，活灵活现。晚上8点以后，点燃灯芯，将荷花灯放到水面上，静静地伫立岸边，目送自己的荷花灯随波逐流，渐渐远去。不一会儿，苍茫的水面上，像点燃了无数的星星，又犹如夜间荷花在江水中绽放，缓缓流动，摇曳闪烁，美丽迷人，恰似一支支爝火在碧波上踏浪游行，流光溢彩。我们一般喜欢在位于村子中央的荷花池里放荷花灯，将自己美好的期盼和浪漫的情怀迎着灯带入夜幕中，送向远方。放河灯是有来历的。祖母说，荷花灯集中在一起放，让死去的祖宗大人感觉人间的美好，以为他们的子孙活得幸福快乐，也就安心了。原来是这样，我一下子明白过来，放荷花灯是用来悼念逝去的亲人，祝福活着的人们。

冬至，许贤人称冬节，有谚语称："冬至大如年。"冬节要裹团子和菜包饺，更重要的是做冬节磨团。祖母先炒米，要不停地翻动米，否则米容易粘在一起变焦。白色的米炒至金黄色，这样才算炒好了。每次炒米，都要炒上半个钟头以上。祖母刚开始炒米时，才炒一会，手就又酸又累，到了后面手累得都不能动了。除了累，要面对的还有炒米不停散发出来的热气。炒好米，要到老墙门里的大石磨去磨米粉，抓一把炒米放进石磨里，不停地人工转动石磨，看看碾碎后再放一把米。有时磨的米粉粗了些，祖母就用小筛子筛一遍，将粗粉放进石磨再磨一遍。炒米磨成的粉，叫炒米粉。炒米粉金黄色，喷香喷香，我在回家的路上，已经在偷吃炒米粉。拿一把炒米粉，送进嘴里，奇异的香味立刻弥漫全身，使全身的骨头都酥软了。倘若与白糖一起和着吃，那更是天大的妙事。冬节磨团就是汤团，做法简单，拗好米粉后，再搓成一根一根，把每一根米粉团用手叉成一拨一拨，把每一拨米团用双手在手心里搓成一个个小球，这就是汤团。冬节磨团也分两类，一类是直接把汤团丢在滚水里杀熟后，捞起来盛在大碗里，这叫"水磨汤团"，放一点白糖，又糯又香，还会搭牙齿；一类是把杀熟的水磨汤团，捞起来，放在有炒米粉的桶盘里，再把桶盘顺时针或逆时针摇几下，水磨汤团就在桶盘里滚来滚去，浑身沾满炒米粉，这就是冬节磨团。冬节磨团不用用糖蘸着吃，可以直接吃，不会感觉淡，反而会感到一股特有的来自遥远天空的浓香。冬节磨团，在早上菜泡饭里放几颗，既增添了味道，又饱肚皮，非常受人们的欢迎。有一句老话叫“吃了冬节磨团，就大一岁”，小时候吃冬节磨团，还有想快点长大的期盼。

冬节在节气上，也有开始之意。农事推算冬至后106天为清明，故有冬至百六是清明之谚。《九九歌》也以冬节起算为头九，二九至九九，以记季节变化。关于冬节的谚语很多，有“冬至初，石头要冻酥，冬至中，赤卵小倌人好过年”，以及“晴天冬至烂年边”等。年底是还债的最迟界限，许贤人还有“冬至不出年外”的说法。冬节日起禁忌繁多，忌讲不吉利的话，忌争吵，忌打碎碗盘等。

过节，老老小小都是很盼望的。只有过节，才能暂时告别一下清贫，过上有滋有味的生活。现在，农村里过节依旧，但气氛大不如从前，心里少了许多渴望。细细掂量，如今是天天过节，再也不用借过节来改善生活了。如此想来，风云一时的过节，倒成了上了年纪的人们，脑海里的一件奢侈品。

第四辑　很想和你一起飞

阿法大人

阿法，是我们生产队的管家，大家都叫他“阿法大人”。关于这个名字的由来，还有一个小故事呢。

木工有多种叫法，造房子的木工师傅称为大木师傅，做家具的木工师傅称为小木师傅，专门做板箱的叫板箱师傅，制作棺材的师傅称为长木师傅。人民公社时期，人死后，以土葬为主，不强制实行火葬。土葬要用棺材，棺材在许贤又称寿材、寿方。许多人年纪轻轻就请长木师傅到家制作棺材，再请人油漆好，存放家中或祠堂里、庙宇中以备用。

棺材师傅不光要会做木匠，还要会雕刻，在前端刻上一个“福”或“寿”字，讨一个吉利。阿法从小聪明，虽没有文化，却记忆极好，手里蛮有技术。在那个年代，能填饱肚皮就婆婆万福，割一口材质上好的棺材，是困熟梦头想屁吃——空牢牢。罗墓畈是著名的千年渔村，社员经常在钱塘江上讨生活。人家淘汰的一条运输木船，阿法把它当柴火买来，撑到外江沙停落，用一根缆绳钉在塘脚边。然后，阿法到下洋桥大队的棺材店去取经。棺材店内备有各种不同规格、材质的棺材，供丧户挑选。老板以为来了一个大客户，好烟好茶伺候。阿法东量量，西量量，把店内的几口棺材摸了个遍，一切数据了然于胸。阿法还到棺材店后院，看人家割棺材。这一看，又是大半天。老板问阿法，阿法一声不响，除了看，还是看。

阿法把长木师傅做棺材的全过程看了个遍，就转身回家。他买来木工工具，用榔头锯子把运输船割开来，雇了几个人，把割下来的木料抬回朝东墙门，放在墙门的天井里。他把家里的两张长凳子拿到天井里，搁上一扇偏门门板，钉上铁钩子，“乒乒乓乓”做起木匠来。墙门里的邻居疑惑不解，看着阿法专心致志地干活，都丈二和尚摸不着头脑，不明白他要干什么？阿法天生不善言辞，不会讨巧，只会闷着头做生活。

毕竟没有学过木匠，只有尺寸和样子，想想容易，做起来有难度。阿法边做边比画，有时做了一半，又拆掉重新来过；有的木板损坏厉害，他要割掉烂木，拼接一块好木料；有时木板与木板之间的钉子钉歪，他用榔头拔出来，换一颗新钉子再钉；有时不小心榔头敲到了手指，乌指泡立刻出来，疼得要命。阿法停停做做，做做停停，利用边角余料的时间，只要是生产队一收工，他匆忙回家，绝不会在半路上与其他人闲聊。回家后，他也是匆匆扒几口饭，就到天井里摆弄木工活。过了半个多月，邻居们发现，原来阿法做的是棺材。这阿法，真当能干，用柴的铜钿做出银子的东西。阿法的名声随着他割棺材的故事，传到许贤公社的各个角落。那个棺材店老板顿时明白过来，气得心里直叫他“活畜生”。阿法的老母亲很满意，解除了百年之后的后顾之忧，虽然棺材的料质不是杉木，是松木，有点小小的遗憾。松木没有杉木香，但防腐能力强，造船用的材料都是松木，“千年不烂水底松”嘛！“阿法大人”的名字从此叫响。

还有一件更不可思议的事情发生在阿法身上。大缸是每户人家的宝贵家当，水缸、盐白菜缸、浸年糕缸、糯米白酒缸、米缸、稻谷缸，用场大得很。陶缸价格有点贵，从20世纪70年代起，流行做水泥缸。水泥缸价格便宜，体积大，社员家里基本上都有，条件好的人家水泥缸多一点。用场是盛稻谷、做粪坑。有人专门来村里做水泥缸。先在小队道地上挖模子。所谓模子，就是在泥地上挖一个洞。洞口最大，越到下部，口子渐渐收起来，从上到下，成一优美的弧度。一般模子洞上口周长有二三米，底部周长只有一二米。做水泥缸，挖洞最为关键。洞壁要匀称、漂亮、光滑，洞口要浑圆，不能有一丝一毫的马虎。挖一个洞，起码要半天时间。挖好洞后，做缸师傅还要东看看，西看看，眯起一只眼睛，对着洞壁不断地瞄，不断地修饰；在底部还要打水平，用一根塑料细管子，里面放满水，放在洞底部，看水流动的情况来判断是否平整；挖好模子洞后，开始进行计划的第二步——做缸。在道地上放一块薄钢板，在钢板上放水泥、花子片、沙泥，搅拌一下，使三者充分混合后，用洋锹把混合物从中间向四周扒拉，呈盆地状。在盆地里放水，不要让水流出来，用洋锹轻轻搅拌，搅拌成混凝土。做缸师傅跳进模子洞，东家在上面，根据需要，把混凝土用土箕装好，递给师傅，糊在洞壁上，厚度大约有五厘米。先糊洞壁，做到厚薄均匀，内壁光滑。再做底部，先浇一半，等混凝土有点结性的时候，放一小木板，人站在这半边的木板上，去做另外半边。等全部浇注完毕，东家放入梯子，让师傅出来。最后完成水泥缸沿的浇注。几天后，在水泥缸里放满水作养护。半个月后，可以叫个人帮忙，挖起水泥缸，就可以派用场了。阿法又像是看棺材那般在看水泥缸，蹲在那里，边抽烟边喝茶，一坐就是一整天。社员们看到阿法傻乎乎的样子，心里都在嘀咕着，这阿法，又在搞什么小九九，难不成还想做水泥缸？谜底终于在一个礼拜后揭晓，阿法买来水泥黄沙花子片洋锹泥夹沙灰桶，在小队的道地上依样画葫芦，挖洞、拌混凝土、浇注，过程一丝不苟，原模原样照搬，也浇成了一只水泥缸，一挖起来，与正宗做缸师傅的技术相差无几。这下，阿法大人再一次成为轰动，成为社员群众眼中奇异的人物。

阿法是一个人才，琢磨出的事情，常常出乎人们的意料。一个不起眼的农家小人物，却能在那个闭塞的年代，焕发出奇异。

裁缝师傅

在没有缝纫机以前，裁缝师傅做衣裳，全靠手工进行裁剪、缝制，裁缝师傅的称呼是实至名归。新中国成立后，有了缝纫机，裁缝师傅的叫法变了，旧时缝纫机称洋车，洋车师傅就是指裁缝师傅。裁剪的程序依旧，但是缝制不再用手工，而是用缝纫机缝合而成。

在没有缝纫机的时候，缝制衣服是一项的刮司清的技术活。稍一分心或技术不到家，就有可能缝得走样，不是一直线。歪歪扭扭厉害的，用刮刀也不相干，刮不直的。四公是手工缝制衣裳的高手，单凭一大一小的两把裁缝剪刀，一软一硬的两种尺子，一块画粉，一只烧炭熨斗，一包针线，就走遍天下，赚钱养活自己。四公天生残疾，左脚跛，不适合男耕，从小苦学裁缝技艺，学得一手好技术。他常说，学裁缝很苦的，十几岁的小伢儿，就到外面学裁缝，师傅很严格，经常体罚，一出错就被师傅打。严师出高徒，四公就是在这样的环境下出师。做学徒时，到人家家里去做衣裳，主人端出两碗饭，一碗大的，给师傅吃；另一碗小一些，给四公吃。四公正在长身体，饭量大，一见有白米饭，拿起大的就一阵猛吃，等师傅落座，大碗早已经空了。师傅见状，气得乌珠翻白，随手就是一巴掌。主人家也责怪四公不懂事，应该让师傅先动筷子，然后徒弟再动筷子，吃的菜也只能是眼睛门前的几碗，把好的荤菜给师傅吃，而不是抢着吃好的，这是学徒的规矩，千万要记得。四公从此记住，再也不敢在师傅面前放肆。新中国成立后，四公回到老家，衣服里绑着一条褡裢，褡裢里藏着银元和金首饰，衣锦还乡。新中国成立后有了洋车，手工裁缝不行俏了，四公就不再到人家屋里去做裁缝。但每年棉花收成后，四公极仔细地把一家老少的棉衣棉裤拿出来翻新。经过翻新的棉衣棉裤，簇新簇新，好像是从商店里刚买的一样，穿在身上热乎乎、软绵绵，冬天一点也不冷，更不会生可恶的冻疮了。

老墙门里阿银的小姨子，嫁到下洋桥，她是新中国许贤公社第一代洋车师傅。洋车是脚踏的，缝纫线的纸轴套在缝纫机头最上面的一个细铁杆上，扯出线头穿过固定圈，此圈固定在机头上，有点像弹簧，双手捏住线，从边上滑进圈内；双手绷直线，将线从下面嵌进夹线簧（就是有二个圆片及弹簧的东西），线要嵌在二个圆片中间；拉出线头穿过挑线杆，拉出线头穿过针杆盖板上的线眼；再穿过针杆边上的线圈，最后从外面即左面穿进针眼。完成穿线后，洋车师傅先用手摸一下洋车头上的圆圈，再踏底部的踏板，洋车就可以安安稳稳地缝制衣裤了。她的手段很高明，穿线快，做衣裳也快，且质量好，省料子，在全许贤有名，叫她上门做衣裳的人家多，生意好。做好衣服，她拿出老式熨斗，把烧红的木炭放在熨斗里，等熨斗底部热得烫手了以后再使用，所以又叫作“火斗”。她在衣裳上熨来熨去，直至把衣裳熨得挺括。姐姐因病去世后，留下三个不懂事的孩子，她就经常来姐夫家照料孩子。不久，传出绯闻，于是正直的罗墓畈村民，不再邀请她来做衣裳。

邻居阿梅，心灵手巧，又有创新，融入自己的小设计，声誉日隆。在阿银小姨子不踏罗墓畈之日起，把她从前的老顾客全部揽过来。一台老式锁边机、一个木桌、一把拉链、两把木尺、两把老式剪刀、几根软尺、几块滑石粉，一个满是刻痕的大木箱、一个老式烫斗，便是阿梅干活的全部家当。有人家请她上门做衣裳时，她和东家一前一后抬着脚踏洋车和装着工具的大木箱，抬到东家屋里，她就有条不紊地干起活来。东家客气，除了两餐正餐外，还有两餐点心，一天工钱是一块二角，抵得上两个正男劳力一天的工分。

每当看到阿梅与做衣裳的东家抬着洋车和木箱子走在村道上，对面汇过的社员就热情地招呼她，说有技术就是好，技术买铜钿，羡慕之情溢于言表，私下里在打听哪儿可以学洋车技术，让自家的女儿也走技术买铜钿之路。阿梅有一个不成文的规定，就是不收本村学徒，去央求也没用。

阿梅的丈夫是街上某厂的副厂长，负责供销，经年累月在外出差，是领固定工资的。每天老酒一壶，鸡鸭鹅鸟一只，与阿梅对饮。我去大昌池淘米时，经常能看到阿梅家后门的阴沟里，翻卷着红色的血，阿梅的丈夫又在剖鸡鸭鹅鸟了。有一年，阿梅因故与丈夫拌嘴，阿梅一气之下，提出分居，吓坏了她的丈夫，连忙求饶。阿梅心里明白，英俊潇洒、地位又高的丈夫为何对她俯首称臣。

随着生意的日益膨胀，阿梅跟着时代的步伐，重新添置了马达洋车，是正宗的上海产蝴蝶牌；买了拷边机，做出来的衣服像城里人一样拷一下边，使衣裳更加牢固，速度也更快；买了电烫斗，热得快又干净，还能喷气。阿梅决定不上门做衣裳，而是在家等着顾客上门。虽然少吃了几餐饭，但节省了时间，衣裳反而做得更多，收入跟着上升。越靠近年脚边，来做衣裳的社员是越来越多。阿梅起早落夜，回话又不好，她叫弟媳妇的表妹来帮忙做也来不及。等到年三十下午，阿梅干脆玩消失，顾客见状，也没有办法，只得在正月里来取。阿梅整个正月是没有时间做人客的，她还要做衣裳。

辉煌随着时间的推移，日渐衰落，一则因为洋车师傅越来越多，光罗墓畈就有十来个，阿梅一枝独秀的时代一去不复返；二则是因为生活条件日益提高，人们去商店买成衣超过了做衣的兴趣，成衣既时尚又便宜。阿梅不是一成不变之人，干脆舍弃了做衣，改头换面，干起缝布手套的行当来，杀出一条血路，再次崛起。

说起阿梅，母亲会从记忆里翻出陈年往事，讲阿梅在前黄某户人家连续做了一个多月的洋车。那一家子男女老少一年四季的衣裳各做一套。那女主人是跟母亲一个厂的，干活比不过母亲，丈夫却是区里干部。母亲言下之意，倒不是说阿梅的手艺，而是眼热那户人家的条件。

我的丈母娘也是跟阿梅一样，裁缝师傅出身。据妻讲，丈母娘在当时，也是出尽风头，撑起一家生活，用踏洋车赚来的钱，造起新房子，把三个子女培养长大，都在城区买了新房子。

裁缝师傅，农村里曾经的紫陌丁香，盛开在那个贫乏的艰辛年代，硕大艳丽，芳香四溢。如今，我看到丈母娘家角落里落满灰尘的脚踏洋车，心里并没有物质豪奢的喜悦。

窦师傅

1976年，为增加集体经济收入，前黄大队办起五金厂。

前黄五金厂以生产缝纫机配件为主。为保证生产质量，大队聘请杭州人窦金裴师傅为技术员，主要负责厂里的产品质量。他原来是杭州机械厂的技术员，因政治原因而下放劳动，不料，因祸得福，成了五金厂的贵人。前黄大队的老老少少都叫他“窦师傅”。

五金厂在荷花池旁，就是原来的大食堂，大门朝西。自从窦师傅来了后，解决他的住宿是当务之急，总不能给贵人住牛棚吧。于是，大队在五金厂的南面，造起了一间平房。平房面积不够，又从荷花池填出一部分当地基。平房折成三间，最里一间为窦师傅的宿舍，中间一间是窦师傅的厨房，最外一间为大队会计室兼五金厂办公室。平时，窦师傅和大队会计面对面两张桌子办公，大队会计又兼五金厂会计，窦师傅兼五金厂的主管。

窦师傅有永远灿烂的笑容，满脑子是稀奇古怪的东西。他长得很威武，一点也不像斯文人，要不是皮肤白净，还以为是纯粹的农民呢。他吃住在大队，礼拜天也不回杭州的家。他没有自留地，大米、蔬菜、豆制品、鱼肉等生活必需品，是用工资购买的。他的工资除了购买吃的东西，还有一整套的日常生活用品也需购买，工资虽高，留下的不多。况且窦师傅的生活要求高，我们小伢儿抓来的黄鳝、湖蟹、河虾之类的高档水产，都去卖给窦师傅。窦师傅来者不拒，统统买下，细细品尝。

窦师傅单身一人住在前黄，不曾传出有损风化的小道消息。有一年夏天，来了一个女人，年龄与窦师傅相当，也是白白净净，剪个大包头，穿着农村少见的白衬衣，一到村里就打听窦师傅的住址。那天，窦师傅主动来找我们这些小罗罗，出比平时高的价钱，要我们到外江沙去抓湖蟹，说他的女人爱吃湖蟹。晚上，窦师傅心满意足地烧湖蟹。而她，则蹲在荷花池埠头，面对清凉的池水，给窦师傅洗衣。

窦师傅好像也一直期待这样的相逢。一个女人在这样的时刻，千辛万苦找寻而来，心甘情愿地给他洗衣服，如此美丽地与他对坐喝酒、啃螃蟹。我们小孩子不懂事，在他们拉上窗帘，互相敬酒的浪漫时刻，却到会计室的窗下偷听他们的说话，气得窦师傅直瞪眼，有好几次打开门来赶我们。我们一看窦师傅出来，就逃开；一看窦师傅进去后关上门，我们又去窗下。如此这般，应该有好几次。那一夜，女人没有走。

女人像蒸发了一样，后来再也没有来过。多年以后，我有许多懊悔，也许是我们的不懂事，破坏了一段好姻缘；也许那天，女人本来的诗意，被荷花池的浑浊浪花，搅得满心的忐忑。窦师傅呢，没有因此事而影响工作，也没有见他回家。

前黄五金厂的产品质量是过硬的。运出去的正品没有一颗螺丝被退回来的，即使是厂里的检验员检出的次品，被外面厂家的供销员看到，也说质量蛮好的，不理解我们为什么把它们当次品呢？年底，窦师傅非常骄傲地交出了一份答卷，完成生产计划的150%，所有的产品销售一空，还供不应求；厂子里所有的次品也当正品一样卖光了，根本没有一点儿浪费。除了发放工人工资，上交国家税收外，还产生了八万余元的利润。八万，大队干部大吃一惊，这么好的效益，是当时办厂时没有想到的。

办厂子为的是社员，为表彰他做出的巨大贡献，大队干部立刻给窦师傅加工资，没有他的技术指导，一群只有力气的泥腿子根本不能有作为。大队还给社员发守岁钱，就是年底发红包，每人十元钱，让社员同志们都来享受一下集体的温暖。可窦师傅坚决不同意这么把利润分掉，他提出一个更宏伟的计划，向银行贷款一百万元，在王家桥塘外的围垦里，新造一座标准的厂房，把大食堂里的五金厂搬迁过去。这个大胆而富有前景的设想，最终在社员大会上被否定。社员们都认为，到手的钱是自家的，贷款造房子很冒险。况且造厂房要占用前黄的大片土地，会影响农业生产的。

到1981年，前黄五金厂有职工七十多人，车床多，房子小，连走路都有点困难。窦师傅再次向大队打报告，极力要求在围垦造新厂区。可惜的是，报告再一次被大多数鼠目寸光的社员们否决。窦师傅心灰意冷，感觉五金厂没有前途，就向大队提出回杭。

窦师傅离开五金厂，离开生活多年的前黄村。许多人来送行，大家都舍不得窦师傅走。自从窦师傅回杭后，五金厂失去了往日的璀璨，就像一个进入老年的农夫一般，沧桑感逐渐明显，效益年年下滑，最后因市场行情变化而停业。

跟窦师傅学技术的十个小伙子，在大队五金厂倒灶的时候，回家办起家庭作坊式的小五金厂，效益很好。这是窦师傅没有想到的，他开的花，在前黄结成了果，带出了一大批徒弟，继续着窦师傅的梦想。据说，窦师傅回到杭州后，承包了一家机械厂，当了老总，成了远近闻名的大老板。

如今，在永兴河围垦里的前黄大队土地上，盖满了厂房，有后来富甲许贤一方的萧山特级工业企业、年利润在一百万元以上的萧山潜水泵厂。面对如此形势，倘若让窦师傅看到的话，不知会有何感触。

五金厂曾是一家萧山县有名的队办企业，在经历了最初的辉煌之后走向衰退并最终倒闭，从村民的视野中消逝了。前黄五金厂的昙花一现，印证了一句话，只有经历壮士断腕、破釜沉舟的痛苦选择，才有可能绝境逢生，一路披荆斩棘，闯出一条康庄大道来。

民办教师张菊仙

“民办教师”的名称，大概永远成为过去融进了那段历史。1978年12月31日是一座分水岭，在此之前没有正式编制的老师叫民办教师，此后没有编制的教师名曰代课教师。罗墓小学民办教师用自己的青春，为众多的罗墓畈农家子弟幼小的心灵上涂抹着多彩的不易褪去的颜色。我就读小学、初中时碰到许多民办教师，他们像一个个逝去的乡村符号，永远镌刻在我的心里，久久不能遗忘。

“人家是以校为家，我是以家为校。”张菊仙老师说这话的时候，眼中闪亮着晶莹。

她，身高只有1.50米，瘦弱的身子焕发出无穷的力量；她，学历只有小学毕业，却教出了中考状元；她，曾经是只拿工分的民办教师，却干着和公办教师一样的工作；她，只有初级职称，却是许贤教育史上的唯一——1995年，被评为萧山市“十佳教师”和“十佳市民”、杭州市“为人师表”优秀教师，浙江省第七届“春蚕奖“获得者。集这么多的荣誉于一身，张老师平平淡淡地说出上面的话，体现了一位长者的谦虚。难能可贵的是，她的女儿黄芳儿在她的熏陶下，高中一毕业，放弃进厂当工人的机会，到罗墓小学当了一名民办教师，后来也获得浙江省

“春蚕奖”。一家两代出教育人才，这在许贤历史上也是少见的。

张老师虽然学历低，但教书很有一套。长期教低段，从一年级到三年级轮回，语文、数学一人教，俗称“包班”。我们都知道，低段教师是一所小学最重要的岗位。因为是学生打基础的时候，基础不牢固，读上去也是白读的，捱捱时间的。正如盖高楼大厦，基础不牢，大厦将倾。教低段是很辛苦的，那时的农村娃没有读过幼儿园和学前班，等于是一张白纸，前两个月的要将孩子身上的“野”去尽，养成读书的习惯，培育文明的素养。而张老师正是这方面的高手，她的教学非常吸引孩子。如教学生认真听课的习惯，她会把双手交叉在胸前说：“请小朋友像老师一样放好小手，我要看哪个小朋友做得最好。”如发现学生做作业时坐得不直，她会唱自编的三字经：“小朋友，坐端正，不弯腰，好好写，字漂亮。”如发现有孩子在上课时走神，她就会立即或提问，或让走神学生到黑板上来板演。如看到有学生学习不认真或退步时，她故意提一些简单的问题，使退步的学生能够准确地回答出来，或略加启发就能回答出来，当答对题目后张老师适当给予表扬，使他们能看到自己潜在的能力，从而提高其学习信心。

张老师由于教学工作出色，被上级教育行政部门转正。后来她到西山完小当校长。西山完小离家有七八里路，张老师不会骑自行车，每天是步行来回的，因此她提前半小时出发去学校，回到家比在罗墓小学时要迟半个多钟头。张老师没有怨言，服从组织分配，而且也是教低段，还是包班，其工作辛苦可想而知。

后来，张老师又调到到北坞完小教书。北坞离家更远了，有十几里地，学校在南坞山里，交通不便，她还是“11号小包车”（指走路）去学校。再后来，她到离家近一点的王家桥村小工作。整座学校只有她一名教师，校长、教员、后勤都是她一人。有三个年级，凑在一间教室上课，叫“三复式”教学。你想想，三个年级光语文数学两门主课就有六门，还有音乐、美术、体育，课务繁重不言自喻。

在这样的环境下，张老师教的三个年级的期末统考成绩，六门课竟都是全许贤第一，太不可思议了。学生的学习习惯也很优秀，学生铅笔字很漂亮。王家桥的学生到罗墓小学读四年级，接收四年级的老师都感觉王家桥的学生素质最好，教教蛮轻松的。当时许贤乡政府的驻地是王家桥，政府里的干部都不愿意把子女送往师资力量最雄厚、学习条件最好的中心小学就读，都把子女托付给张老师，他们觉得“你教书，我放心”。

我儿子在义桥镇中心幼儿园读中班时，有一天他回来对我说，今天幼儿园来了一位教铅笔字的老师，年纪很大了，听说老家是罗墓畈的。我想都没多想，一猜肯定是张老师。后来我问幼儿园园长，果然是没猜错。园长说，张老师退休后，义桥幼儿园聘请她作为写字老师，并不是她的字有多艺术，而是源于她对幼儿良好的写字习惯的培养，以及一笔一划的专注。

张老师如今早已退休在家，颐养天年。她退休时还只是小学一级教师，没有评上小学高级教师，原因是她只有小学学历，没有中师学历。我想，如果当年她脱产去教师进修学校学习，也能获得一张所谓的中专文凭，也能堂而皇之地评上小高职称。但她没有，因为她放不下学生，不愿以牺牲孩子的学习来获取自己的利益。

张老师，在冷漠的规章前，您是一位失败者。而在师德面前，在学生们的心中，您，早已是高级教师，甚至是特级教师。

张老师，您会怀念曾经的青春岁月，会怀念我们——您曾经的学生么？

扭痧汉阳

扭痧，是将中指和食指弯曲如钩状，蘸水夹揪皮肤，造成局部瘀血，使皮肤出现血痕的除痧方法。施行扭痧时不需要任何器具，只需用手指即可。扭痧疗法灵活，可根据病情选择施治部位，如颈部，自己可以给自己扭，故扭痧也是一种非常实用的自我疗法。

扭痧是一种技术活，一般老年人热衷于这种民间疗法。经常扭痧的人，如再次遇到发痧，一般药物是吃不好的，必须通过对皮肤的反复捏扯，才可以疏通经络，使穴位处充血，改善局部微循环，起到舒筋理气、祛风散寒、清热除湿、活血化瘀、消肿止痛的作用，这就是中医认为的“不通则痛，通则不痛”的道理。

老年人都会扭痧，也许是以前看不起病的缘故。而大队里扭痧技术活最拿手的人，则当汉阳公莫属。我小时候很贪玩，心满意足地在阳光的轻抚下，去池边杨柳下捉知了。暑假天热，在池塘边的树荫下，任那微风的手轻轻摇曳，给幼年的我刻下了抹不去的痕迹。有时贪玩过头，中了暑，不肯去大队里的合作医疗站打针吃药。打针怕疼，吃药怕苦，在我的大呼小叫中，母亲就很自然地去叫汉阳公来。

汉阳公一到，叫我伏在桌上，嘱咐我脱掉背心，赤着上身，充分暴露扭痧皮肤。他先是将中指和食指弯曲成钩状，蘸水后夹扯起我头颈一部分皮肤向前揪，然后急速放开还原，依上述手法连续向一定方向拧扯，重复往返数次，以所扯皮肤处发红但没有皮肤破损为止。此时发出“叭叭”的清脆响声，由于汉阳公手指的夹、挤作用，头颈处便出现一道道紫色的长留条血印。

汉阳公一般每道血印夹揪二十次左右，等到每道血印都变红后，他又把每道血印再挤一下，说是均匀一下。由于汉阳公夹揪的力量要大，对皮肤有较强的牵拉力，我痛感十足，大喊救命。每每这时，汉阳公就放慢速度，放小劲道，用凉水轻轻在血印上磨砂，深得水的滋润，以减轻我的疼痛。他有时在我头颈扭一下，又在我后脑勺轻轻敲个老力子，自己则“嘿嘿”笑几声，分散我的注意力，等到我也哈哈大笑，没有注意痛感时，汉阳公又迅速有力地死命扭。我没有提防这一招，又痛得大叫起来。

半个钟头过去，我的后颈已有六道长七八厘米、一指宽的血印，颜色灰暗。他扭痧算是“一绝”，我用两面镜子照照，发现每道血印揪的均匀整齐，粗细相同，痧条与痧条之间的空隙无痧点，空隙的宽度也一样，给人以美观的印象。我虽然痛出了眼泪，但心情反而更舒服，还能带给别人视觉上的冲击和享受。

汉阳公对母亲说，孩子发痧很严重了，痧印颜色乌黑。痧痕一个礼拜会消退，扭痧处疼痛与发痒，这些反应属正常现象。母亲很开心，给了汉阳公五角钱。汉阳公不嫌少，反而很开心地说：“我扭了人家，讨了便宜，还有钞票入袋，想想真开心，有人叫我猪爹爹，有人叫我猪爷爷……”他一边走，一边唱，真开心！

汉阳公给我扭痧的经历，永远是疼在背上，舒服在心里。他像一位神通广大的神仙，不用打针吃药，就可解除病痛的侵袭。只是，这样一位有本事的人，却被冠以“呆子”，不知乡民的心思，是何等的丑陋。

女校长

罗墓小学在人民公社办学期间，公办教师很少，支撑罗墓小学办学的中坚力量是收入低、没有编制的民办教师。他们以其吃苦耐劳、无私奉献、默默无闻的精神，为罗墓畈的教育事业作出了努力，培养了数百名大中专学生，为改善家乡落后的面貌做出了不可磨灭的贡献。

带领这些民办教师辛勤工作的领头雁，便是许华南老师。她虽然只有初中学历，但其亲和力极强，胖乎乎的身材，透露出一股难以拒绝的慈祥。她那亲切的教诲，至今还在我的脑海里荡漾。可以这么说，许华南老师是罗墓畈百姓心目中的高地。

1961年秋，只有17虚岁的她，就踏上了教学岗位。本来以为是暂时栖身，不料一干就是40年，再也没有离开过学校。起先，她是在罗墓畈西址埠自然村初小担任教师。跟张菊仙老师一样，用柔弱的肩膀，独自一人撑起整所学校。

如今，50多年前的教室，还静静地矗立在西址埠边，不曾随岁月的流逝而变样。这是一间面积只有30多平方米的小瓦房，低矮、潮湿，斑驳的泥墙面，在无声地叙说着当年的青春。瓦片上挺出来的青草，在刺眼的阳光下，随风飘荡，好像在回忆着多年以前那琅琅的读书声。墙壁上还依稀看得清用红色油漆写的毛主席语录，字字句句闪金光。在靠近西址埠的墙壁上，还留着用黑色毛笔书写的渡船价格表，可以想象出当时的热闹与繁华。推开小瓦房的木门，一股霉气扑鼻而来，瓦房里面并无东西，空空荡荡，实在与当年的人声鼎沸有天大的差别。我能够想象，当年一位扎着麻花辫的小姑娘，是怎样在幼小的心田扎下文化的根，是如何在简陋的时光里，系一块三角头巾，穿一身烤花蓝布，绝美的像天使一般，把微风吹拂，把微笑荡漾，把轻盈展开。

清光绪十三年（1887），义桥人韩佩金出银300两修建西址埠，是沿浦阳江最为考究的一个渡船埠。埠头系条石结构，伸出江面20余米。历经百余年潮汐和洪水冲击，仍坚固如初。我站在埠头，听百年涛声依旧，回头看小瓦房，也有埠头一般的神圣在心底涌起。想象多年以前，许华南老师一定沉浸在自己的繁忙里，而无暇听一听撞在埠头上飞溅开来的潮水声，一定是如蜗牛一般，慢慢地爬出一番崭新的天地，而没有理会埠头高扬的头颅，没有理会埠头带来的如油菜花一样的柔媚。

小小村子有一所小小的学校，小小的学校有一位小小的女孩。这位小小的女孩，在孤岛西址埠，撑起一片蓝天。她说，最害怕的是，不是工资少。其实那时是没有工资的，只有工分；不是教学苦，其实教学的确是苦的；不是一个人寂寞，其实只有一个女孩子，的确是寂寞的。她认为最最害怕的是，是到中心小学去开会。因为西址埠是孤岛，一条永兴河，把西址埠与罗墓畈隔开了。她要到中心小学去开会，必须要过永兴河。但当时还没有许贤大桥，也没有小浮桥，要想过河，必须要撑船。小小年纪的女孩，戴一顶自己编的麦草帽，摇着木船过河。摇橹是一项技术活，每次过河，她都把心提到嗓子眼，战战兢兢摇着船儿过河。记得一次，风很大，河水翻着浪花，小船颠簸厉害，差点儿掉入河里。

这样过了几年，许华南老师渐渐有了名气。后来，西址埠初小撤销，并入罗墓完小。她担任了罗墓完小校长。我在罗墓读书的时候，正好是许华南老师当校长的时候，她是许贤公社十多所学校中唯一的女校长。

从黄家祠堂迁建到张家池畔，从平房教学楼新建成三层钢筋混凝土楼房，许华南老师一路见证了罗墓完小的发展史。她主政学校的时代，虽然没有辉煌的故事，却是和风细雨，符合儿童心理需求的教学方式，让我一辈子不会忘记。

“小孩子要听好话的，表扬就是。”一句普普通通的话语，却道出了教学的真谛。她不光是这样说的，也是这样做的，并且要求老师们也这样做。四年级时，许校长担任了我们的政治课老师，这是我最喜欢的课程，因为许老师来上课，我可以听到梦寐以求的表扬声。

我犯了错，许老师也不会把我叫到办公室，更不会缴了我的红领巾，而是把我叫到教室后面，耐心地给我分析错误，引导我走向正道，照顾了我的脸面。对待成绩差的学生，她也不会恶言相对，把考试卷出的简单一些，分数就上去了。那时我们的政治课也是要考试的，一个班几十个学生，分好几张卷子，优生难一些，差生简单一些，让每个学生都满意。

后来，我到母校教书，许老师一直是我的指导老师，可以说，许老师是我教学路上的师傅，是她把我领进门的，给了我许许多多的帮助，使我从一个懵懂的代课教师成长为一位有自己教学特色的专职语文教师。如今，在我断断续续的文字里，还有我深深的片段。

为了解决代课与民办教师的工资，她中饭吃过后不休息，一个大队一个大队走过来，到大队干部家里，趁吃饭的时间，向大队干部汇报民代教师的工作表现和业绩，一项一项列出来，增强说服力，让民代教师安心工作。这项吃力不讨好的活，让脸皮薄的许校长，吃尽了苦头。

由于工作繁忙，没有时间去萧山参加函授，因此她退休时还是初级职称。但她不后悔，也很满足现在的退休生活。她像一粒乡村的蚕豆，在春暖花开的季节，开出紫白相间的花儿，袒露风一样的思想，给孩子们一点蔬菜的营养。

小姑挑花

老底子的萧山人，肯定都知道萧山花边。早在20世纪六七十年代，萧山沙地一带，几乎每家每户都在绣花边，当时的说法是“只要找个会挑花的姑娘，不愁饿肚子”，可见其繁盛。

其实，萧山花边是舶来品，1919年由威尼斯传入萧山。此后的近百年间，被称为“万缕丝”的花边转变成萧山本土的一项传统工艺文化。很多人会觉得，做花边是女人的事情。不过萧山花边的兴起和发展，很多关键人物，几乎都是男人，如萧山花边的设计、研发、创新，观赏性和艺术性的糅合，都离不开男人的智慧与热情。

萧山花边传入许贤公社，是70年代的事了。

那年，戴村供销社为发展经济，提高社员群众的收入，举办了一个花边培训班。培训班设在戴村供销社里，每个公社选派几名未婚姑娘到戴村集中培训。小姑有幸参加了这次培训，是这批姑娘中年龄最小的。挑花边的头道工序是“钉花”，用细线将一支较粗的线缀于印有花纹的样纸底板上，从而形成许多图案空格，然后以各种针法，缀满这些空格。“钉花”误差小的挑线时纠正，误差大了则需要拆掉重新“钉花”。

花边的形状不同，挑的针法也不同，归纳起来有“手针”“网眼针”“斜纹针”。最难的是“走边针”了。学会了挑“走边针”，就说明能独立挑整张花边了，小姑学得最快，加上手脚快、心明眼亮，受到花边师傅的称赞。花边要求挺高，针脚要齐而均匀，线条分明而洁白，为了学得快、学得好，参加培训的年轻姑娘总是三五成群、四五一堆在一起切磋花边技艺。

培训结束后，小姑从戴村供销社领来花边布，开始挑花。挑花也是要工具的。除了挑花针，还要有一个木架子，把花边布固定在架子上，方便挑花。花边布的材料是白粗布，布上用宝蓝色画好各种花朵的线条图案，用白线把花朵挑出来，成为一朵朵白色的花。为了让花朵看上去更有立体感，在挑花骨朵时，小姑用新鲜没用过的棉花作底，把棉花包裹在白线里，花骨朵就在花边布上凸出来，看上去花朵有了活力，摸上去不是一片平坦，而是错落有致。工艺的精细，图案的朴质，使整个花边作品庄稳、清新、沉着、流畅，给人以典雅古朴、圣洁的感觉。

每天从生产队干活回家，小姑赶快吃饭。吃完饭，小姑把饭碗一放，手一洗，就在厢屋里飞针走线地挑花边。祖母允许小姑不用干家务，因为烧饭、扫地、洗衣、喂猪，养鸡，手中的花边拿起放下不间断，一天到晚地洗手，总难免有污点存在，则这张花边就有可能是张不合格的花边，到期回不出花，白白浪费花边布，挺可惜的，到时哭也没有用的，供销社职工验收花边很严格的，开不了后门。所有的家务活由祖母和母亲两人来做，小姑只要专心致志地挑花，就是对家最好的贡献了。尤其是“双抢”季节，白天被田畈水烫起泡，晚上仍然汗流浃背地挑花边。不敢开大门，一开大门，道地上的蚊子苍蝇都要飞进来叮咬；关上大门，厢屋里便不通风，闷热，小姑把电灯泡拉下来，穿上长裤对付蚊虫叮咬。

有时我们在外面起劲玩，回到家已经是后半夜。推开大门，厢屋里的亮光还在，小姑还在昏暗的电灯下挑花。挑花时眼睛很累的，长时间地挑花，小姑的眼睛就会酸痛，还会不自觉地流泪。祖母狠下心，把电灯泡由15瓦换成25瓦，亮一些，使挑花的小姑眼睛好受些。只是，平时仍是15瓦，小姑挑花时换成25瓦。

听说临浦供销社的每块花边的收购价比戴村要高一块，小姑就沿着西江塘走着去临浦，来回二十多里路，不感到累，走路能赚到一块钱，那是很惬意的事情。有一次，小姑急急忙忙回来，想赶上小队的活儿，一着急被塘上的一块石头绊了一脚，摔得头破血流。倒地时，小姑把花边布举起来，生怕弄脏回不了货。这一摔，连着半个月去大队赤脚医生那儿涂红药水。受伤也没有影响小姑挑花，只是挑花更加难了，速度变慢，为的是不让红药水粘在花边布上。

小姑的手艺是远近闻名的。作为许贤公社的“明星”，小姑还与另外一位姑娘一起，被公社委派到富阳县去传授技艺。富阳听说萧山花边赚钱，心里也热牢牢，也动起花边的脑筋，在县城搞了一个培训班，把致富的门路传到全县千家万户，如星星点灯，燎原整个富阳县。小姑一去就是半年，祖母不见了小姑晚上的25瓦，嘴上直念叨。父亲安慰她，公社派遣是有工资的，小妹成了专家，应该高兴才是。听到这里，祖母才露出欣慰的笑容。我明白，祖母是舍不得挑花的工钱。

半年后，小姑从富阳回来，带来很多东西。小姑说，是徒弟们送的土货。有竹席、扁担、脚箩、筷子、团箕、扫帚等，祖母笑得合不拢嘴，一个劲地夸小姑能干。小姑把带来的东西分给墙门里的老堂们，大家都领略到萧山花边的娇艳。

后来，萧山城里办了花边厂，采用机器挑花，小姑即便再能干，也比不过机器。渐渐的，小姑不再挑花，把青花瓷一般的萧山花边和自己国画留白一般的挑花经历，浓缩成一个故事，泊在奇迹里，作一次无声的抒情。

宣传员丁大伯

丁大伯住在村子最前面的花园弄口。屋前是一条宽约二米的水沟，水沟连接荷花池和大池两个池塘。水沟南面是一排平房，是知青屋，住着六七个从杭州来的知青。再南面，便是七高八低的自留地和青青的稻田。因此，丁家屋里是最接地气的老房子。

这最接地气的老房子，培育了一位多才多艺的后代，这就是丁大伯。丁大伯个子不高，矮胖，不到一米六，戴着一副眼镜。他虽然只有高小毕业，但在那个年代，已经是非常高的学历了。何况丁大伯吹拉弹唱，样样精通，还会画画，画的人物栩栩如生。因此，大队干部把宣传的任务交给了他。

丁大伯也非常乐意担当此角色。个子不高的他，去田畈里干活显得单薄一些，挣不到10分工分，年初小队里开会，能评个八九分，已经是婆婆万福，谢天谢地了。现在能在大队里做事，待遇当然是正劳力算，10分工分稳笃，年底还有工分补贴200分，这样算起来，与小队里的副小队长差不多，算高干待遇。

丁大伯不负众望，把前黄大队的宣传工作搞得有声有色。在农业合作化时期的大规模组织劳动力开展水利建设中，在参加许贤黄石垅水库建设和挑筑从石门老鼠山到猫头山的九千米江塘会战中，丁大伯充分发挥了他的特长，写标语、画图画，激励群众全身心投入社会主义建设，受到了上级领导的赞扬；在开展消灭“四害”爱国卫生突击活动中，他画的苍蝇、蚊子、老鼠、麻雀，好像活的一样，叫人看了吃不下饭，激起群众对四害的怒火和厌恶，群众上缴给大队的老鼠尾巴比临近的大队多了数倍，麻雀毛的斤两也位居许贤前列。

随着整风运动深入到基层，大伯的演讲才能得到了淋漓尽致地发挥。罗墓社每个礼拜组织村民到大道地开会，听丁大伯的演讲。演讲内容是开展阶级斗争和社会生产实践，拔资本主义的“白旗”，插社会主义的“红旗”。每到激动处，丁大伯会握紧拳头，全身跳起来，以便坐在最后面的村民也能看到他那矮小的个子，投入的状态。村民们听不懂丁大伯到底在讲什么，妇女们纳鞋底，男人们一边抽旱烟，一边讲昨晚的输赢。台上的丁大伯沉浸在自己孤独的文字中，一个人表演；台下的社员管自己干私活，心绪随之飘向了场外，想象着晚饭的模样。

党中央提出“鼓足干劲，力争上游，多、快、好、省地建设社会主义”的总路线，丁大伯听到这个消息后，兴奋得晚上都睡不着觉。没等干部给他下达任务，他就在家里设计怎么来宣传中国大地的新鲜事物。几天后，他向大队干部提出，在大道地西面的小国其家的墙壁上画一些宣传画，此举立刻得到了大队干部的同意，嘱咐他好好干，为“大跃进”做贡献。

小国其家的墙壁朝东，紧邻大道地，又没有窗户，面积较大，适合画画。丁大伯先用白漆把墙壁涂白，然后用铅笔勾勒，待基本成形后，再用五颜六色的油漆来着色。

为方便起见，丁大伯在家里设计好宣传画的草稿，然后对着草稿依样画葫芦，这样画出来结构不会散，比例恰当，很有整体感。

丁大伯在长七八米，高三米左右的长方形宣传画上，一共画了十幅图画。据村里的老人回忆，丁大伯的宣传画当时在全公社很有名，吸引了其他大队干部来参观，甚至戴村、义桥、临浦都有干部来偷“拳头”。这些图画现在村里上了年纪的人都记忆犹新。我去访问这些老人的时候，老人们都是同一种脸色，自豪与平静。

画一位农民费力地在拉一辆双轮车，车上用几根粗麻绳绑着一个大萝卜，画下写着一行大字：“一个萝卜千斤重，一辆大车拉不动”，看，多让人奋进；画人民公社食堂，一男一女饭碗里“堆高满头”，扣肉、老鳓鲞笃鸡蛋作菜，脸上洋溢着幸福的笑容，并配以一首诗歌：“大队食堂强，饭菜做的香，吃着心如意，生产志气扬”，看着看着，口水都会流下来；画一条大鲫鱼，大鲫鱼在池塘里，岸上有三个年轻人在拖它；画一颗大白菜，大白菜上有四个小孩子，其中两个在捉迷藏，两个坐在白菜上看书，下面还有五个小朋友围着大白菜跑来跑去。大白菜真大啊，仿佛赶得上黄家祠堂前的大樟树了；画大炼钢铁，画上红旗迎风飘扬，高炉红通通，炼钢工人起劲干，画的左下角有“高炉平地起，遍地放红光”的字；画社员在田畈里干农活，割稻、脱粒一条龙，下书“十分指标，十二分措施，二十四分干劲”；画“大跃进”，前面一匹红马，马上骑着一个穿中山装的中国人，手拿皮鞭，催马疾跑。后面一头小毛驴，小毛驴骑着一个穿西装的英国人，下书“快马加鞭，不用十五年，定要赶超英国人”一行字。丁大伯起早摸黑，足足画了一个月，白天时间不够用，晚上接着画。晚上画画时，有社员来点蜡炬，照亮壁画，照亮心中的那盏灯。

1978年，党中央又提出把我国建设成为社会主义现代化强国的新时期总任务，大队重新起用丁大伯，要他在全大队找出合适的墙壁，搞壁画宣传。社员群众文化程度不高，文字叙述和开大会，效果不理想，墙壁画简单易搞，社员看得明白。丁大伯再一次用满腔的热情，投入到宣传总任务壁画的创作中。这次一共有两处墙壁，一处绘新时期的总任务，一处画历史上杰出的文化。那时，我将近小学毕业，开始对丁大伯的敬业精神、精湛的绘画水平崇拜。每当丁大伯站在梯子上绘画，我都会在梯子下面，认真地看着他画，并不时地递东西给丁大伯。这次总任务的宣传画以“四个现代化”为主，在原来“大跃进”壁画那儿，画上了新安江水电站、飞机、人民解放军、联合收割机、自动灌溉机等，让社员群众感到祖国是大有希望的，我们的未来蓝图一定会实现的；一块在阿狗公家的西面墙壁上，以展示中国历史文化为主。有黄道婆的静电纺织、毕昇的活字印刷、张衡的地动仪、蔡伦的造纸术，以及指南针、火药、土木工匠鲁班、数学家祖冲之等等。我对“静电”的意思不甚了解，就问丁大伯是什么意思？丁大伯也说不出个所以然，说大概那个时候没有电吧。丁大伯去大队领染料的时候，碰到我的父亲，对我大加赞赏，说这么多小孩来看他画画，只有我提出这个令他也答不上来的问题，这小子以后肯定有出息的。

改革开放后，大队不再需要专职的宣传员，换句话说，丁大伯下岗了。好在他头脑活络，租用了生产队仓库一角，开了一家修车店。专修双轮车、独轮车、脚踏车等。他在仓库的墙上画了一辆自行车，又在自行车旁写了几个龙飞凤舞的大字："热胶补胎"。从此，"热胶补胎"成了他的绰号。

如今，他已经老了。我难得回家一趟，他看见我，就对别人说，我认定这小子有出息，你看，是有出息了，我没猜错吧？听着丁大伯那熟悉的声音，看到那久违的身影，我突然看到了来自遥远天际的故事，那个故事，是乡民的寒夜，也一定是丁大伯的刻骨铭心。

图书在版编目（CIP）数据

翻过一座山岗 / 黄建明著 . -- 北京 : 线装书局 ,
2015.11
ISBN 978-7-5120-2040-5

Ⅰ . ①翻… Ⅱ . ①黄… Ⅲ . ①散文集 – 中国 – 当代
Ⅳ . ① I267

中国版本图书馆 CIP 数据核字 (2015) 第 267879 号

翻过一座山岗

作　　者：黄建明
责任编辑：曹胜利
装帧设计：大卫书装
出版发行：线装书局
　　地　址：北京市西城区鼓楼西大街 41 号（100009）
　　电　话：010-64045283（发行部）64045583（总编室）
　　网　址：www.xzhbc.com
经　　销：新华书店
印　　制：三河市宏顺兴印刷有限公司
开　　本：787mm × 1092 mm 1/16
印　　张：17.5
字　　数：200 千字
版　　次：2015 年 12 月第 1 版第 1 次印刷
印　　数：0001—1000

定　　价：39.80 元